환영무인

우각 신무협 장편소설

ORIENTAL FANTASY STORY & ADVENTURE

dream
books
드림북스

환영무인 *10*
멸망의 노래

초판 1쇄 인쇄 / 2009년 11월 9일
초판 1쇄 발행 / 2009년 11월 19일

지은이 / 우각

발행인 / 오영배
편집장 / 김경인
펴낸 곳 / (주)삼양출판사 · 드림북스

주소 / 서울특별시 강북구 미아8동 322-10호
대표 전화 / 02-980-2112 팩스 / 02-983-0660
편집부 전화 / 02-980-2116 팩스 / 02-983-8201
블로그 / blog.naver.com/dream_books

등록번호 / 제9-00046호
등록일자 / 1999년 3월 11일

ⓒ 우각, 2009

값 8,000원

ISBN 978-89-542-3431-3 04810
ISBN 978-89-542-3131-2 (세트)

* 지은이와 협의하에 인지는 생략합니다.
* 잘못된 책은 구입한 곳에서 바꾸어 드립니다.

우각 신무협 장편소설

ORIENTAL FANTASY STORY & ADVENTURE

환영무인

10

멸망의 노래

dream
books
드림북스

목차

환영무인

10권 멸망의 노래

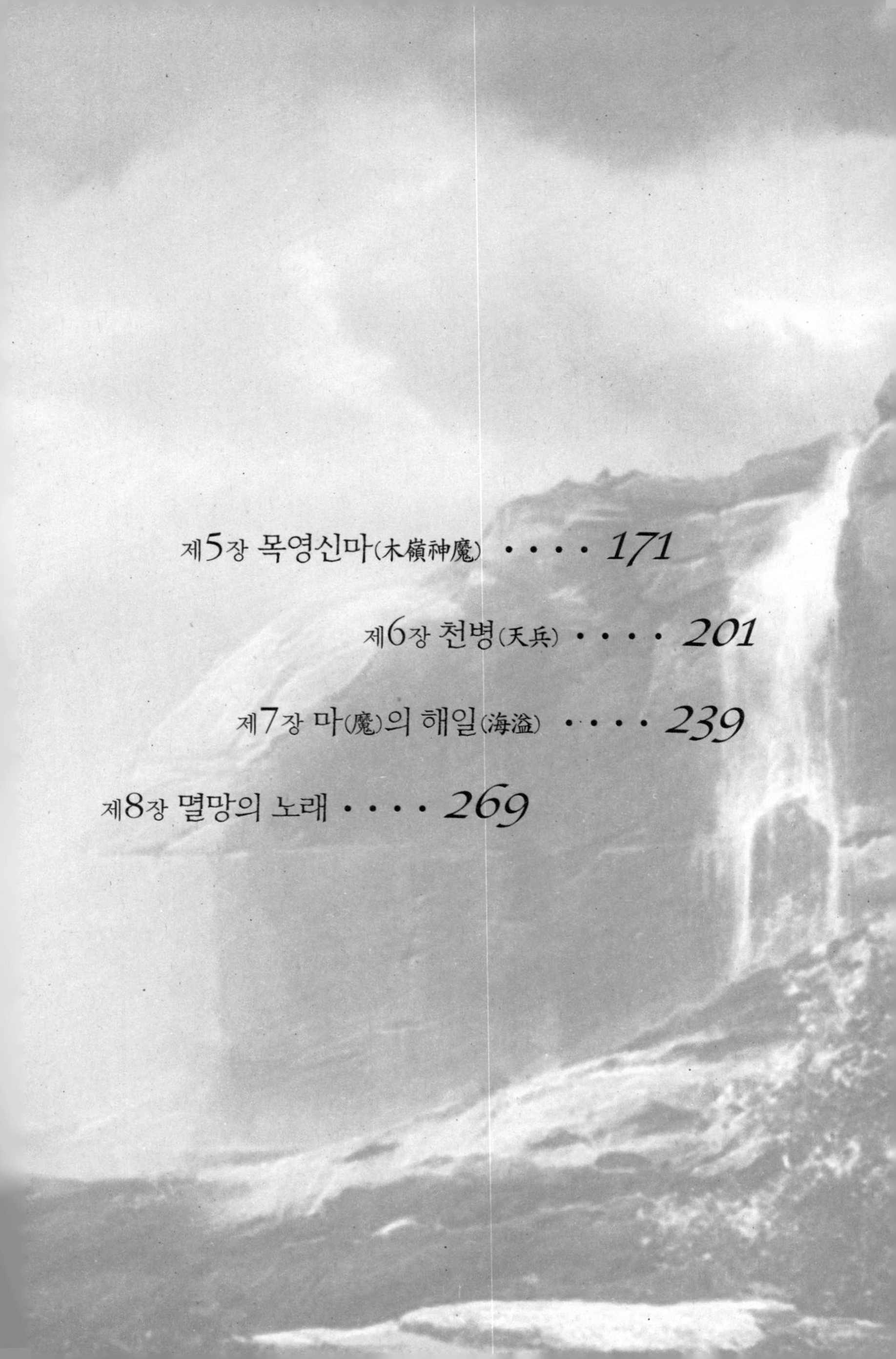

제 1 장
파멸을 향한
전주곡

　살왕(殺王)이라는 전설을 만들어낸 혈천홍(血天紅)의 절예가 펼쳐졌다. 하지만 예운향은 한 치도 물러서지 않고 손을 휘둘렀다. 그러자 거대한 빙벽이 눈앞에 형성되며 사도욱의 공격을 막아냈다.

　콰앙!

　굉음과 함께 대지가 들썩이며 돌멩이가 사방으로 비산했다. 비산한 돌멩이는 두 사람의 몸에 닿기도 전에 가루가 되어 부서졌다.

　두 사람은 호신강기(護身罡氣)를 끌어올린 채 싸우고 있었다. 그 누구라 할지라도 그들의 전역에 들어서는 순간 막대한 압력을 이기지 못하고 어육이 되고 말 것이다.

그들이 격돌하면서 일으키는 파괴력은 상상을 초월했다. 이미 오래전부터 천하육주의 자리를 지켜왔던 사도욱이나, 십대 초인의 반열에 오른 예운향 모두 현 강호의 최정상급 고수들이었다. 그런 절대고수들의 싸움은 주위의 모든 것을 초토화시켰다.

쾅! 쾅!

그들이 손을 휘두를 때마다 거대한 구덩이가 생겨났고, 집채만 한 바위가 부서졌다. 자칫 방심해 한 번이라도 제대로 얻어맞는다면 목숨을 장담할 수 없는 그런 공격이 연이어 펼쳐지고 있었다.

이미 두 사람 모두 더 이상 물러설 곳이 없는 상황이었다. 무승부란 있을 수 없다. 반드시 상대를 죽여야만 하는 그런 상황이었다. 두 사람의 무표정한 얼굴의 가면 뒤에 숨어 있는 것은 절박함이었다.

사도욱은 그의 명성을 위해 반드시 예운향을 죽여야 하는 입장이었고, 예운향은 생존을 위해서 사도욱을 물리쳐야 하는 입장이었다. 때문에 그들은 일 수, 일 수에 최선을 다했다.

사도욱이 거대한 와류를 만들어내며 압박하자, 예운향은 빙기를 응집해 빙환(氷丸)을 만들어내 대항했다.

쿠콰쾅!

빙환에 와류가 갈가리 찢기며 흔적도 없이 사라졌다.

사도욱의 얼굴이 더할 수 없이 딱딱하게 굳었다.

'어린 계집이 보통이 아니구나. 역시 제대로 각성(覺性)을 한 것이 틀림없어.'

극한의 상황으로 몰아붙여 각성을 하게 만든 당사자가 바로 사도욱이었다. 당시에는 그녀가 각성하더라도 충분히 제압할 자신이 있었기 때문이다. 하지만 지금 그는 그랬던 자신의 섣부른 결정을 후회하고 있었다.

일 수, 일 수에 실린 힘이 감히 예전과 비할 수 없을 정도로 강렬하면서도 위력적이었다. 그 때문에 사도욱은 한시도 긴장의 끈을 늦출 수 없었다. 불과 한 달 전까지만 해도 감히 상상조차 할 수 없었던 일이다.

현재 예운향의 모습은 빙마후(氷魔后)라는 별호에 전혀 손색이 없었다. 아니, 오히려 그에 걸맞은 모습을 보여주고 있었다. 얼음폭풍을 몰고 움직이는 그 위용은 가히 살인적이었다.

츄화학!

잠시 다른 생각을 하는 사이 예운향의 차가운 손길이 그의 가슴 어림을 훑고 지나갔다. 옷이 찢겨지며, 길게 찢긴 상처가 드러났다.

하지만 피는 나지 않았다. 상처가 생기는 즉시 얼어붙었기 때문이다. 덕분에 따로 지혈을 할 필요는 없었지만, 한기가 몸 안으로 침투하기 시작했다.

사도욱은 즉시 내공을 이용해 한기를 밖으로 몰아냈다.

그의 눈빛이 차갑게 빛났다. 그는 다시 한 번 깨달았다. 지금 이곳에서 예운향을 죽이지 못한다면 훗날 더 이상 기회가 주어지지 않을지도 모른다는 사실을.

쉬아악!

거대한 기의 날개가 펼쳐졌다. 혈천홍의 절기 중 절기인 살익기(殺翼氣)가 다시 그 모습을 보인 것이다.

살익기를 보는 예운향의 눈빛이 단호해졌다. 그녀는 기억하고 있었다. 살익기가 얼마나 강렬한 위력과 파괴력을 가지고 있는지 이미 몸으로 겪어보지 않았던가.

예운향은 천빙요결을 극성으로 끌어올렸다. 얼음의 막으로 몸을 보호하고, 양손에 빙기를 가득 몰아넣었다.

쩌저적!

그녀가 두 발로 딛고 있는 곳을 중심으로 대지가 급속도로 얼어붙어갔다. 그 모습이 마치 얼음의 여신과도 같았다.

상대는 최강의 살인자인 살왕이었다. 하지만 예운향은 사도욱을 상대로 한 치도 밀리지 않는 존재감을 발휘하고 있었다. 이제 그녀는 더 이상 사도욱에게 겁을 집어먹지도 않았고, 자신의 능력을 의심하지도 않았다. 한 사람의 무인으로 완벽하게 자각을 한 것이다.

두 사람 모두 알고 있었다.

이 한 번의 격돌로 승자와 패자가 나뉠 거란 사실을, 그리고 오직 한 명만 살아남을 거란 사실을 말이다.

비록 예운향이 원한 일은 아니었지만, 그렇다고 피할 수도 없는 일이었다. 지금 피하면 그녀는 영원히 살왕의 추격을 받게 될 것이다. 그것은 결코 그녀가 원하는 일이 아니었다.

'지금 끝을 내야 한다. 바로 이곳에서……'

예운향이 붉은 입술을 힘껏 깨물었다. 그 때문에 피가 흘렀지만, 통증은 느껴지지 않았다.

지금 그녀의 신경은 온통 전방에 검은 날개를 펼치고 서 있는 사도욱에게 집중되어 있어, 자신의 몸에 가해지는 통증조차 느끼지 못하고 있었다.

"……."

두 사람 사이엔 어떤 말도 없었다. 그저 서로를 노려보고 있을 뿐이었다. 하지만 두 사람 모두 알고 있었다. 이것이 서로에게 최후의 격돌이 될 거라는 사실을.

훗!

문득 사도욱의 입가에 미소가 걸렸다.

그는 지금 이 상황이 우습다고 생각했다. 처음 예운향에 대한 의뢰를 맡았을 때만 하더라도 이런 상황에 처하게 될 거라고는 꿈에서도 생각하지 못했다.

세상 천지에 홀로 던져진 예운향을 죽이는 것은 손바닥을 뒤집는 것만큼이나 쉬운 일이었다. 사실 지영단을 움직이는 것도 과분했다.

그녀는 사형제들은 물론이고, 사부인 남황에게서도 버림을 받았으니까. 오갈 곳 없는 어린 애송이 무인을 죽이는 것은 무영살막에게 너무 쉬운 일이었다. 그렇기에 신경도 쓰지 않았던 일이었다.

그러나 파국은 갑작스럽게 시작됐다. 지영단이 몰살을 당하고, 천무단 삼백 명마저 몰살을 당하며 천하의 신뢰를 잃고, 사도욱은 자존심에 상처를 입었다.

그리고 애송이에 불과했던 예운향은 어느새 십대초인의 일원이 되어 사도욱과 같은 반열에 올랐다. 이제 그녀는 더 이상 애송이가 아니었다. 사도욱과 능히 어깨를 견줄 만한 절대의 고수로 성장한 것이다.

그 모든 것이 단 오 년 만에 일어난 일이었다. 단 오 년 만에 무영살막은 흔들리고, 자신은 예운향과 생사를 겨루고 있었다. 응징하는 것이 아니라 대등한 입장에서 싸워야 한다는 이 사실이 지금도 쉽게 믿기지 않았다. 하지만 믿어야 했다. 이것이 그가 처한 현실이었다.

예운향을 죽이지 않고서는 그와 무영살막의 미래는 존재하지 않았다. 이제 그는 그 사실을 절감하고 있었다.

"정말 대단하구나. 오 년 만에 그리 성장할 수 있다니."

"덕분에 강하게 클 수 있었어요."

"그런가? 하긴 감당하기 힘든 시련은 사람을 성장시키는 법이니까. 하지만 더 이상 너에게 행운은 주어지지 않을 것이다. 노부가 이곳에서 끝을 낼 것이니까."

"누가 승자가 될지는 끝까지 가봐야 알 수 있죠. 저도 그렇게 호락호락 당하지는 않을 거예요."

"그래! 끝까지 가보자꾸나. 하지만 마지막으로 말해주마. 네가 어떻게 되든 네 정인은 결코 무사하지 못할 것이다. 칠백 명의 천무단이라면 능히 조그만 국가와도 승부를 겨룰 수 있으니까."

"당신은 하나도 모르는군요."

"뭐가 말이냐?"

"천무단이 조그만 국가와도 겨룰 수 있는 힘을 가지고 있다면, 그분은 국가 이상의 무력(武力)을 소유하고 있단 사실을. 그 누구도 그를 쓰러트릴 수 있는 사람은 없어요. 그와 대등하게 견줄 수 있는 사람은 오직 단 한 명뿐이에요. 그리고 불행히도 당신은 그 한 명이 아니에요."

"크윽!"

예운향의 말에 사도욱의 눈가가 파르르 떨렸다.

환사영에 대한 예운향의 믿음은 맹목적이라 해도 좋을 정도였다. 그녀는 결코 환사영을 걱정하지 않았다. 그런 그녀의 태도에 사도욱의 미간에 깊은 골이 패였다.

하지만 그는 더 이상 뭐라 말하지 않았다. 이제 더는 말장난이나 하면서 보낼 시간이 없었다. 이제는 그녀를 쓰러트려야 할 때였다.

후웅!

그의 살익기가 더욱 선명해지고 강렬한 존재감을 내뿜었다. 그에 대항해 예운향의 빙기 또한 더욱 강렬해지고, 차가워졌다.

츠츠츠!

그들의 기운이 허공에서 부딪치며 기괴한 소음을 만들어냈다. 수만 마리의 벌들이 한꺼번에 날갯짓을 하는 듯한 소음은 듣는 이로 하여금 섬뜩하게 만들기 충분했다. 하지만 두 사람 중 누구도 그러한 소음에 신경을 쓰는 사람은 없었다. 지금 이 순간 그들은 오직 서로에게만 집중했다.

그리고…….

팟!

그들이 동시에 움직였다.

푸화학!

이어 거대한 빛무리가 그들을 집어삼켰다.

환사영은 고개를 들어 허공을 바라보았다.

쿠쿠쿠!

거대한 기파의 흔들림이 대기를 타고 그의 피부로 고스란히 전해지고 있었다. 그러나 그는 더 이상 대기의 요동을 신경 쓸 여유가 없었다. 그를 둘러싼 천무단의 파상공세가 한가하게 생각에 빠질 시간을 주지 않았기 때문이다.

쿠콰콰!

천무단 칠백 명의 무인이 일제히 환사영을 공격해왔다. 마치 거대한 산사태처럼 엄청난 기파가 환사영을 덮쳐왔다.

이미 십여 명의 동료를 잃은 천무단의 공격은 무서웠다. 그들은 자신들의 목숨조차 도외시한 채 환사영을 공격했다. 그들의 일제공세에 하늘이 시커멓게 물들었다.

츄화학!

십여 자루의 장창이 방패의 벽을 비집고 나와 환사영을 찔러왔다. 전사력(轉絲力)과 푸른 창기가 휘감아도는 창날은 환사영의 요혈을 노리고 있었다.

환사영의 양손이 활짝 펼쳐졌다. 대량살상초식인 예의 십지탄강(十指彈罡)이 펼쳐졌다.

파카카캉!

그러나 십지탄강의 초식은 천무단이 앞세운 방패에 가로막혀 소멸되고 말았다. 환사영의 공격을 막은 방패는 움푹 패여 있을 뿐, 뚫리지는 않았다.

강호에 나온 이후 환사영의 십지탄강이 막힌 것은 이번이 처음이었다. 이제 천무단원들도 내공을 응집해 환사영의 공격을 막는 방법을 터득한 것이다.

"흐흐! 죽어랏!"

천무단이 방패 뒤에 몸을 숨긴 채 환사영을 공격해왔다. 그 모습이 꼭 가시를 곧추세운 고슴도치 같았다. 집요한 살의와 적의를 간직한 거대한 고슴도치가 그를 노리고 있었다.

그들 한가운데서 이천명이 중얼거렸다.

"결코 쉽게 죽이지 않겠다. 천천히, 아주 천천히 네놈의 숨통을 조여주마. 서서히 다가오는 죽음의 공포를 고스란히 느낄 수 있도록 말이다."

그것이 이천명의 의지이자, 무참하게 살해된 동생의 복수였다. 그는 전음을 보내 천무단의 진형을 뜻대로 움직였다. 그들은 사방을 점유한 채 천천히 환사영을 조이고 있었다. 먹이를 노리는 뱀이 똬리를 틀듯 그렇게 그들은 환사영의 숨통을 조여 왔다.

방패로 전신을 가리고 창을 앞세운 최강의 전투조직. 그들의 모습은 환사영에게 나란의 군인들을 떠올리게 만들기 충분했다. 이제는 기억조차 희미해진 과거의 그 추억을 말이다. 그때 환사영은 나란의 군인들과 함께 싸웠다.

'다시 한 번 그렇게 싸울 수 있다면. 다시 한 번 그들과 함께 할 수 있다면……'

불가능한 일이다.

환사영은 자신의 상상이 얼마나 실현불가능한 일인지 잘 알고 있었다. 단지 그 시절이 그리워 생각해 보았을 뿐이다.

스릉!

환사영이 관천을 꺼내들었다. 오랜만에 모습을 드러낸 관천이 기분 좋은 울림을 토해냈다.

환사영의 손안에 있을 때만 관천은 비로소 빛이 난다. 환사영의 손안에서만 최고의 위력을 발휘할 수 있는 것이다.

환사영이 창을 꺼내들자 제일 앞 열에 서 있는 천무단원의 눈에 긴장감이 떠올랐다. 한눈에 보기에도 창을 든 환사영의 모습이 범상치 않아 보였기 때문이다.

오 년이란 공백이 무색하리만큼 관천은 환사영의 손에 착 감겼다. 그리고 기분 좋은 흐느낌을 토해냈다.

우우웅!

관천의 울림이 대기를 타고 멀리 퍼져나갔다.

환사영이 적들을 향해 손을 까닥거렸다.

"오라."

쿠콰콰!

환사영의 도발을 시작으로 천무단원들의 본격적인 공세가 시작되었다.

파카카캉!

허공에 쇳소리가 울려 퍼지고, 불꽃이 튀었다.

검은 해일 사이로 환사영의 검붉은 피풍의, 혈룡포가 휘날렸다.

창과 창이 얽히고, 창과 방패가 격돌했다. 수많은 남자들의 노성과 비명이 한데 어우러졌다. 땀방울이 허공에 튀고, 피가 내를 이뤄 대지를 붉게 물들였다.

질퍽거리는 대지가 족쇄가 되어 무겁게 발을 잡아끌었다. 하지만 그 누구도 멈추거나 망설이는 사람은 없었다. 그들은 서로를 죽이기 위해 쉼 없이 움직이고 있었다.

일대칠백 명의 대결.

상식적으로 생각해 보면 결코 성사될 수 없는 대결이었다. 일인이 제아무리 강하다고 할지라도 칠백 명을 이길 수 없는 것이 세상의 이치이기 때문이다.

모두가 그것을 당연시하게 여겼다. 하지만 지금 이 순간 세상 사람들이 알고 있던 상식과 이치가 철저하게 부서지고, 깨져나가고 있었다.

휘류류!

환사영의 창에서 뿜어져 나온 기류는 천무단을 압도했다. 환사영의 창과 격돌한 방패에 구멍이 뻥뻥 뚫리고, 창이 부러져나갔다.

사람과 방패를 한 번에 뚫어버리는 가공할 창강(槍罡)에 천무단원들의 눈에 침중한 빛이 떠올랐다. 하지만 물러서는 자는 단 한 명도 없었다.

그 어떤 적 앞에서도 결코 물러서지 않는 것이 천무단의 전통이었다. 설령 그 대가가 자신의 목숨일지라도 말이다.

한 명이 쓰러지면 다른 자가 창과 방패를 들고 그 자리를 메운다. 그들은 자신의 죽음을 두려워하지 않았다. 자신이 죽으면 동료가 복수를 해줄 것이라는 믿음이 있기 때문이다.

설령 자신의 목숨을 잃을지라도 환사영의 몸에 상처를 하나라도 낼 수 있으면 만족했다. 천무단의 그런 투지 탓에 어느 순간부터 환사영의 몸에도 상처가 하나둘씩 생겨나기 시작했다.

환사영도 천무단도 자신의 모든 것을 걸고 이번 일전에 임하고 있었다. 때문에 그들의 싸움은 필사적일 수밖에 없었다.

전선의 일각이 무너져 내리고 있었다. 수십 명의 천무단이 환사영이 휘두른 창에 쓰러지고 있었다. 하지만 그들의 빈자리를 채우며 몰려드는 다른 천무단원들. 그들의 얼굴에는 오직 결연한 빛만이 가득했다.

"죽인다, 죽인다."

"으아아!"

광기에 찬 천무단원들의 외침이 천지를 울렸다.

쿠콰콰!

한적한 시골마을이 천하에서 가장 치열한 전장으로 변했다. 담벼락이 부서지고, 지붕이 무너져 내렸다. 그 위를 천무단의 거친 군화가 짓밟고 지나갔다.

환사영은 그들에 맞서 폭렬창의 절초들을 연이어 쏟아냈다. 한여름 밤의 폭우처럼 쉴 새 없이 쏟아져 나오는 가공할 위력의 절초들.

콰콰콰!

겁화룡(劫火龍)의 초식이 아홉 마리의 기의 용을 뿜어냈다.

하늘에서 피의 눈(血天雪)이 내렸다.

그 뒤를 이어 내리는 환상의 비(幻想雨)까지.

환사영은 폭렬창의 절초들을 아낌없이 토해냈다.

이제까지 천무단의 몸을 지켜주던 방패가 우그러지고, 부서져 암기로 돌변했으며, 그들의 적을 무찌르던 창들이 마치 수수깡처럼 부서져나갔다. 환사영을 노려보던 적의를 담은 눈에서 생명력이 빠져나가고, 누군가의 일부일지도 모르는 팔다리들이 바닥에 나뒹굴었다.

"노옴!"

이천명의 눈에 핏발이 섰다.

그의 얼굴이 흉신악살(凶神惡殺)처럼 변했다.

그의 눈앞에서 태반의 부하들이 죽어나갔다. 이제까지 그와 함께 평생을 동고동락해온 형제나 마찬가지인 수하들이었다.

그 누구보다 자신의 적에 무자비한 이천명이었지만, 자신의 수하들만큼은 친혈육 이상으로 아끼고 사랑했다. 수하들이 죽는 모습에 마치 자신의 손발이 잘려나가는 듯한 아픔이 느껴졌다.

더 이상 수하들에게 맡겨놓을 수준이 아니었다. 그제야 이천명은 환사영이 어떤 존재인지 깨달았다.

일반적인 무인의 수는 그에게 아무런 장애가 되지 않았다. 설령 수천 명이 넘는 병력일지라도 환사영을 막을 수는 없었다. 그를 막을 수 있는 자는 오직 비슷한 수준의 무인뿐이었다.

꾸욱!

창을 잡은 이천명의 손등 위로 굵은 힘줄이 돋아 올랐다.

덜컹!

그는 방패를 버렸다.

환사영의 가공할 공격 앞에 이런 방패는 한낱 쇳조각에 불과했다. 환사영을 잡기 위해서는 방패 뒤에 숨는 게 아니라 앞으로 나서야 한다는 사실을 인지한 것이다.

타타탁!

그가 뛰기 시작했다. 바닥에서 먼지가 일고 바닥이 푹푹 패였다. 그의 걸음은 점점 빨라져 종국에는 육안으로는 모습조차 확인하기 힘들 정도가 되었다. 그리고 그가 허공으로 치솟아 올랐다가 환사영을 향해 무서운 속도로 떨어져 내리기 시작했다.

"노옴!"

콰앙!

환사영이 있던 자리에 그의 창이 내리꽂히며 커다란 구덩이가 패였다. 마치 유성이 떨어진 것처럼 엄청난 크기의 구덩이였다. 하지만 그 어디서도 환사영은 보이지 않았다. 이미 그의 기척을 감지하고 몸을 피한 것이다.

이천명이 환사영의 흔적을 쫓아 고개를 돌렸다. 그 순간 환사영은 아직 남아 있는 천무단원들 사이로 난입해 무공을 펼치고 있었다. 마치 양 떼 속에 뛰어든 대호(大虎)처럼 가공할 무위를 발휘하는 그의 모습에 이천명이 이빨을 꽉 깨물었다.

그가 환사영을 쫓아 몸을 날렸다. 동시에 천무단원들도 환사영의 발을 붙잡아놓기 위해 창술을 펼쳤다.

쿠콰콰!

그들의 공격에 거대한 기의 와류(渦流)가 일어나며 환사영을 압박했다. 환사영은 공력을 끌어올려 심맥을 보호했다.

이미 주위는 지옥으로 변해 있었다. 아담하던 시골마을은 흔적도 찾아보기 힘들만큼 철저하게 부서져 있었고, 그 사이로 천무단원의 시신들이 쓰레기처럼 뒹굴고 있었다.

환사영이 어금니를 꽉 깨물었다.

수많은 이들이 죽었다. 하지만 그에 버금가는 숫자의 무인들이 남아 있었다. 이 싸움은 그들을 모조리 죽여야 끝나는 싸움이었다. 이들에게는 일말의 인정도, 여지도 남겨줘서는 안 된다.

전쟁의 광기에 함몰된 악귀 같은 자들.

이들의 모습은 환사영에게 구유마전단을 떠올리게 만들었다. 잘못된 이상과 마음가짐으로 수많은 이들을 지옥의 수렁으로 이끌고 있으면서도 아무런 죄책감도 동정심도 느끼지 못하는 인간병기들. 누군가는 그들을 막아야 한다.

콰악!

관천을 잡은 그의 손에 가공할 공력이 집중되었다. 이제까지와는 달리 뚜렷한 창강(槍罡)이 형성되었다.

이제 그는 더 이상 이천명을 피하지 않았다. 지금은 정면으

 24 환영무인

로 격돌해야 할 때였다.

이천명과 천무단이 일제히 그를 향해 공격을 해왔다. 그들의 가공할 공세 앞에서 환사영은 한손에는 폭렬창(爆裂槍)을, 그리고 다른 손에는 음형권(陰形拳)을 운용했다. 두 가지 서로 다른 무공을 한꺼번에 펼치는 것이다.

두 가지 무공이 하나의 원류에서 출발했기에 가능한 일이었다. 음형권의 원류는 폭렬창이었다. 비록 독자적인 형태와 체계를 갖췄지만, 그래도 폭렬창에서 시작되었다는 사실에는 변함이 없었다. 그렇기에 두 가지 무공을 동시에 운용해도 원래부터 하나였던 것처럼 그 어떤 어색함도 없었다.

"이놈! 용서하지 않겠다. 절대로!"

"이야아아!"

그 순간 이천명과 천무단의 공격이 쏟아졌다. 그에 대항해 환사영은 폭렬창과 음형권을 동시에 펼쳤다.

쿠와아아!

터엉!

"크윽!"

"커허헉!"

사방으로 천무단원들이 튕겨나갔다. 그들은 마치 벽력탄에 휩쓸린 것처럼 검게 그을려 있었다. 그 수가 무려 백여 명에 가까웠다. 그 모든 것이 단 한 번의 격돌에 의해 일어난 일이었다.

우웅!

여전히 환사영의 손에서는 관천이 힘차게 돌고 있었다. 관천이 회전할 때마다 창신에 묻었던 피가 후두둑 떨어졌다. 전부 천무단원의 피였다.

하지만 환사영의 안색도 그리 편하지만은 않았다. 그의 안색은 창백하게 변해 있었다. 그러나 이천명이 받은 충격에 비할 바는 아니었다.

이천명의 얼굴은 새까맣게 변해 있었다. 처음으로 그의 눈동자가 흔들리고 있었다. 손아귀를 타고 찌릿한 충격이 전신으로 퍼져나가고 있었다.

우웅!

그의 창이 울음을 흘리고 있었다. 평소라면 피로 흠뻑 젖어 희열에 가까운 울음을 터트렸을 것이다. 하지만 지금 창이 터트리는 울음소리는 희열보다는 고통에 가까웠다. 환사영과의 격돌에서 입은 어마어마한 충격이 창에게 고통의 울음소리를 흘리게 만든 것이다.

콰콰각!

그 순간에도 환사영은 천무단원들을 도륙하고 있었다. 그의 창이, 그의 몸이 가공할 살수를 연이어 펼쳐내고 있었다. 그 앞에서 천무단원들은 가을바람에 떨어지는 낙엽과도 같았다.

이제까지 수많은 적들을 당당하게 물리쳐왔던 천무단은 이제 그 자신들이 쓰러트리고 짓밟았던 피해자의 입장이 되었

다. 환사영은 결코 그들을 용서하지도 손속을 봐주지도 않았
다.

　푸욱!

　그의 창에 복부를 찔린 천무단원이 손을 허우적거렸다. 그
는 어떻게든 환사영을 잡으려고 했으나, 거리가 너무 멀었다.
그의 검은 눈동자가 회색빛으로 물들어갔다. 한 인간의 얼굴
에서 생명의 기운이 빠져나가는 것이다.

　환사영은 그 모습을 외면하지 않았다.

　자신이 감당해야 할 일이었다. 괴로웠지만, 직시해야 할 현
실이었다. 결코 이 순간을 외면해서는 안 되었다. 이것 또한
그가 감당해야 할 삶의 무게인 것이다.

　"놈! 멈추지 못하겠느냐?"

　잠시 숨을 고르던 이천명이 다시 환사영을 향해 덤벼들었
다. 그 짧은 순간에 벌써 수십 명의 천무단원들이 쓰러졌다.
이대로 가다가는 천무단의 전멸은 시간문제였다.

　이들이 모두 쓰러지면 무영살막은 더 이상 국가 단위의 전
쟁에 파견될 힘을 잃고 말 것이다. 그리되면 무영살막의 영광
스런 역사도 끝이 나고 말 것이다.

　이천명은 자신의 대에서 무영살막의 역사가 끝이 나는 것을
두고 볼 수만은 없었다. 평범한 수법으로는 환사영을 어찌할
수 없다는 것을 그는 알고 있었다.

　국가단위의 무력을 소유한 남자.

그를 상대하기 위해서는 이천명 역시 모든 것을 불태워야
했다.

우웅!

그는 자신의 모든 것을 불태웠다. 수십 년간 고련해서 얻은
진기도, 태어날 때부터 간직한 선천지기까지도 아낌없이 불태
워 잠력(潛力)을 살렸다.

마치 예전에 예운향이 사도욱을 상대하기 위해서 자신의 진
원지기를 모두 불살랐던 것처럼 말이다. 그는 이제 두 번 다시
돌아올 수 없는 강을 건넜다. 설령 환사영과의 싸움에서 이길
지라도 그의 생명은 온전히 보존할 수 없을 것이다. 하지만 그
는 후회하지 않았다.

상대는 괴물 그 자체. 일신의 안위를 위해 여력을 남겨두고
도 상대할 수 있는 존재가 아니었다. 그를 쓰러트리기 위해서
는 그와 똑같은 괴물이 되어야 했다. 그리고 이천명은 자신의
모든 잠력까지 터트려 그와 비슷한 상태가 되었다.

"후우, 후우! 결코 네놈을 용서하지 않으리라."

이천명이 거친 숨을 토해내며 그렇게 말했다. 그런 그의 모
습은 괴물과도 흡사해 보였다. 검은 갑옷을 걸친 괴물 말이다.

"단주. 어찌하여……."

"단주님."

변화된 이천명의 모습에 천무단원들이 동요했다. 하지만 그
것도 잠시, 이내 그들 중에서도 자신의 모든 것을 불태워 잠력

을 끌어올리는 자들이 하나둘씩 나타났다.

이제 남은 천무단원의 수는 겨우 이백 명 남짓이었다. 그들이 적의와 살의가 가득한 눈으로 환사영을 노려보았다.

이제 환사영은 단순한 적이 아니었다.

반드시 쓰러트려야 할, 어떠한 대가를 치르고서라도 무찔러야 할 거대한 적이었다.

이제까지의 마음가짐으로는 상대할 수 없었다. 자신의 모든 것을 걸고 승부에 임해야 했다. 그래야 일말의 가능성이라도 있었다.

이천명이 으르렁거렸다.

"네놈을 반드시 죽이겠다. 어떤 대가를 치러서라도 내 수하들과 동생의 복수를 하겠다."

"언제까지 그렇게 피해자인 척, 불쌍한 척할 거지? 언제까지 그런 가면을 쓰고 있을 건가? 이젠 가면을 벗을 때도 되지 않았던가?"

돌아온 환사영의 대답은 서늘하다 못해 무심하기까지 했다. 이천명과 살아남은 천무단원들을 바라보는 그의 눈빛은 차가운 밤하늘의 별빛처럼 시리게 빛나고 있었다.

타타탁!

이천명을 필두로 천무단원들이 일제히 달려들었다. 그들의 모든 것을 불태운 힘을 내세워서.

그 순간 환사영이 문득 허공을 올려다보았다.

검은 하늘이 유독 어둡게 보였다.

예운향은 새하얗게 질린 얼굴로 전방을 바라보았다. 그녀의
얼굴을 가렸던 면사는 흔적도 없이 사라졌고, 옷도 곳곳이 찢
겨 있어 상처를 고스란히 드러내고 있었다.

그녀의 왼쪽 어깨는 축 늘어진 채 피를 흘리고 있었고, 왼쪽
옆구리에도 기다란 자상을 입었다. 내장이 진탕된 것이 몸에
힘이 하나도 없었다. 하지만 그녀의 행색이 아무리 좋지 않아
도 어찌 사도욱만할 것인가?

예운향의 앞에 나뒹굴고 있는 사도욱의 모습은 처참, 그 자
체였다. 그는 양 어깨를 축 늘어트린 채 바위에 기대어 겨우
가쁜 숨만 몰아쉬고 있었다. 그런 그의 전신은 붉은 선혈로 물
들어 있었다.

겉으로는 그나마 멀쩡하게 보였지만 사실 그의 내부는 완전
히 짓이겨져 있었다. 예운향과의 마지막 격전에서 손해를 본
것으로도 모자라 오히려 압도당한 것이다.

지금 그는 마지막 남은 숨을 겨우 몰아쉬고 있을 뿐이었다.
그의 눈동자가 완전한 회색으로 물들어 있었다.

"클클! 결국 이렇게 끝이 나는 건가? 우습구나. 아무리 장강
의 앞 물결이 뒷 물결에 밀린다지만……."

그의 얼굴에 허망한 표정이 떠올랐다.

평생을 무공일도에 몸 바쳤다. 그래서 천하육주라는 명성도

얻었고, 살왕이라는 공포스런 별호도 얻었다. 더구나 그는 천하최강의 용병집단인 무영살막의 막주로서 남부러울 것 없는 무소불위의 권력을 누리고 살아왔다.

그는 자신의 권력과 명성이 영원할 줄 알았다. 설마 이런 촌구석 시골마을에서 자신의 생을 덧없이 마감하게 될 줄은 몰랐다. 그래서 인생이 재밌는 것인지도 몰랐다. 그 피해자가 자신이라는 것만 빼면 말이다.

사도욱이 말했다.

"승자가 되었으면 좀 더 기뻐하는 모습을 보여도 좋다. 그것이 승자의 권리니까. 이제 너의 명성은 강호를 진동시킬 것이다. 나 역시 그랬으니까."

"내가 원하는 것은 명성이 아니에요."

"크큭! 그럴 수도……. 하지만 너도 알게 될 것이다. 명성이란 것이 얼마나 마약만큼 달콤하고 유혹적인지. 그 달콤한 향에 취했다가 어느 날 문득 깨어났을 때 자신이 얼마나 더러운 수렁에 빠져 있는지 알게 될 날이 올 것이다. 그것이 강호인의 숙명이니까."

"그런 일은 결코 없을 거예요."

"과……연 그럴까……. 큭. 언젠가 깨……닫게 될 것이다. 그리고 오늘을 기억……하게 되……겠……지."

털썩!

결국 사도욱의 목이 꺾였다. 바위에 기댄 자세 그대로 절명한 것이다. 하지만 그의 시신을 바라보는 예운향의 표정은 결코 밝지 않았다.

천하육주의 일인이자 십대초인의 일인을 쓰러트렸지만, 하나도 기쁘지 않았다. 이런 세상에서 살아갈 수밖에 없는 자신의 처지가 서글프다는 생각이 들었다.

예운향이 손을 뻗었다. 그러자 한 줄기 기류가 뻗어 나와 사도욱이 기대고 있던 바위를 무너트렸다. 사도욱의 시신은 바위에 깔려 세상에서 모습을 감췄다. 예운향이 사도욱에게 보내는 마지막 예였다.

그것이 천하육주의 일원이자 십대초인의 반열에 올랐던 초강자 사도욱의 최후였다.

예운향이 몸을 돌렸을 때 십방보가 보였다.

십방보는 이제까지 그녀의 싸움을 모두 지켜보았던 듯 안쓰러운 표정을 짓고 있었다.

"누님, 괜찮으세요?"

"나는 괜찮아요. 단지 조금 어지러울 뿐이에요. 그보다 대가는 어떻게 됐죠?"

"형님은 걱정하실 필요 없습니다. 누가 있어 감히 그를 어찌할 수 있겠습니까? 저는 단지 보기가 괴로워 자리를 피했을 뿐입니다."

십방보가 평소답지 않은 표정을 지었다.

그의 말은 사실이었다. 그는 조금 전까지 환사영과 천무단의 싸움을 지켜보았다. 처음에는 그를 도와줄까도 생각했었다. 하지만 잠시 동안 지켜보면서 깨달았다. 자신의 도움 따위는 그에게 필요 없다는 사실을.

처음에는 흥미로운 시선으로 싸움을 지켜봤다. 스스로가 참여하지 않으니 즐거운 마음으로 관전할 수 있었다. 하지만 환사영의 싸움을 지켜볼수록 알게 되었다. 그가 얼마나 처절한 싸움을 하고 있는지. 격돌하는 환사영이 어떤 마음가짐으로 싸우고 있는지를 말이다.

환사영은 피에 미친 전쟁광들과 맞서 자신의 신념과 이상을 지키기 위해 싸웠다. 그런 그의 모습은 이제까지 아무런 생각이나 걱정 없이 살아온 십방보에게 커다란 충격을 주었다. 그 때문에 더 이상 그의 싸움을 지켜보기가 괴로웠다. 그래서 일부러 예운향이 있는 곳으로 온 것이다.

비록 그런 생각을 입 밖으로 내뱉지는 않았지만, 어쩌면 예운향은 그런 십방보의 생각을 읽고 있는지도 몰랐다. 그윽한 그녀의 눈동자를 보자니 자꾸만 그런 생각이 들었다. 결국 십방보가 고개를 돌려 그녀의 시선을 피하며 말했다.

"이제 그만 형님한테 가보죠."

"그래요."

예운향이 고개를 주억거리며 걸음을 옮겼다.

방금 전까지 그토록 치열하게 터져 나오던 소음은 더 이상 들려오지 않았다. 어떤 식으로든 결말이 났다는 의미였다. 어쩌면 천무단이 이겼을지도 모르는 일이었다. 그래도 예운향은 환사영이 걱정되지 않았다. 환사영을 향한 그녀의 믿음은 너무나 맹목적이면서도 절대적인 것이었다. 환사영을 향한 그녀의 신뢰는 그 어떤 경우에도 흔들리지 않았다.

예운향의 짐작처럼 전쟁은 끝이 나 있었다.

주위에는 치열했던 싸움의 흔적이 고스란히 남아 있었다. 마을은 흔적조차 제대로 남기지 못하고 부서져 있었고, 수많은 시신들이 널브러져 있었다.

그나마 다행인 것은 마을사람들의 시신은 거의 보이지 않는단 것이다. 제때 환사영이 개입한 덕분에 마을사람들의 피해를 최소한으로 줄일 수 있었다.

전장의 한가운데 환사영은 서 있었다.

그는 우두커니 서서 자신의 발밑을 내려다보았다. 그의 발밑에는 그토록 악귀같이 달려들던 이천명의 시신이 있었다. 이천명의 시신은 처참하게 훼손되어 있었다. 수많은 상처를 입으면서도 마지막 그 순간까지 악착같이 달려들었던 탓이었다.

이천명은 숨이 끊어진 채로 환사영을 노려보고 있었다. 그는 숨이 끊어진 채로도 환사영과 싸우고 있는 것 같았다. 그런 그의 박력이 환사영을 쉬이 움직이지 못하게 만들고 있었다.

환사영은 잠시 눈을 감았다 떴다. 그리고 발걸음을 옮겼다.

질퍽한 느낌이 발바닥을 타고 전해졌다. 천무단원들이 흘린 피가 진창이 되어 그를 붙잡고 있었다. 그의 몸은 자신과 천무단원이 흘린 피로 온통 붉게 물들어 있었다.

예운향이 환사영에게 다가갔다.

"대가."

"무사했구나. 다행이다."

환사영이 예운향을 향해 미소를 보여줬다. 하지만 예운향은 환사영의 미소가 슬퍼 보일 뿐이었다.

예운향이 손을 뻗어 환사영의 손을 잡았다.

"어찌 이럴 수가……."

담소하가 금방이라도 울 듯한 표정을 짓고 있었다.

그녀가 마을에 도착한 것은 불과 이 각 전이었다. 하지만 이 각의 시간 동안 그녀가 받은 충격은 평생 동안 잊지 못할 충격을 그녀에게 안겨주었다.

그것은 그녀의 곁에 있는 백유운과 하청광도 마찬가지였다. 그들은 태어나서부터 이제까지 이런 참상을 단 한 번도 구경해본 적도, 또한 상상조차 해본 적이 없었다. 그만큼 끔찍한 참상이 눈앞에 펼쳐져 있었다.

살기를 내뿜는 칠백 명의 천무단과 그들에 맞서 싸우는 환사영의 모습은 그들에게 커다란 충격을 던져주었다. 그들의 싸움은 이제까지 세 사람이 알고 있던 강호의 상식을 송두리째 부숴버렸다.

이제까지 해검방이 최고라고 자부해왔던 세 사람은 천외천(天外天)이 무엇인지 오늘 확실히 깨달았다. 그들은 일개인이 이렇게 강할 수 있다는 사실을 쉽게 믿을 수 없었다.

"그래도……, 이건 너무 잔인해."

담소하가 망연히 중얼거렸다.

그녀의 여린 신경이 감당하기에는 눈앞의 광경이 너무나 처참했다. 그녀가 양손으로 어깨를 감쌌다. 그런 그녀의 어깨는 끊임없이 떨리고 있었다.

제 2 장
광도(光刀)

십대초인(十大超人)의 시대.

현시대를 가리켜 사람들은 그렇게 불렀다. 한 시대에 한 명만 태어났다면 능히 천하를 제패했을 만한 고수들이 무려 열명이나 출현했으니 천하가 혼돈으로 빠져드는 것은 당연한 일이었다.

뿐만이 아니었다. 오히려 십대초인들보다 더욱 높게 평가를 받는 일영(一影)과 일마(一魔)까지 출현했다. 이제까지 그 어떤 시대도 이렇게 많은 절대자를 한꺼번에 배출한 적이 없었다.

그야말로 사상초유의 일이 현 강호를 중심으로 펼쳐지고 있었다. 사람들은 숨을 죽이고 그들의 행보를 지켜보았다. 그런

와중에 한 줄기 소문이 폭풍같이 천하를 휩쓸었다.

빙마후(氷魔后)에 의해 살왕(殺王)이 생을 마감했다.

믿을 수 없는 소문이었지만, 그 의미마저 간단한 것은 아니었다. 그리고 이 소문이 사실로 밝혀졌을 때 사람들은 경악을 금치 못했다.

살왕 사도욱의 존재는 결코 작은 것이 아니었다. 같은 십대초인 중에서도 상위권에 속한 강자로 인정받던 이가 바로 사도욱이었다. 그런 사도욱이 이제 갓 십대초인에 이름을 올린 예운향에게 당했다는 사실이 시사하는 바는 결코 간단하지 않았다.

이제까지의 모든 서열과 질서가 파괴되고, 새로운 질서가 태동한다는 의미였다. 아울러 새로이 십대초인의 반열에 오른 무인들이 기존의 천하육주에 비해 절대 뒤지지 않는 무력을 소유하고 있다는 사실이 증명됐다.

빙마후 예운향이 살왕 사도욱을 꺾었다는 소문을 의도적으로 퍼트린 자는 바로 십방보였다. 비록 경망스럽고, 무언가에 얽매이는 것을 싫어하는 십방보였지만, 그간의 경험으로 오직 강한 무력과 명성을 지닌 자만이 제대로 된 대접을 받는단 사실을 알고 있었다.

앞으로 정의맹의 고리타분한 무인들과 조우하게 될 예운향을 위해서라도 그녀의 명성을 높이는 것이 좋을 거라 생각했고, 그렇게 실행했다. 그 결과 빙마후 예운향의 명성은 천하를 떠들썩하게 만들었다.

이제 사람들의 관심은 새로운 십대초인에 누구를 끼워 넣느냐였다. 서로의 무력을 비교해 우열을 가리고, 이름 붙이기를 좋아하는 강호인들의 특성상 공석으로 유지되고 있는 자리를 그냥 비워둘 리 없었다.

새로운 십대초인에 누가 들어갈지가 사람들의 새로운 화두로 떠올랐다. 수많은 이름이 언급되었지만, 그중에서도 가장 부각된 이들은 두 명이었다.

파검(破劍) 한청.

광도(光刀) 연성휘.

두 사람 모두 현재 강호에 명성을 날리기 시작한 신흥고수였다. 그들 모두 무적의 무위를 발휘하며 강호에 자신의 존재감을 든든히 하고 있었다. 하지만 그 둘이 직접 부딪쳐 싸운 적은 없었기에 누가 우위에 있는지 확인할 길이 없었다.

사람들은 한청과 연성휘가 언젠가 격돌할 거라고 짐작했다. 무인에게 명성이란 생명과도 같았기 때문이다. 그 둘이 격돌하는 날 새로운 십대초인이 정해질 거라고 입을 모아 말했다.

어쨌거나 일련의 사건들로 인해 예운향의 명성은 하늘을 찌를 듯 천하에 울려 퍼졌다. 이제 예운향은 뭇 남성들의 이상형이자 여자 무인들이 반드시 넘어야 할 목표가 되었다. 수많은 여자 무인들이 빙마후를 목표로 무공을 익히게 되었다.

그렇게 예운향은 강호의 새로운 전설이 되었다.

예운향의 명성이 천하를 휩쓸고 있을 무렵 소운천은 북상을 계속하고 있었다. 그 역시 예운향의 명성을 들었다.

"후후! 제법이군. 그 어린 여아가 천하를 울리는 열 명 중 한 명에 들어가다니."

그의 입가에 어린 미소가 유독 차갑게 느껴졌다.

소운천은 똑똑히 기억하고 있었다. 북해에 내몰렸을 때 그녀가 얼마나 허약하고 위태로웠는지. 당시를 기억하는 그로서는 지금 예운향이 얻고 있는 명성이 우습게 보였다. 그리고 그는 현 시대의 십대초인이란 자들을 그리 높게 평가하지 않았다.

그에게 있어 십대초인이란 자들은 그저 무지몽매한 자들이 만들어놓은 기준에 부합하는 자들일 뿐이었다. 그런 이들을 높게 평가할 마음 따위는 그에게 없었다.

소운천이 인정하는 이는 오직 한 명뿐이다.

환사영.

오직 그만이 소운천의 인정을 받을 수 있었다.

소운천이 웃었다.

"이제 머지않아 우리는 만나게 될 것이다. 그것이 우리의 운명이니까."

다시 환사영을 만날 생각을 하는 것만으로도 그는 가슴이 두근거리는 것을 느꼈다. 오래된 연인과 재회한다고 해도 이보다 더 반가울 수는 없을 것이다.

그는 환사영과 다시 만날 날을 고대하고 있었다. 다시 만나게 되면 그때는 확실하게 죽일 것이다. 두 번 다시 살아나지 못하도록 말이다.

"훗!"

사이한 미소를 흘리며 소운천은 자리에서 일어났다.

지금 그가 서 있는 곳은 운중령(雲中嶺)이라는 고개였다. 구름조차도 잠시 쉬어간다는 이곳 고개에서는 천하가 손에 잡힐 듯 조그맣게 보였다.

하지만 소운천은 눈앞에 펼쳐진 광경을 보고 있지 않았다. 그의 시선은 훨씬 먼 곳을 바라보고 있었다. 소운천이 보고 있는 광경이 어떤 것인지는 오직 그만이 알고 있을 뿐이었다.

광활한 하늘에는 검은 기신조가 맴돌고 있었다. 기신조는 소운천이 구유마전단과 연락을 할 때를 제외하고는 항상 그를 따라다녔다.

문득 소운천은 기신조가 부럽다는 생각을 했다. 창공을 홀로 누비는 기신조의 눈에는 세상이 어떻게 보일까? 어쩌면 기신조야말로 가장 완벽한 생명체가 아닐까 하는 생각이 들었다.

기신조가 왜 자신을 따르는지는 몰랐다. 어쩌면 알의 껍데기를 깨고 나오면서 가장 먼저 각인된 상대가 소운천이라서 따르는 것인지도 몰랐다. 허나 어디까지나 그의 짐작일 뿐 확실한 것은 아니었다.

소운천은 산 아래로 걸음을 옮겼다. 그는 매우 천천히 움직이는 것 같았지만, 기실 무척 빠른 속도로 이동하고 있었다. 그가 한 걸음을 옮길 때마다 주위 경관이 십여 장씩 쭉쭉 뒤로 밀려났다. 천하의 그 어떤 경공고수일지라도 그처럼 여유 있고, 빠른 속도로 움직이지 못할 것이다.

소운천이 움직이자 기신조 역시 그를 따라 움직이기 시작했다. 소운천이 가는 곳이라면 기신조는 어디든 따라갔다.

끼이이!

그때였다. 허공에서 기신조의 날카로운 울음소리가 울려 퍼졌다. 마치 무언가를 경고하기라도 하듯이 말이다.

소운천의 눈가가 곡선을 그리며 휘어졌다. 웃고 있는 것이다. 다른 이들에게는 그저 기분 나쁜 울음소리로 들리겠지만, 소운천은 기신조의 울음에 담긴 뜻을 알아들을 수 있는 능력이 있었다.

이유는 그도 명확히 몰랐지만, 언제부턴가 기신조의 뜻을 알아들을 수 있는 능력이 생긴 것이다. 소운천은 그 이유가 자신이 기신조와 심령이 연결되었기 때문이라고 짐작했다.

기신조는 그에게 경고하고 있었다.

이곳에서 얼마 멀지 않은 곳에 불순한 의도를 가진 무리가

있다고. 그러니까 미리 준비하라고 경고하는 것이다. 그리고
얼마 뒤 소운천의 감각에도 이질적인 기운들이 포착되었다.

소운천의 입가에 어린 미소가 더욱 짙어졌다.

사람들은 모른다. 그의 웃음에 어떤 의미가 담겨 있는지. 소
운천을 조금이라도 아는 사람이라면 그가 웃을 때 큰일이 벌
어진다는 사실을 알고 있었다. 소운천을 최측근에서 모시고
있는 구유마전단조차 그가 웃을 때면 슬그머니 자리를 피할
정도였다.

소운천이 서서히 속도를 늦췄다.

산의 어귀에 일단의 무리가 보였다. 중무장을 한 서른 명의
무인들. 그들이 소운천의 등장에 촉각을 곤두세우는 것이 느
껴졌다.

'나를 기다리고 있었던 것인가?'

문득 그런 생각이 들었다. 하지만 그는 자신의 생각을 결코
표정으로 드러내지 않았다. 그는 여전히 입가에 미소를 머금
은 채 그들을 향해 걸음을 옮겼다.

"멈추시오."

무인들의 우두머리 되는 자가 소운천을 향해 외쳤다. 하지
만 소운천은 결코 걸음을 멈추지 않았다. 그러자 다시 한 번
우두머리 무인이 외쳤다.

"그곳에 멈추라고 했소."

"그 누구도 나를 멈추게 할 수는 없다."

"다시 한 번 말하겠소. 우리는 정의맹의 무인들이오. 만일 멈추지 않는다면 정의맹의 뜻에 반하는 거라고 생각하겠소."

"정의맹?"

순간 소운천이 걸음을 멈췄다. 정의맹이라는 단어가 그의 호기심을 자극한 것이다.

그가 고개를 들어 우두머리 사내를 바라보았다. 순간 우두머리 사내는 한빙지옥에 빠진 것처럼 으스스한 기분을 느꼈다. 그 역시 정의맹에서 내로라하는 고수였지만, 소운천의 눈을 보는 것만으로 한겨울의 바닷가에 옷을 모조리 벗고 홀로 선 듯한 기분을 느끼는 것이다.

우두머리 사내의 이름은 노경호였다. 태산절호(泰山絶虎) 노경호라고 하면 그 누구나 인정하는 대단한 고수였다. 그 때문에 정의맹에서는 그를 포섭하기 위해 상당한 공을 들여야 했다.

본래 노경호와 수하들은 이곳에서 상당히 먼 곳에 파견 나와 있었다. 그런 그들이 이곳에 온 이유는 정의맹에 한 가지 첩보가 입수되었기 때문이다.

도창에서 생존한 특임대원은 매우 중요한 정보를 정의맹에 알려왔다. 그것은 바로 신교의 교주가 홀로 북상하고 있다는 첩보였다. 특임대원의 첩보를 전해들은 정의맹에서는 곧장 진위를 파악하기 시작했고, 신빙성이 있는 정보로 분류했다.

그 직후 정의맹에서는 신교주의 것으로 보이는 몇 가지 움직임을 찾아냈다. 그리고 그를 포획하기 위해 고수들을 파견했다. 신교의 교주만 사로잡을 수 있다면 가공할 기세로 세력을 확장 중인 신교를 해산시킬 수 있다는 판단에서였다.

노경호 역시 그렇게 파견된 무인 중 한 명이었다. 마침 그가 있던 장소가 신교주로 예상되는 자의 동선과 가깝다는 이유로 파견된 것이다.

무섭도록 빠른 대응이었다. 그것은 정의맹에 사태를 냉철하게 파악할 수 있는 책사가 존재한다는 의미였다. 사태를 냉정하게 분석하고, 파악해 곧장 실행할 수 있는 강력한 권한을 지닌 존재가 말이다.

소운천의 시선이 앞을 가로막고 있는 서른 명의 무인들을 하나씩 훑었다. 그의 시선이 닿을 때마다 정의맹의 무인들은 유리알처럼 투명한 뱀의 시선이 온몸을 훑는 듯한 느낌에 가슴 한 켠이 섬뜩해지는 것을 느꼈다.

소운천의 정체는 확실히 알지 못했지만, 그가 범상치 않은 사람이라는 사실만은 분명했다.

노경호가 소운천에게 물었다.

"귀하의 정체를 밝히시오. 이곳을 통과하려면 자신의 신분을 밝혀야 하오."

"훗! 언제부터 이곳에 정의맹이란 떨거지들이 활동을 했지? 정의맹은 이곳에서 물경 수천 리 이상 떨어진 곳에 위치한 것으로 알고 있는데 말이야."

소운천이 조소를 흘렸다.

그의 말에 노경호의 얼굴에 침중한 빛이 떠올랐다. 소운천의 말이 사실이었기 때문이다. 정의맹의 본단과 이곳과의 거리는 수천 리. 정의맹의 영향력이 미치는 곳이 아니었다. 그런데도 굳이 무리수를 두면서까지 이곳에 온 이유는 그만큼 신교주를 사로잡는 임무가 중요하기 때문이었다.

노경호가 얼굴을 굳히며 말했다.

"스스로 신분을 밝히지 않겠다면 강제로라도 제압할 수밖에 없소. 괜히 후회하지 마시고 지금 신분을 밝히는 것이 좋을 것이오."

"훗!"

소운천의 얼굴에 짙은 음영이 드리워지며 유독 붉은 입술이 섬뜩하게 부각되어 보였다. 그 모습에 노경호가 자신도 모르게 뒤로 한 발짝 물러났다.

상대는 단지 웃었을 뿐인데, 그는 마치 대호의 습격을 받은 듯한 느낌에 온몸에 오한이 들었다. 그것은 다른 무인들도 마찬가지였다. 그들의 얼굴이 딱딱하게 굳었다.

본인이 밝히지 않았기에 소운천의 진실한 정체를 알 수는 없었지만, 그가 보통 무인이 아니란 사실만큼은 분명했기 때문이다. 단지 눈빛만으로 모든 이들을 긴장시키는 무인은 그리 흔치 않았다.

소운천이 말을 이었다.

"나의 옷깃을 건들 수 있다면, 만일 그럴 수 있다면 알려주지."

"광오한······!"

노경호의 얼굴이 수치심으로 붉게 물들어갔다. 그것은 다른 이들 역시 마찬가지였다. 소운천의 도발에 그들이 분노를 했다.

촤앙!

그들이 분분히 무기를 꺼내들고 소운천을 포위했다. 개개인이 절정고수라고 해도 무방할 정도의 무력을 소유한 무인들이 무려 서른 명이었다.

일반적인 무인이라면 간이 오그라들고 오금이 저려 제대로 서 있을 수도 없을 정도로 어마어마한 압박감을 느낄 것이다. 하지만 여전히 소운천의 표정은 변함없었다.

"놈을 제압하라."

"옛!"

노경호의 명령이 떨어지자 힘찬 대답과 함께 서른 명의 무인들이 소운천을 일제히 공격하기 시작했다.

쉬아악!

허공 가득 검영과 도영이 가득 찼다. 그리고 강렬한 검기와 도기가 소운천을 향해 밀려왔다. 그러나 여전히 소운천은 움직일 줄 몰랐다.

그가 움직인 것은 누군가의 검이 목에 닿기 직전이었다. 그 순간이 되어서야 소운천이 오른손을 들어올렸다.

"헉!"

소운천의 오른손바닥을 목도한 무인의 입에서 자신도 모르게 헛바람이 흘러나왔다.

쫙 펴진 오른손바닥에 엄청난 흉터가 있었다. 그런데 그 모습이 꼭 마귀가 자신을 보고 웃는 것 같았다.

마수인(魔首印).

환사영이 소운천에게 남긴 흔적이었다.

모든 상처가 아물었지만, 이 상처만은 아물지 않고 마귀의 얼굴형상을 유지하고 있었다. 한 번이라도 소운천의 마수인을 본 자들은 그 공포를 결코 잊지 못했다.

이제 마수인은 소운천을 상징하는 단어가 됐다. 그가 마수인을 펼쳐 보이는 순간 죽음이 내린다는 사실은 이제 공공연한 비밀이 되었다.

쮜와악!

소운천의 마수인이 무인의 얼굴을 덮쳤다. 무인은 검을 뻗은 자세 그대로 굳어버리고 말았다.

그리고…….

퍼석!

그의 얼굴이 마치 수박처럼 산산이 부서지고 말았다. 무인은 비명도 지르지 못하고 절명하고 말았다.

소운천의 손바닥 사이로 뜨거운 김을 내뿜는 선혈이 흘러내렸다. 선혈 사이로 드러난 마귀의 얼굴은 웃고 있었다.

"후후!"

소운천의 음산한 웃음소리가 울려 퍼졌다. 그 섬뜩한 모습에 노경호는 물론이고 수하들마저 얼어붙고 말았다.

소운천의 등 뒤로 검은 기운이 피어오르는 것 같았다. 그리고 검은 기운이 요동치는 모습이 꼭 마신(魔神)이 세상을 굽어보고 있는 것 같았다.

"으으!"

누군가의 입에서 그런 신음소리가 절로 흘러나왔다.

그 순간 노경호는 본능적으로 깨달았다.

'이자다. 신교의 교주는. 이자가 바로 신교의 교주다. 이런 자를 우리보고 사로잡으라고 했단 말인가?'

정의맹의 수뇌부는 오판하고 있었다.

신교의 교주는 겨우 그들 정도로 어떻게 할 수 있는 자가 아니었다. 맹주인 명등이 나서거나, 태상호법인 경천호 정도가 되어야 어찌해볼 만한 존재였다. 아니, 어쩌면 그 둘이 한꺼번에 나서도 부족할지 몰랐다.

그 정도로 엄청난 존재감을 소운천은 보여주고 있었다.

휘류류!

소운천이 손을 뻗자 가공할 기류가 일어나 주변에 있던 무인들을 잡아끌었다. 무인들은 내공을 끌어올려 대항하려 했지만, 소용없었다. 그들은 마치 와류(渦流)에 휩쓸린 나뭇잎처럼 무서운 속도로 소운천에게 끌려가고 말았다.

쮸와악!

소운천이 숨을 들이쉬는 것만으로 무인들은 온몸의 내공이 썰물처럼 빨려나가는 것을 느꼈다.

그들의 얼굴이 창백하게 변했다.

'아, 안 돼!'

'이럴 수는 없어.'

그들이 절망하며 대항하려 했다. 하지만 그들의 의지와 상관없이 그들의 내공은 강탈당하고 말았다. 전설의 흡성대법(吸星大法)일지라도 이런 위력을 갖지는 못했다.

순식간에 서른 명의 무인들이 내공을 빼앗기고 말았다.

털썩!

그들이 썩은 고깃덩이처럼 바닥을 나뒹굴었다.

이제 남은 사람은 오직 노경호뿐이었다. 그의 얼굴이 시커멓게 변해 있었다.

"아, 악마! 인간이 어찌……."

"훗!"

노경호의 절규에 소운천이 차가운 미소를 흘리며 손을 뻗었다. 그러자 노경호의 몸이 소운천을 향해 쭈욱 빨려 들어왔다. 소운천이 왼손으로 그의 목을 잡고, 오른손의 마수인을 그의 머리에 가져갔다. 노경호는 발버둥을 치며 대항하려 했지만, 이미 그의 몸은 그의 통제를 벗어나 있었다.

소운천의 마수인이 노경호의 머리를 파고들며 선혈이 흘러 나왔다. 선혈은 마수인에게 흡수되었다.

 푸들 푸들!

 노경호가 몸을 격렬하게 떨었다.

 그 순간 소운천은 노경호의 피를 통해 그의 기억을 읽고 있었다. 그가 누구에게서 명령을 받은 것인지, 현 정의맹에서 어떤 일이 일어나고 있는지 노경호의 머릿속에 담긴 정보를 갈취하는 것이다.

 "끄, 끄으윽!"

 강제로 정보를 갈취당하는 노경호의 숨이 금방이라도 넘어갈듯 꺽꺽거리고 있었다. 하지만 소운천은 아랑곳하지 않았다.

 이미 소운천은 인간이라 할 수 없었다. 그는 스스로 인간이길 포기하면서 몇 가지 권능을 얻었다. 인간의 기억을 흡수하는 권능 역시 그렇게 얻은 것 중 하나였다.

 마침내 노경호의 숨이 완전히 끊어졌다. 그러자 소운천은 아무렇지 않게 그를 패대기쳤다. 이제 노경호는 아무런 효용 가치가 없었다.

 소운천의 입술이 더욱 붉게 물들었다.

 "명등이라……. 과연 네가 나의 앞에 설 자격이 있다고 생각하는 것이냐?"

*   *   *

천무단과의 전투 직후 환사영과 예운향은 마차를 구해서 탔다. 어디를 가도 예운향의 미모는 단연 눈에 띄었다. 모르는 사람들조차 그녀를 보는 순간 알아볼 정도였다. 사정이 이렇게 되자 결국 십방보는 마차를 구해 그 안에 두 사람을 태우고 스스로 마차를 몰았다. 그러면서도 투덜거리는 것을 잊지 않았다.

"그러면 그렇지. 내가 언제 편하게 뭘 해봤어야지."

그도 강호에서 적잖은 배분과 위치를 차지하고 있었지만, 두 사람 앞에서는 어린애에 불과했다. 그는 투덜거리는 막내동생처럼 온갖 궂은일을 도맡아했다.

십방보는 될 수 있으면 사람이 뜸한 길을 골라 마차를 몰았다. 괜히 사람들 앞에 두 사람을 노출시켜 번거로운 일을 자초하고 싶지 않았기 때문이다.

마차를 탄 덕분에 환사영과 예운향은 한결 편하게 길을 갈 수 있었다. 사람들의 시선에서도 자유로웠고, 무엇보다 십방보가 마차를 몰았기에 두 사람만의 오붓한 시간을 보낼 수 있었다.

창밖으로 해가 저무는 풍경이 보였다. 마차 밖으로 고개를 내민 환사영의 얼굴이 붉게 물들었다. 바람이 불어와 환사영의 얼굴을 부드럽게 어루만졌다. 이제 바람이 제법 차게 느껴졌다.

예운향도 밖으로 손을 뻗어 차가운 바람을 느꼈다. 그런 그녀의 얼굴에는 은은한 미소가 걸려 있었다. 지금이 그녀가 태어나 가장 행복한 순간이었다.

이제까지 그녀는 이런 행복을 느낀 적이 없었다. 단지 환사영이 곁에 있다는 것만으로도 그녀는 무한한 행복을 느꼈다. 그리고 잠시라도 이 행복을 더 느꼈으면 좋겠다고 생각했다.

마차는 조그만 포구에 들어서고 있었다.

오늘의 목적지인 나항포(羅姮浦)였다. 나항포에서 배를 타고 강을 건너면 정의맹까지는 불과 사흘 거리였다. 그러나 오늘은 배가 끊겨 내일 정오까지는 이곳 나항포에서 꼼짝없이 기다려야 했다.

다행히 나항포에는 최근 객잔들이 제법 들어섰다. 모두가 정의맹 때문이었다. 정의맹이 들어서면서부터 사람들의 왕래가 잦아졌고, 그로 인해 이곳 나항포를 이용하는 사람들이 대여섯 배 이상 많아졌기 때문이다.

몰려드는 사람들로 인해 나항포는 활기가 넘쳐흘렀다. 해가 지자 수많은 등불들이 불을 밝혔고, 사람들은 객잔이나 인근에 형성된 시장의 좌판에 옹기종기 모여앉아 이야기를 하거나, 술잔을 기울였다.

십방보는 마차를 몰고 포구 안쪽에 있는 송가객잔(宋家客棧)으로 들어갔다. 송가객잔은 가장 최근에 지어진 객잔으로 상인들을 위해 말이나 마차를 보관하는 장소가 따로 있었다. 또한 마차에서 내리자마자 사람들의 눈에 띄지 않고 후문을 통해 바로 방으로 올라갈 수 있다는 장점이 있었다.

"어서 옵셔."

이제 열일고여덟 살 정도로 보이는 점소이가 십방보를 맞았다. 십방보는 점소이에게 말을 잘 돌봐줄 것을 부탁하고 환사영 등과 함께 객잔으로 들어갔다.

최근에 지어진 객잔답게 송가객잔의 내부는 넓고 깨끗했다. 비록 최고급은 아니었지만, 하룻밤 묵어가는 데는 아무런 문제도 없을 듯싶었다.

환사영 일행은 배정 받은 방에 짐을 풀고 내려왔다. 환사영은 머리를 치렁치렁하게 늘어트리고 있었고, 예운향은 면사로 얼굴을 대부분 가렸기에 사람들은 그들의 정체를 전혀 알아차리지 못했다.

간혹 사람들이 흘깃 쳐다보기도 했지만, 크게 신경 쓰는 사람은 없었다. 그리고 사람들이 환사영 일행을 신경 쓰지 않는 가장 큰 이유는 객잔 안에 있는 한 남자 때문이었다.

수많은 사람들 속에서도 유독 눈에 띄는 외모를 가지고 있는 남자. 짙은 눈썹과 뚜렷한 이목구비, 그리고 부드러운 얼굴선은 뭇 여성들의 마음을 단숨에 빼앗을 정도로 매력적으로 보였다. 눈이 부시도록 새하얀 백호가죽으로 만든 장삼은 그의 매력을 한층 돋보이게 만들기 충분했다.

남자의 곁에는 눈이 부시도록 아름다운 여인 두 명이 앉아 있었다. 새하얀 피부에 은은한 미소를 지닌 여인들은 사내의 양쪽에 찰싹 달라붙어 사랑스런 눈으로 그를 바라보고 있었다.

남자가 손을 움직일 필요도 없이 여인들이 젓가락으로 음식을 집어주고, 술을 먹여주었다. 그러면서도 두 여인은 행복한 표정을 짓는 것을 잊지 않았다.

객잔 안의 남자들은 그 광경을 질투의 눈빛으로 노려보았고, 여인들은 부러운 눈으로 바라보았다. 하지만 수많은 사람들의 시선을 한 몸에 받으면서도 남자는 전혀 개의치 않았다. 그는 오히려 사람들의 그런 시선을 즐기는 듯싶었다.

여인들 역시 마찬가지였다. 그녀들은 교태로운 몸짓으로 남자를 위해 술잔을 따르면서도 주위사람들의 부러운 시선을 한껏 즐겼다. 어쩌면 그녀들에게는 이런 시선이 익숙한지도 몰랐다.

모두가 그들을 바라보고 있었다. 아니, 단 한 부류만 그들에게 전혀 신경을 쓰지 않고 있었다.

방금 전 객잔에 들어온 세 사람. 그들은 사람들의 시선이 잘 닿지 않는 구석진 자리에 앉아 간단한 음식을 시키고 자신들끼리 조용히 이야기를 나누었다.

그 일행 중 한 남자는 머리를 치렁치렁 늘어트려 얼굴을 가리고 있었고, 여인은 면사로 얼굴을 가리고 있어 오직 두 눈만

이 보일 뿐이었다. 그리고 또 한 명의 남자는 무척이나 비대했다.

어른 두 명을 합쳐놓아도 그보다 뚱뚱하지는 않을 것이다. 그런 어울리지 않는 조합을 가진 세 명의 남녀는 수많은 사람들의 시선을 한 몸에 받는 남자의 일행에게는 눈길조차 주지 않고 있었다. 그 모습에 왠지 남자의 자존심이 상했다.

"홋!"

문득 남자의 입가에 부드러운 미소가 떠올랐다. 그의 미소에 곁에 있던 여인들의 시선이 몽롱해졌다. 그녀들은 남자의 이 미소에 반해 따라왔다.

불과 사흘 전까지만 하더라도 그들은 전혀 서로를 모르던 사이였다. 그때까지만 하더라도 그녀들은 자신들이 처음 보는 낯선 남자를 따라나설 거라고는 전혀 생각하지 않았다.

입가에 조그만 점을 가진 여인의 이름은 남설리로 인근의 유력문파인 사인문(四寅門)의 문주 남종화의 고명딸이었고, 또 다른 여인은 남설리의 사촌으로 우연히 놀러왔다가 함께 하게 된 서문선이었다.

그녀들이 눈앞의 남자를 만난 것은 불과 사흘 전이었다. 인근의 하천으로 물놀이를 나왔던 두 여인은 아이들과 한데 어울려 놀고 있는 남자를 보게 되었다.

어린아이처럼 천진한 미소를 짓고 있는 남자는 무서운 마력을 내뿜었고, 두 여인은 금세 그에게 반하고 말았다. 그리고 남자를 따라 이곳까지 오게 된 것이다. 그것이 두 여인이 남자와 함께 하고 있는 이유였다.

남자와 함께 하는 시간이 길어질수록 두 여인은 그에게 흠뻑 빠져들었다. 그는 부드러운 눈빛과 미소, 그리고 무엇보다 여인을 위할 줄 아는 배려심을 가지고 있었다.

거친 무인들만이 가득한 사인문에서 언제 이렇게 여인을 대우해주는 남자를 만난 적이 있었겠는가? 그녀들은 남자의 매력에 빠져 허우적거리고 있었다.

'가가를 위해서라면 나는 모든 것을 포기할 수 있어.'

'이분이야말로 진정한 내 운명의 남자야.'

그것이 여인들의 생각이었다.

여인들은 남자의 좌우에 찰싹 달라붙어서 결코 떨어지지 않았다. 하지만 지금 이 순간 남자의 눈은 그들을 향해 있지 않았다. 그의 시선은 새로이 나타난 여인, 예운향에게 고정되어 있었다.

비록 면사로 얼굴을 가리고 있었지만, 그녀의 훌륭한 몸매로 미루어보아 얼굴 또한 범상치 않을 거란 짐작을 할 수 있었다. 하지만 그녀는 전혀 그에게 눈길조차 주지 않고 있었다.

이제까지 만난 그 어떤 여인도 자신에게서 시선을 떼지 못했으나, 그녀만은 반대였다. 오히려 그가 여인에게서 시선을 뗄 수 없었다.

'누구지? 그리고 그녀의 앞에 있는 남자는?'

호기심이 동했다. 하지만 옆에 있는 여인들이 문제였다. 그녀들은 거머리처럼 찰싹 달라붙어 떨어질 줄 몰랐다.

'이제 이 여인들도 정리할 때가 된 모양이군.'

그러나 그는 자신의 생각을 결코 드러내지 않았다. 그저 여인들을 보며 부드럽고 감미롭게 웃어줄 뿐이었다. 그에 여인들이 더욱 찰싹 달라붙었다.

누가 봐도 부러운 광경이었다. 절세의 가인 두 명이 옆에 붙어 떨어질 줄 모른다니. 사람들은 남자의 정체가 궁금해졌다. 하지만 남자에 대한 정보가 너무 적었다. 단지 얼굴이 잘생겼다는 것 외에는 그의 정체를 추측해볼 만한 단서가 없었다.

남자가 술잔을 들었다. 그러자 남설리가 급히 그의 잔에 술을 채웠다. 남자가 웃으며 술을 마시자 이번에는 서문선이 그의 입에 안주를 넣어주었다.

남자가 흡족한 미소를 지었다. 하지만 그러면서도 그의 시선은 예운향에게 고정되어 있었다.

이렇게 시선을 노골적으로 보내면 한 번이라도 쳐다볼 듯싶은데, 예운향은 단 한 번도 그에게 시선을 주지 않았다. 그의 시선은 오직 맞은편에 있는 남자에게만 고정되어 있을 뿐이었다.

'연인인가? 이거 재밌군. 하긴 임자 있는 여인을 빼앗는 기분도 그리 나쁘지는 않지.'

남자는 자신 있었다. 이제까지 몇 번이나 임자 있는 여인을 빼앗은 경험이 있기 때문이다. 그 누구라도 그의 진정한 매력을 알게 되면 절대 헤어나올 수 없었다.

한편 남설리와 서문선은 한 줄기 불안감을 느끼고 있었다. 간혹 여인을 바라보는 남자의 시선이 의미심장했기 때문이었다. 그래서 그녀들은 더 남자에게서 떨어지지 않으려고 했다.

그렇게 두 여인이 남자에게 달라붙어 있을 때 송가객잔의 문이 열리며 일단의 무리가 나타났다. 하나같이 건장한 스무 명의 남자들. 몇몇 사람들이 그들의 정체를 단숨에 알아보았다.

"사인문의 무인들이다."

"선두에 선 남자는 사인문의 문주인 남종화가 분명하다."

사인문은 인근에서 가장 유력한 문파였다. 당연히 이곳에까지 영향력이 미칠 수밖에 없었다. 그렇기에 몇몇 식견 있는 자들은 당연히 사인문에 대해 알고 있었다.

서늘한 날씨에도 불구하고 섭선을 들고 있는 서생 차림의 중년남자가 여인들을 향해 외쳤다.

"설리야, 문선아."

"아버지, 어떻게 여기에?"

갑작스런 남종화의 등장에 남설리가 깜짝 놀랐다.

남종화의 얼굴에는 살기가 어려 있었다. 애지중지 키운 고명딸이 정체도 알지 못하는 떠돌이와 함께 집을 도망쳐 나온 것은 사인문의 수치이자, 남종화의 수치였다.

남설리와 서문선이 남자를 따라 집을 나선 이후로 그는 수치심에 고개를 들고 다니지 못했다. 그는 곧 사인문의 역량을 총동원해 그녀의 행방을 수소문했고, 오늘에서야 그들이 송가객잔에 머물고 있다는 사실을 알아냈다.

　그는 사인문의 정예들을 총동원해 송가객잔을 포위했다. 남설리를 비롯해 그녀를 유혹한 남자가 혹시 도주할 가능성을 미리 차단하기 위해서였다.

　남종화가 말했다.

　"이리 오너라. 집으로 돌아가자."

　"싫어요, 아버지."

　"뭣이?"

　남설리가 단숨에 거절하자 남종화의 눈썹이 성큼 치켜 올라갔다. 설마하니 이제까지 고이 키운 외동딸이 정체모를 사내 놈에게 눈이 멀어 아비의 말을 거역할 줄 몰랐기 때문이다.

　남종화의 시선이 서문선을 향했다. 그러자 그녀 역시 조심스럽게 고개를 저었다. 죽어도 남자의 곁을 떠나지 않겠다는 의지였다. 그녀들의 태도에 남종화의 화가 머리끝까지 치밀어 올랐다.

　"감히 너희들이 나의 말을 거역하겠다는 것이냐?"

　"저희들은 가가를 떠나서 절대 살 수 없어요, 아버지."

　"그런 근본도 모르는 놈 때문에 아비와 사인문을 버리겠다는 것이냐? 지금 네가 제정신이냐?"

"아버지, 이분은 이미 저희의 생명이나 마찬가지예요."

"네가 홀려도 단단히 홀렸구나. 뭐하고 있느냐? 저 아이들을 끌어내지 않고."

"옛!"

남종화의 명에 수하들이 우르르 몰려나와 남설리와 서문선을 잡아끌었다. 그 모습을 뻔히 보면서도 남자는 아무런 행동도 취하지 않았다. 아니, 오히려 잘되었다는 듯이 그 모습을 바라볼 뿐이었다.

그에게는 지금이 여인들을 떼어낼 절호의 기회였던 것이다. 언제까지고 함께 있고 싶은 여인들의 바람과는 달리 그는 그 누구에게도 오랜 시간 묶여 있을 생각이 없었다.

그는 자유로운 바람이었다.

그 무엇도 그를 구속할 수는 없었다.

"가가!"

남설리와 서문선이 애타게 그를 불렀다. 하지만 그는 끝내 어떤 행동도 취하지 않았다.

딸과 조카를 끌어낸 남종화가 다시 외쳤다.

"내 딸과 조카를 희롱한 저 녀석도 끌고 나오거라. 내 단단히 혼을 내서 두 번 다시 여염집 처자들을 희롱하지 못하게 만들겠다."

"옛!"

사인문의 무인들이 다시 남자를 끌어냈다. 남자는 순순히 사인문도들에게 포위되어 밖으로 나갔다. 그런 그의 모습은 너무나 여유로웠다. 하지만 그 모습이 오히려 남종화의 화를 돋우고 말았다.

밖에는 사인문의 무인들이 더 대기하고 있었다. 안에 들어왔던 이들까지 합하면 무려 백여 명이나 한자리에 모인 것이다. 남종화가 얼마나 화가 났는지 알 수 있는 대목이었다.

남자가 주위를 둘러보며 휘파람을 내뱉었다.

"휘유! 많이도 왔군."

그런 그의 모습에서는 어떤 위기감도 느껴지지 않았다. 그런 그를 향해 남종화가 노호성을 터트렸다.

"네놈의 정체는 무엇이냐? 대체 어디서 나온 색마이기에 여염집 처자들을 꾀어서 노리개로 삼는단 말이냐?"

"거, 말이 너무 심한 것 같습니다. 누가 노리개로 삼았다는 겁니까? 문주님 따님에게 물어보십시오. 내가 같이 가자고 한마디라도 했는지. 다 문주님 따님이 스스로 따라온 겁니다."

"뭣이? 그래도 네놈이 정신을 못 차렸구나. 네가 지금 어떤 처지인지 알고 하는 말이냐?"

"뭐, 대충 백 명 정도 되는 어중이떠중이가 저를 포위하고 있군요."

"어중이떠중이?"

"후후!"

남자가 어깨를 으쓱해보였다. 그런 그의 모습이 남종화의 화를 폭발하게 만들었다.

그가 외쳤다.

"놈을 무릎 꿇려라. 이곳에서, 모두가 보는 앞에서 놈을 처단할 것이다."

"옛!"

사인문도들이 힘찬 대답과 함께 남자를 향해 서서히 다가갔다. 무려 백 명이나 되는 무인들이 다가옴에도 불구하고 남자의 얼굴에 어린 미소는 사라지지 않았다.

사람들은 숨을 죽이고 그 광경을 지켜보았다.

그들은 잠시 후 남자가 피를 토하며 바닥에 무릎 꿇을 거라고 생각했다. 그의 여유로운 표정 또한 금방 사라질 거라고 예상했다. 하지만 남자의 얼굴에 어린 미소는 사라지지 않았다. 수많은 여인을 빠져들게 한 마력적인 미소를 머금은 채 그가 말했다.

"후후! 거기까지. 더 이상 다가오지 않는 게 좋을 거야. 아름다운 여자라면 얼마든지 밀착해도 좋지만, 사내들이 가까이 다가오면 두드러기가 나는 체질이거든."

"놈! 헛소리 하지 말거라."

"난 분명히 경고했어. 그러니까 후회하지 말라고."

사인문도들은 남자의 말을 무시했다. 겉으로 보기에 남자는 그리 대단해 보이지도 않았고, 위협적으로 보이지도 않았기 때문이다. 그에게 있어 대단한 것이라고는 여인들을 홀리는 잘생긴 외모뿐이었다.

무인들이 남자에게 가까이 접근했다. 그러자 남자가 한숨을 내쉬며 고개를 절레절레 저었다.

"하여간 피를 보기 전에는 후회할 줄 모르고, 어디 다치기 전에는 아픈지 모르는 족속들이라니까. 좋은 말로 하면 도무지 하늘 높은 줄 모르고 콧대만 세우니."

"이놈!"

결국 참지 못하고 사인문도들이 일제히 달려들었다. 백여 명이나 되는 무인들이 일제히 달려드는 모습은 충분히 위압적인 것이었다.

남자가 허리에 손을 가져갔다. 그의 허리에는 완만한 곡선을 그리며 휘어져 있는 도집이 걸려 있었다. 남자는 도집째 꺼내들었다. 그리고 허공을 향해 가볍게 휘저었다.

퍼버벅!

순간 가죽 북 터지는 듯한 소리가 연달아 울려 퍼지더니 선두에서 달려들던 사인문도들이 뒤로 나가떨어졌다. 그런 그들의 손과 얼굴에는 선명한 멍 자국이 생겨나 있었다. 단지 도집에 맞았을 뿐인데 그들은 정신을 차리지 못한 채 몸을 푸들푸들 떨고 있었다.

그 모습을 본 사인문도들이 분노했다.

"놈! 감히 사인문도를 상하게 하다니."

"가만두지 않겠다."

그들이 앞뒤 가리지 않고 달려들었다. 그러나 그 모습을 바라보던 남자는 혀를 찼다.

"쯧쯧! 상대의 역량도 몰라보는 어리석은 인간들이라니. 사인문의 앞날도 뻔하군."

쉬쉭!

그의 도집이 허공을 어지럽게 갈랐다. 그때마다 달려들던 사인문도들이 추풍낙엽처럼 쓰러졌다. 사인문도들은 남자가 어떻게 도집을 휘두르는지 제대로 보지도 못했다. 그저 눈앞에 무언가 번쩍인다 싶으면 이마에 충격을 받고 쓰러졌을 뿐이다.

"이럴 수가!"

남종화가 이빨을 뿌득 갈았다.

어느새 사인문도들이 오십 명이나 쓰러져서 신음을 흘리고 있었다. 순식간에 일어난 일이라서 남종화가 어떻게 개입할 여지가 없었다.

"놈! 멈추지 못하겠느냐?"

"후후! 제멋대로 덤빌 때는 언제고, 이제 와서 멈추라고 하는 거지?"

남자는 손을 멈추지 않았다. 이제 사인문도들이 모두 쓰러지는 것은 시간문제였다. 비록 목숨을 잃지는 않겠지만, 오늘의 치욕이 세상에 알려지면 사인문은 예전처럼 당당하게 거리를 활보할 수 없게 되리라.

결국 참지 못한 남종화가 섭선을 남자에게 날렸다. 그의 섭선에 담긴 위력은 일반 사인문도들과 차원을 달리했다. 나름 절정고수라고 인정받는 남종화였다. 그의 섭선에는 한 자 두께의 쇠라도 단숨에 잘라버릴 가공할 위력이 담겨 있었다.

"가가!"

"피해요."

남설리와 서문선이 동시에 외쳤다. 그들은 아비와 문파보다 사흘 전에 만난 남자의 안위를 걱정하고 있었다. 그녀들의 외침에 남종화가 배신감을 느끼는 것은 당연했다. 그는 허공을 격해 섭선에 더욱 공력을 불어넣었다.

그러자 섭선이 날아가는 속도가 더욱 빨라졌다. 여인들의 외침보다 섭선이 먼저 남자의 뒤통수에 도달했다. 이제 잠시 후면 남자의 머리가 목에서 분리될 것 같은 착각에 두 여인이 그만 눈을 질끈 감았다.

서걱!

무언가 잘려나가는 섬뜩한 소리에 두 여인이 조심스럽게 눈을 떴다.

"가가."

그들의 눈에서는 어느새 눈물이 흐르고 있었다. 남자가 죽었다고 생각했기 때문이다. 하지만 남자는 죽지도, 부상을 당하지도 않았다. 그는 오히려 너무 멀쩡한 모습으로 서 있었다.

두 쪽이 난 것은 오히려 남종화가 날린 섭선이었다. 그리고 섭선이 떨어진 곳에는 도를 빼든 남자가 있었다. 그런 남자의 도는 새하얀 빛을 내뿜고 있었다.

너무나 눈이 부셔서 스스로 빛을 내는 것 같은 도의 모습에 사람들이 경악했다. 그것은 남종화도 마찬가지였다. 그야말로 완벽한 기습이라고 생각했는데, 갑자기 눈앞이 번쩍이더니 남자가 빛이 나는 도를 들고 있었다. 눈이 부신 하얀 빛을 발산하는 도를 들고 있는 남자의 모습은 천장(天將)이 강림한 것과 같았다.

그런 남자의 모습에서 몇몇 사람들이 누군가의 이름을 떠올렸다.

"광도(光刀)?"

"광도? 그럼 저자가 광도 연성휘란 말인가?"

히죽!

순간 남자가 그렇다는 듯이 웃었다.

그제야 사람들은 깨달았다. 눈앞의 남자가 광도 연성휘라는 사실을. 파검 한청과 더불어 새로운 십대초인의 일원으로 거론되는 신진 절대고수가 눈앞에 있다는 사실을 말이다.

"광도라니?"

남종화가 믿을 수 없다는 눈으로 눈앞의 사내를 바라보았다. 연성휘라는 이름의 사내. 그가 강호에 두각을 나타내기 시작한 것은 불과 몇 달 전부터였다.

불과 몇 달 전만 하더라도 강호는 연성휘의 존재조차 몰랐다. 그렇게 존재감조차 미약했던 그가 몇 달 전 갑자기 부각되기 시작했다.

그가 명성을 얻은 것은 강호의 절정고수 중 한 명이라고 소문난 장미산장(薔薇山莊)의 주인인 두창해와의 싸움을 승리로 이끌면서부터였다.

두창해와의 싸움을 시작으로 그는 크고 작은 싸움을 벌여왔다.

백상방(白象房)의 방주인 도겸호.

해연문(海燕門)의 문주인 사청화.

일심검문(一心劍門)의 문주인 노해청.

그 외에도 이루 열거할 수 없을 정도의 많은 고수들과 연성휘는 싸웠다. 그리고 그들을 모조리 꺾는 쾌거를 이뤘다. 실력만으로 보자면 그는 능히 십대초인에 들 자격이 있었다. 그럼에도 불구하고 그가 아직 확실하게 십대초인에 들지 못한 이유는 바로 그의 성격에 있었다.

아니, 그의 싸움이 일어난 계기 자체가 정상적인 것이 아니었기 때문이다. 그가 이제까지 싸운 수많은 고수들은 모두가 아름답고 예쁜 딸을 가졌다는 공통점이 있었다. 그리고 그녀들은 모두 연성휘와 더불어 강호에 염문을 뿌렸다.

그랬다. 이제까지 그가 싸운 모든 싸움은 누군가의 딸, 혹은 여 조카와 관련된 것이었다.

연성휘는 천성적으로 아름다운 여인을 보면 그냥 지나치지 못하는 성격을 가지고 있었고, 그로 인해 눈에 띄는 미인이라면 신분 여하를 따지지 않고 접근을 했다.

여인들 역시 눈에 띄게 잘생긴 미남에다 수더분한 말솜씨, 그리고 다정한 성격을 가진 그에게 정신없이 빠져들었다.

문제는 헤어질 때였다. 연성휘는 여인을 좋아하긴 했지만, 금방 질리는 성격을 가지고 있었다. 그 때문에 여인과 만난 지 얼마 되지 않아 헤어지는 과정에서 여인들이 속한 문파와 충돌을 빚곤 했던 것이다.

그리고 시비가 붙었던 문파를 모조리 제압하면서 엄청난 명성을 얻었다. 그렇게 얻은 명성이다 보니 사람들은 그를 십대 초인의 반열에 확실히 올리길 주저했다.

희대의 화화공자(花花公子)이자 절대고수. 그가 바로 연성휘였다. 그리고 이번에는 사인문(四寅門)이 그가 문제를 일으킨 대상이었다. 사인문주의 딸, 그리고 조카가 관련된 사건이었다.

남종화가 노성을 터트렸다.

"연성휘, 네놈이 감히 내 딸과 조카를 농락했단 말이냐?"

"농락을 하긴 누가 했단 말입니까? 그녀들에게 물어보십시오. 만일 그녀들의 입에서 내가 농락했다는 말이 나오면 스스로 목숨을 끊을 테니."

유들유들한 연성휘의 대답에 남종화가 자신의 딸과 조카를 노려보았다. 그러자 그녀들이 한목소리로 말했다.

"그분의 말이 사실이에요. 우리가 좋아 따라나선 것이니 그분에겐 아무런 죄가 없어요."

"이익!"

남종화의 얼굴이 일그러졌다.

얼마나 공들여 키운 딸이었는가? 바람이 불면 날아갈까, 비가 오면 옷이 젖을까 애지중지 키운 외동딸과 조카가 그의 앞에서 화화공자를 변호하고 있었다. 그가 느끼는 배신감이란 이루 말로 표현할 수 없는 것이었다.

"놈을 죽여랏. 모든 뒷감당은 내가 하겠다."

"옛!"

그의 노기 어린 외침에 사인문도들이 일제히 연성휘를 향해 달려들었다. 남종화도 수하들 사이에 섞여 연성휘를 향해 공격했다. 그런 그들을 보면서 연성휘가 중얼거렸다.

"오늘도 쉽게 넘어가긴 글렀군. 휘유! 이 짓거리도 이제 신물이 나는데."

이미 몇 번이나 경험해본 일이었다.

그를 대면한 대부분의 무인들이 지금 남종화와 같은 반응을 보였다. 어쩌면 이렇게 하나같이 획일적이다 못해 식상하기까지 한 것인지. 그리고 그에 대응하는 연성휘의 반응 역시 똑같았다.

쉬쉬쉭!

그의 도가 허공을 어지럽게 갈랐다.

애당초 상대가 안 되는 싸움이었다. 연성휘는 남종화나 사인문도들이 감히 범접할 수 없는 수준의 고수였다. 연성휘가 도를 휘두를 때마다 사인문도들이 무더기로 쓰러졌다. 하지만 그들의 상처는 생각보다 가벼웠다. 연성휘가 사정을 봐주었기 때문이다.

이제까지 수많은 이들과 여인문제로 싸운 연성휘였지만, 그의 손에 목숨을 잃은 자는 거의 없었다. 비록 여인들 때문에 싸움을 했지만, 그래도 그 역시 한 가닥 양심은 남아 있는지라 과하게 손을 쓰는 것을 자제했기 때문이다.

"크윽! 이놈."

남종화의 얼굴이 한껏 일그러졌다.

비록 이성을 잃었지만, 그도 이제 느끼고 있었다. 자신과 사인문의 힘만으로는 눈앞의 화화공자를 어찌할 수 없단 사실을. 하지만 그렇다고 해서 물러설 수는 없었다. 그는 혼신의 힘을 다해 연성휘를 공격했다.

쉬아악!

숨겨두었던 또 하나의 섭선이 허공을 크게 갈랐다. 섭선에는 강렬한 기운이 뭉쳐 있었다. 커다란 바위라도 단숨에 두 쪽을 낼 만한 강맹한 기운이 숨겨져 있는 것이다.

연성휘는 남종화의 공격을 피하지 않았다. 그는 알고 있었다. 이럴 땐 우두머리를 확실히 제압해야 한다는 사실을. 그래야 훗날 벌어질 귀찮은 일을 피할 수 있다는 사실을 말이다.

그의 도에서 더욱 강렬한 빛이 뿜어져 나왔다. 그가 공력을 더욱 집중시킨 것이다. 그대로 그는 남종화를 향해 도를 휘둘렀다.

콰아앙!

"크윽!"

한 줄기 굉음과 답답한 신음성이 거리에 울려 퍼졌다.

바닥에 나뒹군 채 신음성을 흘리는 이는 남종화였다. 남종화는 낭패를 면치 못한 모습이었다. 옷은 여기저기 찢겨져 있었고, 몸 곳곳에는 가볍지 않은 상처를 입었다. 그의 입에서는 검붉은 선혈이 내비치고 있었고, 눈동자는 흰자를 보이고 있었다.

"아버지."

남설리가 급히 남종화에게 뛰어와 그를 품에 안았다. 아비가 피를 흘리는 모습을 보니 그제야 정신이 든 것이다.

남종화를 품에 안은 남설리에게 연성휘가 말했다.

"미안하오. 내가 손이 과해 당신의 아버지를 상하게 했구려. 아무래도 우리의 인연은 여기까지인 것 같소. 아버지를 잘 보살피시구려. 한 사나흘 잘 정양하면 몸이 나을 것이오."

"가가."

"미안하오. 나는 이렇게 주위 사람에게 상처만 남겨주오. 그러니 나 같은 사람은 잊고 좋은 사람 만나 새로운 삶을 시작하시오."

"흑흑! 가가."

남설리와 서문선이 흐느껴 울었다.

하지만 그녀들은 연성휘를 따르지 못했다. 제아무리 철이 없는 그녀들이었지만, 지금 이 상황이 어떠한지 모를 리 없었다. 남종화가 쓰러지는 순간 그제야 자신들이 처한 상황을 자각한 것이다.

남설리와 서문선을 뒤로 하고 연성휘는 객잔으로 걸음을 옮겼다. 그런 그의 입가에는 은은한 미소가 걸려 있었다.

이것이 그가 그간 정을 나눈 여인들을 떼놓는 방식이었다. 일단 그녀들이 속한 문파와 충돌을 일으키고 나면 아무리 그에게 집착하는 여인들이라도 망설일 수밖에 없었다. 잘못하면 남자에게 눈이 멀어 자신의 문파를 망하게 했다는 말을 들을 수도 있는 일이기 때문이다.

연성휘에게는 어려운 일이란 도무지 존재하지 않는 것 같았다. 이 정도의 충돌은 그에게 아무것도 아니었다.

모든 것이 그의 무공 덕분이었다. 좋은 사부를 만났고, 그의 재질이 뛰어났기에 이 정도의 성취를 얻을 수 있었다. 더 노력하면 더 훌륭한 성취를 얻을 수도 있을 것이지만, 그는 더 이상 성취를 얻을 필요를 느끼지 못했다. 지금의 무력만으로도 적수를 거의 만나지 못했기 때문이다.

저벅 저벅!

연성휘의 발소리가 객잔 안에 울려 퍼졌다.

평소 이런 광경을 본 사람들이라면 누구라도 손가락질을 했을 텐데, 오늘은 그런 사람이 없었다. 모두가 연성휘의 가공할 무공을 보았기 때문이다.

객잔 안은 조용했다. 모두가 곁눈질로 연성휘를 살폈다. 그에 연성휘가 피식 웃었다. 너무나 익숙한 광경이기 때문이다. 이제까지 그가 싸운 후면 사람들은 항상 이런 반응을 보였었다.

무관심한 척, 아무렇지 않은 척하지만, 결국은 곁눈질로 그의 눈치나 살피고, 비위 맞추기에 급급했다. 그래서 연성휘는 강호란 존재를 자신의 발밑으로 보았다.

'그럼 이제 어떤 여자가 좋을까?'

남설리 등을 떼어놓은 것이 방금 전인데 그는 새로운 여인을 찾고 있었다. 그는 천성적으로 하루라도 여인이 없으면 안 되는 사람이었다.

그런 연성휘의 눈에 등을 돌리고 식사를 하고 있는 세 사람이 보였다. 연성휘는 본능적으로 느낄 수 있었다. 그들이 관심 없는 척하는 것이 아니라 실제로 관심이 없다는 사실을. 그들 중에는 처음 그가 눈길을 주었던 면사를 쓴 여인도 있었다. 예운향이었다.

좀 전까지만 하더라도 세 명이 앉던 탁자에 홀로 앉아 그는 예운향을 바라보았다. 보통의 여인들이라면 그의 시선을 느끼고 한 번쯤 시선을 주게 마련이다. 이제까지 그 어떤 여인도 그와 같은 공식에서 벗어난 적이 없었다. 하지만 예운향은 그의 시선을 아는지 모르는지 눈길조차 주지 않았다.

"으음!"

연성휘가 침음성을 흘렸다.

자존심이 상하기도 하고, 욕심이 나기도 했다.

비록 면사로 얼굴 대부분을 가렸지만, 드러난 두 눈하며 굴곡진 몸매를 통해 이제까지 그가 만났던 그 어떤 여인들보다 뛰어난 외모를 가졌다는 사실을 짐작할 수 있었다. 욕심이 나는 여인이었다. 하지만 난관이 있었다. 무엇보다 그녀의 곁에 두 명의 남자가 있다는 것이다.

남자가 함께 있는 자리에서 여인에게 수작을 걸기는 껄끄러웠다. 이제까지 임자 있는 여인에게 손을 댄 적이 없는 것은 아니지만 그때는 지금과 달리 남자가 함께 있지 않은 자리에서였다.

'하지만 모든 일에는 처음이 있는 법이지.'

연성휘가 은밀히 미소를 지었다.

그가 자리에서 일어났다. 그리고 예운향 등이 있는 탁자를 향해 다가가 최대한 정중한 목소리로 말했다.

"저, 잠시만 합석할 수 있을까요? 제 자리가 너무 어지러워서 그러니 치울 때까지만 잠시 앉아 있었으면 하는데요."

"형! 괜히 험한 꼴 당하기 전에 그냥 제자리로 돌아가요."

"응?"

대답은 엉뚱한 사람에게서 흘러나왔다.

등을 돌리고 앉은 비대한 청년의 입에서 말이 나온 것이다. 그는 십방보였다.

십방보는 연성휘를 보지도 않고 말을 이었다.

"형이 어떤 여인에게 추파를 던져도 상관없지만, 우리 누님에게는 안 돼요. 우리 누님에게 추파를 던지는 순간 형은 죽은 목숨이니까."

"하하! 뭔가 오해를 하는 것 같은데 나는 추파를 던지는 것이 아니라 자리가 지저분해서."

"형! 그렇게 살지 마요. 왜 그렇게 살아요?"

"응?"

십방보의 볼멘소리에 연성휘가 당황한 표정을 지었다.

환영을 받을 거라고 생각하진 않았지만 설마 이런 소리를 들을 거라고는 예상하지 못했기 때문이다.

"그게 무슨 소리냐? 그렇게 살지 말라니?"

"여자를 소중하게 대해야지, 무슨 물건이에요? 왜 그렇게 막 대해요?"

"하하! 소형제, 무언가를 오해하는 것 같은데 나는 여자를 막 대한 적이 없네. 누구보다 소중하게 생각하고 아끼지."

"거짓말하지 말아요. 세상에 상종 못할 부류가 있다던데 형이 그런 사람 같네요."

"보자보자 하니 못하는 소리가 없구나, 소형제."

연성휘의 얼굴에 은은한 노기가 서렸다.

남종화에게 폭언을 들으면서도 인상 한 번 찡그리지 않았던 그가 십방보의 말에 흔들리고 있었다. 하지만 정작 그 자신은 그런 사실을 전혀 알지 못하고 있었다.

"형, 여기 있으면 개망신만 당하게 될 테니까 알아서 형 자리로 돌아가요."

"누가 있어 나를 개망신 줄 수 있단 말이냐? 천하의 그 누가?"

"여기에 그런 사람이 세 명이나 있거든요."

"뭣이? 소형제는 그 말에 반드시 책임을 져야 할 것이다!"

"하아! 이 형은 도대체 무얼 먹고 이렇게 쇠심줄 같은 신경을 가지게 된 거지."

십방보가 한숨을 푹 내쉬었다. 그런 십방보의 모습에 연성휘의 미간이 꿈틀거렸다.

"요 녀석."

그가 손을 뻗어 십방보의 뒷덜미를 잡으려 했다. 하지만 그 순간 그는 놀라운 경험을 해야 했다. 그의 눈앞에서 비대한 십방보의 체구가 감쪽같이 사라진 것이다.

십방보의 목소리는 그의 등 뒤에서 들려왔다.

"하아! 이 형이 정말 사람 귀찮게 하네. 형 때문에 한 걸음이나 움직였잖아요. 살이 족히 열 근은 빠졌겠네."

"이 녀석?"

연성휘가 깜짝 놀라 뒤를 돌아봤다. 그곳에 십방보가 구슬 땀을 삐질삐질 흘리며 서 있었다.

'이 녀석!'

연성휘의 눈빛이 변했다.

절대고수라고 자부하는 그의 이목을 감쪽같이 속인 움직임 이었다. 솔직히 십방보의 목소리가 들려오기 전까지 그가 움 직인 기척조차 감지하지 못했다.

그가 사물을 인식하는 속도보다 십방보의 움직임이 더욱 빠 르다는 뜻이었다. 도대체 얼마나 빨리, 또 은밀히 움직였으면 연성휘와 같은 절대고수가 인지조차 하지 못했단 말인가?

그의 눈빛이 절로 차가워졌다.

"너 이 녀석, 무엇을 노리고 나에게 접근한 것이냐?"

"접근? 내가요? 아! 환장하겠네. 아전인수(我田引水)도 정도 껏 해야지. 우리, 말은 바로 합시다. 형이 우리 누님한테 찝쩍 거리려고 접근한 거지, 내가 접근한 것은 아니잖아요."

"큭!"

핵심을 찌르는 십방보의 말에 연성휘의 코끝에 주름이 잡혔 다. 사실 거기에는 할 말이 없었다. 자신이 먼저 예운향의 미 모를 보고 접근한 것이기 때문이다.

"그럼, 그 말은 취소. 다시 한 번 묻겠다. 너의 정체가 무엇 이냐?"

"내가 왜 형에게 대답을 해야죠?"

"아! 그, 그건……."

이번에도 연성휘는 시원하게 대답하지 못했다.

십방보와 말을 섞으면 섞을수록 왠지 그만 진창에 빠져 들어가는 느낌이었다. 이 비대한 녀석은 체구와는 어울리지 않는 비쾌한 움직임과 더불어 상대를 꼼짝하지 못하게 만드는 경쾌한 말솜씨를 가지고 있었다.

십방보가 한심하다는 듯이 연성휘를 바라보았다.

"형, 그러면 좋아요?"

"뭐, 뭐가 말이냐?"

"그렇게 이 여자, 저 여자 울리고 다니면 좋냔 말이에요? 그러다 언젠가는 벌 받아요."

"크윽! 내가 가만히 있어도 여인들이 좋다고 달려드는 것을 나보고 어쩌란 말이냐?"

"그럼 그런 여자만 상대해요. 괜히 우리 누님에게 들이대지 말고. 내가 장담하는데 더 이상 형이 우리 누님에게 접근했다가는 일곱 개의 구멍에서 피를 토할 거라고 약속해요."

"네가 말이냐? 너의 경공이 뛰어난 것은 인정한다만, 그 정도로는 나를 어쩔 수 없다."

"내가 아니에요."

"그럼 누가 있어 감히 나를 어찌한단 말이냐?"

"거기 있잖아요."

"거기? 누구?"

연성휘의 시선이 십방보를 따라 움직였다. 그러자 등을 돌리고 있는 환사영의 모습이 보였다.

십방보와 연성휘가 떠들고 있음에도 불구하고 환사영은 눈길조차 주지 않고 묵묵히 식사를 하고 있었다.

"음!"

환사영의 뒷모습을 보는 순간 연성휘의 입에서 자신도 모르게 신음성이 흘러나왔다. 이제까지 의식을 하지 않고 있었던 때는 몰랐는데, 일단 의식을 하자 그의 존재감이 무섭도록 확장되었기 때문이다.

남자의 등이 이토록 거대하게 보이기는 처음이었다. 그에게 무공을 전수해준 가장 존경하는 사부의 등도 이렇게 거대해보이지는 않았다. 실제로 환사영의 등이 그렇게 거대할 리 없었다. 단지 연성휘가 느끼는 기분이 그렇다는 것이다.

부르르!

자신도 모르게 연성휘의 주먹에 힘이 들어갔다. 환사영을 의식하는 순간부터 온몸의 신경이 곤두서고, 근육에 힘이 들어갔다.

마치 팽팽하게 당겨진 활시위처럼 그의 모든 의식이 환사영을 향했다. 하지만 환사영은 연성휘를 전혀 의식하지 않고 묵묵히 식사만 하고 있었다. 그것은 예운향도 마찬가지였다.

그제야 연성휘는 두 사람이 결코 범상하지 않은 사람이라는 사실을 깨달았다. 그리고 신신당부하던 사부의 말이 떠올랐다.

　　"휘야, 강호에 나가면 젊은 층에서뿐만 아니라 장년층에서도 너의 적수는 거의 없을 것이다. 하지만 강호는 넓고 기인이사는 모래알처럼 널려 있는 법이다. 비록 네가 익힌 무공이 최고라고는 하지만, 너를 능가하는 무력을 지닌 사람이 없다고는 말할 수 없다. 그러니 너는 항상 자신을 낮추고, 숨기는 버릇을 가져야 한다."

　처음에는 사부의 말을 따랐다. 자신을 낮추고, 될 수 있으면 두각을 나타내지 않으려고 노력했다. 하지만 시간이라는 괴물은 그에게 망각을 가져왔고, 연성휘는 자신의 상대가 강호에 그리 많지 않음을 깨달았다.

　그때부터였다. 수많은 문제를 일으키면서 여인들을 섭렵하게 된 것은. 그가 그토록 여인을 탐하게 된 데는 평생 동안을 산속에서 무공을 익힌 것에 대한 보상심리도 있었다.

　이제까지 그 어떤 이도 연성휘에게 제동을 건 사람은 없었다. 감히 그럴 만한 간담이나 능력이 없었던 것이다. 하지만 환사영과 예운향은 달랐다.

　예운향은 십대초인에서도 상위서열을 차지하고 있는 강자였고, 환사영은 십대초인조차도 큰 의미를 두지 않는 절대강자였다. 그런 두 사람에게 연성휘는 그 어떤 감흥조차 줄 수 없었다.

연성휘의 뺨을 타고 땀이 한 방울 흘러내렸다. 지금 이 순간 그는 옆에서 이죽거리는 십방보의 존재조차 느끼지 못하고 긴장을 하고 있었다. 그는 언제라도 도를 뽑을 수 있게 출수자세를 취하고 있었다. 하지만 정작 그 자신은 그런 사실을 전혀 의식하지 못하고 있었다.

그런 연성휘의 모습을 보며 십방보가 피식 웃었다. 그리고는 자신의 자리로 돌아왔다. 여전히 연성휘는 십방보의 움직임을 의식하지 못하고 있었다. 그만큼 환사영에게 무섭게 집중하고 있다는 의미였다.

십방보가 자리에 앉아 환사영과 예운향에게 말했다.

"저 형 말려주지 않으면 밤새 저러고 있을 것 같은데요."

"그는 밤새 그래도 싸요. 자신에게 마음을 준 여인에게 그리 대하다니."

예운향의 대답은 차갑기 그지없었다.

그녀는 연성휘가 여인에게 어떻게 대하는지 처음부터 지켜보았다. 단지 돌아가는 상황과 그들의 대화만 가지고도 이제까지의 사정이 어땠는지 충분히 유추해낸 것이다. 그녀는 여인의 마음을 가지고 함부로 노는 남자를 좋아하지 않았다. 아무리 잘생기고 언변이 좋으면 무얼 하는가? 진정성이 느껴지질 않는데.

예운향이 환사영을 바라보았다. 지금 이 순간에도 환사영은 묵묵히 음식을 먹고 있었다. 그런 그를 바라보는 예운향의 얼굴에 그윽한 미소가 어렸다.

그녀가 기다려온 이 남자는 결코 쉽게 흔들리지도, 함부로 남에게 마음을 주지도 않는다. 오직 한 곳만 바라보고, 절대 다른 곳을 보지 않는다. 그 자신의 일에도, 사랑에도 말이다. 이런 남자 정도여야 비로소 평생을 믿고 살아갈 수 있을 것이다.

세 사람은 식사를 끝내고 일어섰다. 하지만 그때까지도 연성휘는 움직이지 못했다.

부르르!

그런 연성휘의 손길이 떨리고 있었다. 그의 손이 도를 잡아가고 있었다.

그제야 환사영의 걸음이 멈췄다.

"대가?"

예운향의 부름에도 답하지 않고 환사영이 고개를 돌렸다. 연성휘도 지지 않고 환사영을 노려보았다.

두 사람의 시선이 허공에서 부딪쳤다.

"……"

순간 연성휘는 할 말을 잃었다.

마치 아무것도 없는 것처럼 허허롭기만 한 그의 눈동자를 보고 있자니, 자신이 한없이 작아지는 것만 같았다. 그에게 무공을 가르쳐준 사부를 볼 때도 이런 느낌은 아니었다. 마치 끝없이 광활한 심해에 홀로 던져진 듯한 느낌은 그의 정신을 아득하게 만들었다.

잠시 연성휘를 내려다보던 환사영은 다시 객실을 향해 걸음을 옮겼다. 하지만 연성휘는 더 이상 움직이지 못했다. 그는 마치 석상이 되어버린 것처럼 그렇게 한참 동안을 서 있었다.

"크윽!"

연성휘가 다시 움직인 것은 한참 후의 일이었다.

제 3 장
넘어지기에
일어날 수 있다

연성휘는 잠을 자지 않았다. 아니, 잠을 잘 수가 없었다. 그는 자신이 받은 느낌을 도저히 잊을 수 없었다.

무공을 익힌 이래 이런 느낌을 받은 것은 이번이 처음이었다. 그는 이런 생경한 느낌이 두려움이란 사실을 잘 알고 있었다. 인정하기 싫었지만, 자신은 분명 환사영에게 두려움을 느낀 것이다.

이제까지 천하가 좁다하며 갖은 사고를 치고 다닌 연성휘였다. 그동안 수많은 적들을 만나고, 이루 헤아릴 수 없을 정도의 싸움을 했지만, 단 한 번도 두려움을 느낀 적은 없었다. 어느 누구도 그의 일초지적이 되지 못했다. 그런 자신이 고작 상대의 눈빛만 보고 두려움을 느꼈단 사실을 도저히 믿을 수 없었다.

별빛조차 보이지 않는 칠흑처럼 어두운 밤 연성휘는 객잔의 뒤편에 있는 산에 올랐다.

그날 밤 연성휘는 밤새도록 도를 휘둘렀다.

그가 다시 내려온 것은 해가 중천에 떠올랐을 무렵이었다. 산을 내려와 객잔으로 들어오는 그의 눈빛은 어딘가 변해 있었다.

연성휘는 점소이를 불러 음식을 시켰다. 적어도 그의 태도만큼은 어제와 변함이 없었다. 하지만 점소이는 연성휘에게서 무언가 오싹함을 느꼈다.

여전히 어제와 같은 사람이었지만, 무언가 달라진 것 같은 느낌을 받은 것이다. 하지만 자신이 받은 느낌의 실체가 무엇인지 점소이는 알지 못했다. 그저 오한이 든 것 같은 오싹함에 서둘러 물러났을 뿐이다.

연성휘는 음식을 매우 꼭꼭 씹어 먹었다. 어제의 그가 경망되게 음식과 술을 했다면, 지금의 그는 마치 수도승처럼 음식을 경건하게 대하고 있었다.

그가 식사를 하고 있을 때 위층에서 환사영 일행이 내려왔다. 연성휘를 보는 환사영의 눈에 이채가 떠올랐다. 하지만 그는 이내 연성휘에게서 시선을 거두고 창가에 자리를 잡았다.

환사영 일행 역시 간단한 식사를 시키고 담소를 나눴다. 그래도 편안한 객잔의 침상에서 잔 덕에 그들의 얼굴색은 어제보다 한결 좋아 보였다.

십방보의 넉살에 그들 사이에서는 연신 웃음이 흘러나왔다. 객잔 안의 많은 사람들이 십방보의 행동에 빠져 있었다. 십방보는 좌중의 시선을 한 몸에 끌어 모으는 재주가 있었다. 그리고 십방보 역시 그런 좌중의 시선을 은근히 즐겼다.

그렇게 즐겁게 식사를 끝낸 후 환사영 일행은 객잔 밖으로 나왔다. 배가 들어오기 전에 준비할 게 많았다. 마차도 밖으로 내놔야 하고, 준비할 물건도 있었다.

마차를 꺼내는 십방보를 바라보던 환사영의 눈에 이채가 떠올랐다. 누군가의 시선이 느껴졌기 때문이다. 고개를 돌리니 낯익은 이가 서 있었다.

천하에서 가장 잘생긴 얼굴을 가지고 있는 조각미남.

그는 바로 연성휘였다.

연성휘가 환사영을 바라보고 있었다.

"무슨 일이오?"

"잠시 시간을 내주셨으면 합니다."

환사영이 어제처럼 연성휘를 바라보았다. 그러자 연성휘가 잠시 움찔하는 모습이 보였다. 하지만 그의 눈동자는 더 이상 흔들리거나 위축되지 않았다. 그는 환사영의 눈을 똑바로 바라보았다.

환사영이 고개를 끄덕였다.

"다녀오세요."

예운향이 환사영을 향해 그리 말했다. 그리고 십방보가 크게 한숨을 내쉬었다. 그는 연성휘를 보며 고개를 절레절레 젓더니 이내 말과 마차를 꺼내는 작업을 계속했다.

환사영은 인근 갈대밭으로 걸음을 옮겼다. 연성휘 역시 그를 따라 갈대밭으로 들어갔다. 갈대는 어른의 키 높이를 훌쩍 뛰어넘었기에 외부에서는 절대 그들의 모습을 볼 수 없었다.

연성휘가 입을 열었다.

"이제까지 세상이 좁다고 활개치며 살아왔습니다. 그런 내가 당신의 눈빛에 위축이 되었습니다. 이 자리에서 당신을 넘어서지 못한다면 나는 평생 당신의 존재감에서 벗어날 수 없을 겁니다. 그렇기에 감히 당신에게 도전을 합니다. 받아주시겠습니까?"

환사영은 말없이 고개를 끄덕였다.

어제 본 연성휘는 분명 주색으로 망가진 눈을 하고 있었다. 잘 배운 무공 덕분에 이제까지 망신 한 번 당한 적 없지만, 그의 눈은 분명 흐릿한 채 총기가 사라져 있었다.

환사영은 그런 자를 두려워하지 않았다. 제아무리 무공이 높을지라도 그런 이들은 승부에서 결코 단호해질 수 없었기 때문이다.

하지만 지금 연성휘의 눈은 분명 어제와 달랐다. 아직 완전히 본모습을 회복한 것은 아니었지만, 단호한 심성이 엿보이고, 또한 눈앞의 벽을 정면으로 돌파하겠다는 승부근성이 드러나고 있었다. 하룻밤 사이에 얼마나 자신의 본신실력을 회복했겠냐만서도, 그런 눈빛이 마음에 들어 환사영은 상대해주기로 마음먹었다.

한편 연성휘는 고도의 집중력을 발휘하고 있었다. 상대는 난생 처음 위축감을 느낀 절대의 고수였다. 어쩌면 절대, 그이상의 실력을 보유하고 있을지도 모른다. 그런 상대와 싸우기 위해서는 자신의 모든 것을 끌어올려야 했다.

그는 이번 승부에 자신의 모든 것을 걸었다. 환사영을 넘지 않고서는 자신의 미래가 없을 거라는 절박한 심정이 작용하고 있었다.

스릉!

연성휘가 도를 꺼내들었다.

그의 도에서는 예의 눈부신 광채가 흘러나오고 있었다. 그에게 광도(光刀)라는 별호를 얻게 만든 가장 큰 이유가 빛이 나는 도였다. 사람들은 흔히 그가 쓰는 도가 전설에나 나오는 신도(神刀)인 줄 안다. 하지만 그의 도는 저잣거리의 대장간에서 동전 몇 푼에 산 싸구려에 불과했다.

연성휘의 도를 특별하게 만드는 것은 그의 무공이었다.

백혈광신경(白血光神經)이라는 이름의 독문 무공은 운용을 하면 스스로 빛을 내는 성질을 가지고 있었다. 그 때문에 내공을 주입한 무기는 예외 없이 빛을 발산했다. 그런 특성 때문에 사람들은 연성휘의 도가 신도인 줄 아는 것이다.

연성휘는 백혈광신경을 극성으로 끌어올렸다. 현재 그의 성취는 십 성, 대성이라고는 할 수 없지만, 그래도 일가를 이뤘다고 자부할 수 있었다. 그의 사부조차 극찬한 재능과 성취가 아니었던가?

츠츠츠!

연성휘는 도를 잡은 손에 힘을 주었다. 그러자 도가 더욱 강렬한 빛을 내뿜었다. 실로 광도라는 이름에 손색이 없는 모습이었다.

십대초인에 가장 근접했다는 평가를 받고 있는 연성휘의 얼굴에는 긴장의 기색이 역력했다. 그는 아직까지 상대의 정체를 알지 못했다.

하지만 상대가 그가 이제까지 만난 그 어떤 무인들보다 우위에 있는 자라는 사실만큼은 확신했다. 그러니 자신의 모든 것을 걸어야 했다.

연성휘와 환사영 사이의 거리는 십여 장. 하지만 그들 사이에 이 정도의 거리는 아무런 의미가 없었다. 마음만 먹는다면 눈 깜짝할 사이에 몇 번이나 오갈 수 있었다.

잠시 대치 상태를 보이던 두 사람, 먼저 움직인 이는 연성휘였다.

팟!

그가 대지를 박찼다.

그의 몸은 순식간에 환사영을 향해 쇄도해왔다. 그가 움직인 여파로 주변의 갈대가 미친 듯이 흔들렸다. 갈대잎이 사방으로 비산하며 시야를 어지럽혔다. 하지만 그때까지도 환사영은 움직임이 없었다. 그가 움직인 것은 연성휘의 도가 목 부근에 닿기 직전이었다.

쉬익!

그의 몸이 잔상만 남기고 제자리에서 사라졌다.

파카카카캉!

곧이어 그들이 부딪치는 소리가 갈대밭에 울려 퍼지기 시작했다.

"기어이 시작했네요."

십방보가 마차 위에서 고개를 들었다. 그가 혀를 찼다.

환사영을 걱정하는 게 아니다. 그는 누구보다 환사영의 무력을 잘 알고 있는 이들 중 한 명이었다. 현시대가 십대초인의 시대라고 할지라도 그들이 결코 환사영에 비할 수 없다는 것이 십방보의 생각이었다. 그 때문에 그는 전혀 환사영에 대한 걱정을 하지 않았다.

그것은 예운향 역시 마찬가지였다. 그녀는 연성휘가 범상치 않은 무인이라는 사실을 알고 있었다. 자신이 싸워도 쉽게 승부가 나지 않을 고수라는 사실도 알고 있었다. 하지만 그녀도 십방보처럼 환사영을 걱정하지 않았다.

갈대가 휘날리고 도광(刀光)이 번쩍이는 모습이 보였다. 일반인들은 절대 볼 수 없는 광경이었다. 지금 이 순간에도 그들 주위에는 수많은 사람들이 지나다니고 있었다. 하지만 그 누구도 갈대밭에서 경천동지할 싸움이 벌어지고 있다는 사실을 알아차린 사람은 없었다.

시간이 얼마나 지났을까?

십방보가 입을 열었다.

"이제 조금만 더 있으면 배가 떠날 시간인데……."

눈앞에 보이는 포구에 배가 서서히 들어오는 모습이 보였다. 이제 손님을 채우면 배는 다시 건너편으로 떠날 것이다. 그렇게 되면 몇 시진을 또 기다려야 했다.

그때였다. 갑자기 건너편의 갈대밭이 흔들리더니 누군가 모습을 드러냈다. 검붉은 피풍의를 걸친 남자는 분명 환사영이었다.

조금 피로해 보이기는 했지만, 그의 몸에는 어떤 상처도 보이지 않았다. 그는 곧장 예운향과 십방보가 있는 마차로 다가왔다.

그의 모습에 십방보가 심각한 표정으로 입을 열었다.

"죽였습니까?"

"설마!"

"푸흐흐! 농담이에요."

십방보가 기괴한 웃음을 터트렸다.

"이제 가요. 조금만 더 늦으면 배를 놓칠지도 몰라요."

"음!"

환사영이 고개를 끄덕이며 마차에 올라탔다. 자리에 앉은 그의 시선이 절로 갈대밭으로 향했다.

"하아, 하아!"

연성휘는 갈대밭 한가운데 누워 거친 숨을 토해내고 있었다.

그의 도는 반 동강이가 나서 근처에 아무렇게나 굴러다니고 있었다.

그의 몸에는 어떠한 상처도 없었다. 하지만 그는 분명 패했다. 연성휘는 그런 사실을 잘 알고 있었다.

그는 혼신의 힘을 다해 환사영을 향해 달려들었다. 하지만 그가 어떤 수법을 쓰더라도 환사영은 금성철벽인 양 꼼짝도 하지 않았다. 마치 넘을 수도, 부술 수도 없는 굳건한 벽처럼 환사영은 그곳에 존재했다.

난생 처음으로 마음껏 자신의 모든 것을 토해냈다. 이제까지 그가 익혔던 모든 무공을 처음부터 끝까지 풀어냈다. 마치 무공을 배우던 어린 시절로 돌아간 것 같았다.

처음에는 환사영을 쓰러트리기 위해서 무공을 펼쳤지만, 나중에는 자신의 흥에 겨워 이제까지 익혔던 모든 무공을 토해냈다. 그 순간만큼은 적과 나와의 구별이 없었다. 그렇게 기분 좋은 느낌은 처음이었다.

자신이 어떤 초식을 쓰더라도, 자신이 어떤 절초를 쓰더라도 받아줄 상대가 있었다. 연성휘는 난생 처음으로 자신의 모든 것을 쏟아내고 탈진했다.

결국 그는 환사영에게 쓰러진 것이 아니라 제풀에 지쳐 쓰러진 것이다. 그런데도 묘하게 가슴이 후련했다. 이제까지 가슴에 맺혀 있던 무언가가 씻겨나간 것 같았다.

"하하하!"

연성휘가 크게 웃음을 터트렸다. 그의 웃음소리는 갈대밭 사이로 멀리멀리 퍼져나갔다.

"이제야 겨우 도전해볼 만한 목표를 찾았다."

그간 무료하던 삶에 활력이 돌아왔다.

패배했어도 기분은 좋았다.

연성휘가 자리에서 일어났다. 그리고 포구를 향해 휘적휘적 걸어가기 시작했다.

"응?"

십방보의 표정이 팍 일그러졌다. 이제 출항준비를 하는 배 위에 낯익은 인물이 뒤늦게 올라탔기 때문이다.

뭇 여인들의 방심을 송두리째 뒤흔드는 조각 같은 얼굴의 소유자이자, 한눈에 보기에도 감탄이 나올 정도로 늘씬한 체형을 가진 남자는 바로 연성휘였다. 그가 아무렇지 않은 얼굴로 배에 올라타고 있었다. 그리고 십방보가 마차를 세워둔 근처에 와서는 털썩 주저앉았다.

"이익!"

왜일까? 태연한 그의 얼굴을 보고 있자니 왠지 화가 치밀어 올랐다. 연성휘가 그런 십방보를 보며 한쪽 눈을 찡그려 보였다. 그 모습에 괜히 가슴이 울컥했다.

십방보가 환사영을 홱 쳐다보았다.

"형님, 저 형 얼굴 그냥 냅뒀어요?"

"왜 그러느냐?"

"저 얼굴을 그냥 내버려두면 얼마나 많은 여자들을 울릴지 모른단 말이에요."

"그래서? 얼굴을 박살내기라도 하란 말이냐?"

"그건 아니지만, 그래도 당분간 고개를 들고 다닐 수 없게 만들었어야죠."

"후후! 네가 한번 해보려무나."

"네?"

십방보가 눈을 동그랗게 떴다.

그가 다시 연성휘를 바라보았다. 연성휘는 여전히 능글맞은 웃음을 짓고 있었다. 그 모습에 다시 기분이 팍 상하고 말았다. 십방보가 연성휘에게 다가가 주저앉았다.

"형 때문에 오늘 내가 벌써 세 걸음이나 걸은 것 알아요? 난 하루에 절대 열 걸음 이상 움직이지 않는데 형 때문에 계속 움직였단 말이에요."

"네가 움직인 게 내 탓이란 말이냐?"

연성휘가 눈을 동그랗게 떴다. 그 모습마저 얄미워 보였다.

"모두 형 탓이죠. 난 형이 싫어요."

"왜 내가 싫단 말이냐? 난 소형제에게 아무런 잘못도 한 것이 없는데."

"형의 그 뻔지르르한 얼굴도 싫고, 아무 여자에게나 치근대는 난잡함도 싫어요. 그러니까 괜히 우리 곁에 알짱거리지 마시고, 다른 곳으로 가시죠."

"내가 왜 소형제의 곁에 알짱거린다고 보는 것이냐? 나는 그냥 강을 건너기 위해 배를 탄 것뿐인데."

"그럼 신경 쓰이게 하지 말고 다른 곳으로 가시던가요."

"나는 이 자리가 좋다. 그런데 내가 굳이 왜 다른 곳으로 가야 한단 말이냐?"

너무나 태연한 연성휘의 말에 십방보의 볼 살이 부르르 떨렸다.

그는 이유 없이 연성휘가 싫었다. 그냥 보는 것만으로도 짜증이 물씬 밀려와 참을 수가 없었다. 그가 뭐라고 하려할 때 연성휘가 먼저 입을 열었다.

"소형제, 아직까지 한 번도 여자를 사귀어본 적이 없지?"

부르르!

"맞는가 보군."

제멋대로인 연성휘의 말에 십방보의 화가 폭발하려 했다. 하지만 뒤이어 들려온 연성휘의 말이 그의 모든 행동을 잠잠하게 만들었다.

"여자 소개시켜줄까?"

"……"

"원하는 이상형만 말해. 아니면 내가 골라줄까?"

부르르!

십방보의 살이 주체할 수 없이 떨렸다. 하지만 방금 전과는 의미가 다른 떨림이었다. 그의 얼굴에 떠올라 있는 갈등의 빛을 본 연성휘가 승자의 미소를 지었다.

"그럼 이렇게 하지. 길을 가다가 마음에 드는 이성이 있으면 말해. 내가 무슨 쓰더라도 그 여인을 자네 앞에 대령할 테니까. 소형제, 자네는 입맛에 맞게 고르기만 하면 돼."

"……"

"물론 나는 아무런 조건도 소형제에게 달지 않을 거야. 어때, 구미가 당기지 않나?"

꿀꺽!

십방보는 그만 마른침을 삼키고 말았다.

이미 승부의 저울추는 연성휘에게 기울고 말았다. 연성휘의 능글맞은 웃음을 보면서도 십방보는 화를 내지 못했다.

연성휘가 쐐기를 박았다.

"소형제가 만족할 때까지."

"내가 만족할 때까지?"

"그래! 소형제가 만족할 때까지 어떤 여인이건 대령하겠네. 말만 하게. 설령 나라의 공주라고 해도 자네가 원하면 자네 여인으로 만들어줄 테니까."

"충성을 다 바치겠습니다."

자신도 모르게 나온 말이었다. 십방보는 어느새 연성휘에게 고개를 숙이고 있었다. 연성휘가 십방보의 어깨를 두드리며 너털웃음을 터트렸다.

"하하! 나는 소형제가 처음부터 마음에 들었다네."

"헤헤! 사실 저도 그랬어요."

어느새 십방보는 연성휘의 곁에 찰싹 달라붙어 있었다.

연성휘가 십방보와 대화를 나누면서 환사영을 바라보았다.

'무공으로 쓰러진 자는 결국 무공으로 일어날 수밖에 없다. 당신에게 졌기에 나는 다시 당신을 이기고 일어날 것이다.'

그 광경을 보며 예운향이 고개를 내저었다. 이미 어느 정도 짐작은 하고 있었지만, 십방보가 저리 빨리 연성휘에게 넘어가리라고는 짐작도 못한 까닭이다.

"정말 어쩔 수 없군요."

"후후!"

"그냥 두고 보실 건가요?"

"일단 두고 보는 것도 나쁘진 않을 것 같다. 그가 무슨 특별한 목적이 있어서 우릴 쫓아온 것은 아닌 것 같으니."

"이것도 인연이란 건가요?"

"글쎄! 그것까지야 알 수 없지."

환사영이 묘한 미소를 지었다.

그렇게 기묘한 일행이 하나 더 늘었다.

*　　　　*　　　　*

"외부로 나갔던 정찰조의 소식이 모두 끊겼습니다."

정의맹의 군사 모용관이 명등에게 보고를 했다.

모용관은 전통의 명문인 모용세가(慕容世家) 출신이었다. 본래부터 지모가 뛰어났던 그는 정의맹에 소속된 수많은 문파들의 지지를 등에 업고 군사가 되었다.

정의맹의 맹주는 명등이었지만, 군사작전이나 정보 등 정의맹의 실질적인 움직임을 담당하는 이는 모용관이었다.

승려 출신인 명등은 무공은 강하지만, 병법이나 용인술에 관해서는 많은 것이 부족했기에 상당 부분 모용관이 대신하는 것이다.

그 때문에 명등을 제외하고 정의맹에서 가장 큰 영향력을 행사하는 이가 바로 모용관이었다.

이제 사십 대 초반의 모용관은 모용세가에서도 어린 시절부터 두각을 나타냈던 인재였다. 그는 천문지리는 물론이고 각종 병법과 용인술에도 능했다. 그가 가문의 장자로 태어났으면 모용세가의 역사가 바뀌었을 거라는 이들도 있을 정도였다.

그러나 그는 세가에 아무런 영향력도 행사할 수 없는 서자로 태어났고, 그 때문에 많은 방황을 했었다. 그런 그에게 정의맹이라는 신설단체는 자신의 역량을 마음껏 발휘할 수 있는 꿈의 무대였다.

정의맹의 군사 자리에 오르자마자 모용관은 마음껏 자신이 생각했던 구상들을 펼쳤다. 그는 정의맹을 천하제일의 세력으로 만들겠다는 거대한 포부를 품고 있었다. 그에 가장 방해가 되는 것이 바로 남천련과 신교였다. 그중에서도 그가 가장 큰 관심을 두는 세력이 바로 신교였다.

신교는 마치 역병처럼 대륙 전역으로 퍼져나가고 있었다. 그들의 영향력은 상상을 초월할 정도로 엄청났다. 특히 신교의 교주는 사람들이 신격화시킬 정도로 엄청난 영향력을 세상에 퍼트리고 있었다.

그 때문에 모용관은 수많은 이들을 신교의 총단과 교주를 찾아내는 데 투입했다. 하지만 그들은 하나도 예외 없이 모두 소식이 끊기고 말았다.

"신교의 교주가 움직이고 있다는 첩보는 사실인 것 같습니다. 저희는 그를 척살하는 데 더욱 많은 전력을 투입할 필요가 있습니다."

"하지만 이제까지 투입했던 이들에게서 모두 소식이 끊겼다면서요?"

"그래서 더욱 많은 정예들을 투입해야 합니다. 제아무리 신격화가 이루어지고 있다지만 그 역시 인간이 분명할 터. 어떤 희생을 치르고라도 그를 제거해야 합니다. 교주라는 구심점이 없어지면 자연 신교도 와해가 될 겁니다. 그가 홀로 움직이고 있다는 첩보가 들어온 지금이 절호의 기회입니다."

모용관의 주장에 명등이 눈살을 찌푸렸다.

모용관은 맹목적이었다. 그는 어떤 희생을 치르고서라도 신교의 교주를 척살해야 한다고 주장하고 있었다. 그리고 실제로 명등의 허락만 떨어진다면 이제 겨우 구성된 조직들을 움직일 태세였다. 하지만 명등은 그의 말을 쉽게 들어줄 수 없었다.

"아미타불! 신교의 교주가 정말 천마라면 섣불리 병력을 움직이는 것은 옳지 못합니다."

"저도 그 이야기는 들었습니다. 신교의 교주가 나란이라는 멸망한 나라의 후손일지도 모른다는. 하지만 그게 무슨 문제가 된단 말입니까?"

"휴우! 우리가 왜 정의맹을 세웠는지 잊었습니까? 바로 나란의 군인들 때문입니다. 정말 신교가 나란의 군인들이 세운 단체라면 조심에 조심을 기해도 모자랍니다. 일단 그와 부딪치는 것은 자제하고, 그의 행보를 지켜봅시다. 당분간은 그 정도만으로도 충분하다고 생각합니다."

"으음!"

명등이 이렇게까지 말하는데 더 이상 자신의 주장만을 펼칠 수 없는 노릇이었다. 결국 모용관은 자신의 주장에서 한 발 물러나는 수밖에 없었다.

"알겠습니다. 맹주의 뜻이 정 그렇다면 일단 관망만 하겠습니다. 하지만 언제라도 생각이 바뀌면 명령해주십시오. 본맹에는 정의를 위해서라면 스스로 목숨을 내놓을 수 있는 자랑스런 무인들이 많이 있으니까요."

비록 물러서긴 했지만 모용관은 자신의 주장을 완벽히 철회하지는 않았다.

모용관은 명등에게 예를 올린 후 밖으로 나왔다. 그러자 그의 양옆으로 두 명의 남자가 따라 붙었다. 그들 모두 모용관처럼 명문의 무인들이자 모용관과 어린 시절부터 뜻을 같이했던 친구들이었다.

"어떻게 되었는가?"

"변함이 없다네."

"정말 고집불통이군. 천마면 어떻고, 아니면 또 어떻단 말인가? 그는 정말 소심하군."

분통을 터트리는 남자는 모용관의 친구인 하도진이었다. 하도진은 중년의 나이에 절정의 반열에 올랐다고 전해지는 무인으로 불 같은 성격으로 유명했다.

하도진이 물었다.

"그래서 이대로 물러날 것인가? 어떤 대가를 치러서라도 신교의 교주를 반드시 척살해야 하네."

"나도 알고 있네. 하지만 당분간은 맹주의 뜻에 따르지 않을 수 없네. 지금은 맹주의 입김이 강하니 어쩔 수 없지만, 차후 장로원의 힘이 커진다면 맹주도 우리의 말을 따르지 않을 수 없을 것이네."

"하기는! 언제까지 맹주도 장로들의 뜻을 무시할 수는 없을 테니까."

"당분간은 신교의 교주의 행방을 추적하고 살피는 것으로 만족해야 할 듯하네. 하지만 언제나 출행할 수 있게 만반의 준비를 해놓게. 신교의 교주를 척살할 기회가 오면 나는 분명 자네들을 내보낼 테니까."

"흐흐! 기대하고 있다네. 신교의 교주를 죽인다면 우리에겐 명분과 더불어 명성이 생기게 되지. 명분과 명성을 얻으면 제아무리 맹주라도 우리에게 더 이상 제동을 걸 수 없을 것일세."

하도진이 음흉한 미소를 지었다.

이제까지 자신들의 욕망을 분출할 곳을 찾지 못해 방황했던 이들이었다. 그런 이들이 정의맹이라는 훌륭한 분출구를 찾았다.

정의맹이란 존재는 그들에게 훌륭한 욕망의 분출구였다. 이곳에서 그들은 꿈을 꿀 수 있었고, 자신의 능력을 증명할 기회를 얻을 수도 있었다.

이전에는 결코 꿈도 꿀 수 없었던 황금 같은 기회였다. 그리고 그들은 이 기회를 결코 놓치고 싶지 않았다. 더욱 높은 곳으로 가기 위해서는 결과물이 필요했다.

바로 신교 교주의 목이라는 결과물이.

그 때문에 그들은 신교 교주의 행방에 그렇게 목을 매고 있었다.

"예상대로 젊은 사람들이 조급해하고 있군. 염려했던 부작용이 일어나고 있어."

맹주실의 방문이 열리며 낯익은 사람이 걸어 나왔다. 꼬챙이처럼 삐쩍 마른 노인은 십방보의 할아버지인 경천호였다. 그는 이제까지 명등과 모용관의 대화를 모두 듣고 있었다.

"지금까지는 저들의 욕망을 잘 억눌러왔지만, 앞으로도 그럴 수 있으리라고는 자신할 수 없을 것 같군요."

"맹주는 잘하고 계시오. 그리고 앞으로도 훌륭히 수행할 수 있을 것이오."

"태상호법님의 말씀대로 저들은 자신들의 공을 세우는 데 급급해하고 있습니다. 아마 어떤 계기만 주어진다면 앞뒤 안 가리고 튀어나갈지 모릅니다."

"이제까지 단 한 번도 좌절을 겪어보지 않았기 때문이라오.

주위에서 모두가 천재라고 떠받들어 주었기에 교만한 마음가짐을 가지게 되었고, 그로 인해 훌륭한 재능에도 불구하고 편협한 성격을 가지게 되었지. 만일 그가 좌절을 경험하고, 극복할 수만 있다면 진정으로 훌륭한 군사로 태어날 것이오."

"하지만 누가 있어 감히 그에게 좌절을 줄 수 있을까요?"

"한 명 있지. 그런 자가……."

"그자가 누굽니까?"

"그림자 무인."

*   *   *

연성휘는 끈질겼다. 그는 십방보를 설득했고, 그 다음에는 환사영과 예운향 주위를 맴돌았다. 하지만 허술한 십방보와 달리 환사영과 예운향은 연성휘에게 접근할 틈을 주지 않았다. 그 때문에 연성휘는 아쉬운 표정만 지어야 했다.

선부에게서 술을 얻어온 연성휘가 십방보의 곁에 털썩 주저앉았다. 그는 자신이 먼저 한 모금 마신 후에 술병을 십방보에게 건넸다.

흔쾌히 받을 거라는 연성휘의 생각을 비웃기라도 하듯이 십방보가 고개를 저었다.

"왜 안 마시는 거냐?"

"배가 강가에 도착하면 마차를 몰아야 하거든요."

"그게 왜?"

"음주운전은 위험하잖아요."

"미친! 잔말하지 말고 마셔. 소형제 여자 사귀고 싶지 않아?"

"으음!"

또 십방보의 약점을 파고드는 연성휘였다. 결국 십방보는 어쩔 수 없이 술병을 들었다. 일단 한 모금을 마시자 식도가 짜르르 울리는 것이 기분이 매우 좋아졌다.

"헤헤!"

"거봐, 마시니까 좋잖아."

"그러네요."

"한 잔 더 마셔봐."

"그럴까요?"

"그럼!"

연성휘가 고개를 끄덕이자 십방보가 다시 술을 한 모금 마셨다. 그의 얼굴에 기분 좋은 미소가 떠올랐다.

참 쉬운 남자였다. 도대체 진지함을 일 각 이상 유지할 수 없으니. 그에게 연성휘가 은근한 목소리로 물었다.

"소형제."

"왜요?"

"저 양반."

연성휘가 손가락으로 가리키는 방향에는 환사영이 있었다.

"형님이 왜요?"

"저 양반, 정체가 뭐야?"

"에? 그럼 우리 형님의 정체도 모르고 시비를 걸었단 말이에요?"

"뭐, 그걸 생각할 여유라도 있었나?"

"형도 참 대단하군요. 하여간 형은 목숨 구한 것을 다행이라고 생각하세요."

"그러니까 잘난 너의 형님의 정체가 무어냐니까."

연성휘의 목소리가 높아졌다. 그에 십방보가 잔뜩 우쭐한 표정을 지으며 말했다.

"놀라지나 마요. 우리 형님이 바로 일영(一影)이니까요."

"일영? 그럼 환영무인이란 자가 바로 저 사람이란 말이야?"

"네! 이제 알겠죠? 형이 목숨을 구한 것이 다행이라는 사실을."

"그랬군! 일영이었어. 일영의 전설을 믿지 않았는데……."

그의 얼굴 표정이 한결 환해졌다. 자신이 실력이 모자라 진 것이 아니란 사실을 알게 되었기 때문이다. 상대는 십대초인들보다 윗길의 실력을 지니고 있다는 평가를 듣는 신화적인 존재였다. 그런 존재에게 패한 것은 결코 부끄러운 일이 아니었다.

"그럼 그의 곁에 있는 여인은?"

"그녀의 이름을 들으면 더 깜짝 놀랄 걸요."

"이미 충분히 놀랐는데, 더 놀랄 일이 무에 있겠는가? 자꾸 뜸들이지 말고 속 시원하게 말해보게. 도대체 그녀의 정체가 무엇인가?"

"형도 한 번쯤 들어봤죠? 빙마후(氷魔后)라는 별호를."

"설마 그녀가 빙마후 예운향이라도 된다는 이야긴가?"

"그 설마가 진짜예요."

"설마?"

"진짜라니까요."

"정말?"

연성휘의 시선이 다시 한 번 예운향을 향했다. 여전히 그녀는 면사로 얼굴을 가리고 있었다. 그녀는 그윽한 눈으로 환사영을 바라보고 있었다.

"휴!"

연성휘가 깊은 한숨을 푹 내쉬었다.

일영에 빙마후라니 기가 막힌 것이다. 두 사람 모두 현 강호에서 가장 커다란 명성을 날리는 무인들이었다. 아마 현 강호를 통틀어서 이들보다 유명한 이들은 없을 것이다. 겁도 없이 그런 두 사람에게 수작질을 했으니 지금까지 목숨이 붙어 있는 것만 해도 용했다.

연성휘가 자신의 목을 만져보며 아직 제대로 붙어 있는지 확인했다. 그 모습을 보며 십방보가 킥킥 웃었다.

"헤헤! 이제 알겠죠? 형이 얼마나 무모한 짓을 벌였는지."

"그래! 목이 붙어 있는 게 다행이다."

"헤헤헤!"

"웃지마! 소형제의 웃음소리는 너무 경망스러워서 더욱 기분이 나빠지니까."

"원래 타고난 웃음소리가 이런데 어떡해요? 원망하려면 우리 할아버지한테 해요."

"소형제의 할아버지도 설마 십대초인의 일원이거나 하지는 않겠지?"

"맞는데요."

"뭐?"

"우리 할아버지도 십대초인 맞아요. 풍객(風客) 경천호 대협이 우리 할아버지 맞아요."

"설마?"

"맞아요."

"이 동네는 무슨 부딪치는 자들마다 다 십대초인이야. 십대초인이 원래 이렇게 흔한 존재였나?"

연성휘가 등을 벽에 기댔다. 그런 그의 어깨가 축 늘어져 있었다. 아마 그의 일생에서 이렇게 연속으로 좌절감을 느껴본 경우는 이번이 처음일 것이다.

십방보가 연성휘의 어깨를 두들겨 주었다.

"힘내요. 형도 그렇게 나쁘지는 않으니까 조금만 노력하면 좋은 결과를 볼 수 있을 거예요."

"이상하지. 어째서 너의 위로는 들을수록 화가 나는 걸까."

"헤헤! 위로가 아니라 놀리는 거니까요."

"쳇!"

투닥거리는 것 같아도 두 사람은 죽이 매우 잘 맞았다. 어제 처음 만났지만, 그들은 몇 년을 만난 사람처럼 편하게 이야기하고 농담을 주고받았다.

"그런데 소형제는 지금 어디로 가는 거야? 이 방향으로 가면 정의맹밖에 없을 텐데."

"정의맹으로 가는 거 맞아요."

"그런 고리타분한 동네를 왜 가는 거지?"

"좀 사정이 복잡해요. 말하자면 이야기가 너무 길고요."

"이봐! 우리에게 남는 것은 시간밖에 없다고. 그렇게 뜸들이지 말고 속 시원히 말해보라고."

"그게 사실은……."

십방보는 차분히 정의맹에서 환사영 일행을 찾는 이유를 설명하기 시작했다. 연성휘는 그런 십방보의 이야기를 들으면서 곰곰이 생각에 잠겼다.

비록 희대의 화화공자이긴 하지만, 그렇다고 머리까지 나쁘지는 않았다. 오히려 그의 머리는 무척이나 명석했다. 그렇지 않았다면 지고의 무공을 익힐 수도 없었을 것이다. 그는 단번에 상황을 이해했다.

"그러니까 결국 정의맹에서 자신들의 위상을 높이기 위해

두 사람의 합류를 원하는 거잖아."

"쉽게 말하면 그런 거지요."

"쳇! 재미없는 이야기군."

"형은 또 왜 그래요? 정의맹이 형에게 해가 되는 짓을 한 건 아니잖아요."

"몰라! 일단 나는 거대세력에 얽힌 일이라면 무조건 두드러기가 나는 체질이거든."

"쳇! 형이 여자들에게 한 일보다 정의맹이 한 일이 훨씬 세상에 도움이 되거든요."

"왜 또 그 이야기를 꺼내는 거야? 이제 나는 새사람이 되었다니까."

"누가 형 말을 믿겠어요. 형 자신도 스스로를 믿지 못할 걸요?"

"그건……, 아무튼 나는 새사람이 되었어. 그러니까 그 이야기는 그만 하자고."

결국 연성휘가 두 손을 들고 말았다. 요 비대한 녀석은 둔해 보이는 외모와 달리 잘 벼린 도검처럼 신랄한 말솜씨를 가지고 있었다.

"그런데 형은 뭐 얻어먹을 게 있다고 우리를 따라가는 건가요? 보다시피 이렇게 환영도 제대로 못 받는데."

"오랜만에 피가 끓어올랐거든."

"무슨 피가 끓어올라요?"

"내 피가 끓어올랐다고. 너의 형님이 나의 피를 끓게 만들었단 말이다. 오랜만에 가슴이 뛰어서 견딜 수 없어."

연성휘가 미소를 지었다.

그의 말 그대로였다. 환사영과의 격돌은 그의 차가웠던 피를 다시 뜨겁게 달아오르게 만들었다. 덕분에 심장이 오랜만에 기분 좋은 고동을 치고 있었다.

하지만 그 순간 십방보가 초를 치고 있었다.

"형! 변태 같아요. 얻어터지고도 그런 표정이라니."

"변태라니?"

연성휘의 얼굴이 팍 구겨졌다.

이 비대한 뚱땡이는 사람의 신경을 긁는 데 일가견이 있었다. 그는 이 뚱땡이에게 여자를 소개시켜주는 것에 대해 심각하게 고민을 해봐야 할 것 같다고 생각했다.

"여기서 이러고 있을 게 아니라 우리 형님한테 가요. 내가 잘 이야기해 줄게요."

"으응?"

십방보가 연성휘의 대답도 기다리지 않고 손을 잡아끌었다. 연성휘는 그에게 잡혀가면서 또다시 생각했다.

이놈, 참 사람 헷갈리게 한다고.

십방보의 노력 덕분에 연성휘는 겨우 환사영과 예운향의 자리에 합석할 수 있었다. 환사영은 별말 없었지만 연성휘를 바라보는 예운향의 눈빛은 아직까지 호의적이지 않았다. 그가 여인을 어떻게 대하는지 직접 두 눈으로 확인한 까닭이다.

그래도 십방보가 워낙 친근하게 연성휘를 대하자 예운향의 마음도 조금은 풀어졌다.

그것은 그녀가 십방보를 아끼고 있었기에 가능한 일이었다. 하지만 아직까지 그녀의 두 눈은 연성휘에 대한 경계심을 완전히 거두지 않고 있었다.

연성휘가 예운향에게 말했다.

"저를 어떻게 봐도 상관없습니다. 그에 대해선 저도 할 말이 없으니까요. 하지만 저를 의심하지는 마시기 바랍니다. 제가 여러분들을 따라 나선 것은 이분 때문이니까요. 아무리 생각해도 이대로 얻어터지고 물러나는 것은 자존심이 용납하지 않아서요."

연성휘가 가리킨 이는 환사영이었다. 연성휘는 환사영에 대해 도전적인 눈빛을 숨기지 않았다. 그에 환사영이 빙긋 미소를 지었다.

'이제야 본래의 눈빛을 찾은 것 같군.'

어제까지 연성휘의 눈빛은 주색에 빠진 난봉꾼의 그것이었다. 그러나 지금 그의 눈빛은 목적의식을 잃었기에 닥치는 대로 주색질을 하고, 분란을 일으키던 그 시절에는 결코 가질 수 없는 눈빛이었다.

아마 연성휘는 이제까지 잃어버렸던 자신의 감각을 하나둘

찾게 될 것이다. 그때가 되면 연성휘도 결코 만만치 않은 상대가 될 것이다.

"그래서 결론은…… 당분간 여러분들을 따라다니겠다는 겁니다. 음!"

"……."

"형님, 누님. 잘 부탁드리겠습니다."

그는 그렇게 넙죽 인사를 하고서는 쑥스러운 듯 밖으로 나가버렸다.

세 사람은 뜻밖의 연성휘의 태도에 아무 말도 하지 못하고 눈만 꿈뻑거렸다.

잠시 후 예운향이 참지 못하고 웃음을 터트렸다.

"풋!"

"후후! 엉뚱한 녀석이군."

"제가 이야기를 해봤는데 천성적으로 나쁜 사람은 아니에요. 그냥 당분간 달고 다녀도 크게 무리는 없을 것 같던데요."

"후후! 너에게 여자를 소개해주겠다고 해서?"

"엑! 들었어요?"

"아주 잘 들리더구나."

"헤헤!"

십방보가 특유의 헤픈 웃음을 지었다. 하지만 조금도 미안한 얼굴은 아니었다.

제 4 장
정의맹(正義盟)

　정의맹은 이제 거의 모든 정비를 마쳤다. 이름 없는 부호의 장원이었던 이곳은 이제 완벽하게 외성을 갖춘 성채로 거듭나고 있었다. 뿐만 아니라 조직체계도 정비가 되어서 한결 안정적이 되었다.

　정의맹을 중심으로 사람들이 모여들면서 한산하기만 했던 이곳에 새로운 번화가가 형성되고 있었다. 사람들이 모이면 돈이 모이고, 돈이 모이면 다시 사람이 들어온다. 정의맹이 사람을 부르고, 사람이 다시 돈을 부르는 그런 현상이 쳇바퀴 돌듯 이뤄지고 있었다.

　그래도 정의맹이 세워진 덕분에 이곳에는 활기가 감돌고 있었다. 사람들은 분주히 움직이고 있었고, 목소리에는 힘이 들어가 있었다.

그그긍!

이제까지 굳게 닫혀 있던 정의맹의 성문이 힘겹게 열리자 사람들의 시선이 일제히 성문으로 향했다. 성문이 열리며 안쪽에서 대기하고 있던 수십 명의 무인들이 보였다.

말을 타고 있는 무인들의 선두에는 정의맹을 상징하는 깃발이 달려 있었다. 황금빛 실로 수놓은 정의(正義)라는 글자가 햇빛을 받아 유독 빛나고 있었다.

거대한 깃발을 앞세운 채 무인들은 말을 달려 성을 빠져나갔다. 이제까지 이런 경우는 단 한 번도 없었기에 사람들의 시선에는 의문이 담겨 있었다.

"누가 오는가?"

"그렇다면 정말 대단한 사람인가 보군. 이제까지 정의맹에서 이렇게 대규모로 무인들을 내보낸 적이 없으니."

사람들이 웅성거렸다.

무인들이 출진한 것을 보고 수많은 이야기들이 오갔으나, 누구도 정확한 이유를 알지 못했다.

무인들은 정의맹을 빠져나와 서쪽을 향해 전력으로 말을 달렸다. 수십 기의 인마가 달리면서 누런 먼지가 구름처럼 일어났지만, 그 누구도 불평불만을 토로하지 않았다.

멀어져 가는 인마를 바라보는 사람들의 눈에는 그저 궁금함과 기대감만이 담겨 있을 뿐이었다.

사람들의 시선을 뒤로 하고 수십 기의 인마는 관도를 달렸다. 무인들을 이끄는 자는 정의맹의 총관인 청학고검(靑學孤劍) 단고성이었다. 단고성은 본래 단체나 문파에 몸이 매인 자가 아니었다.

그는 한 마리의 학처럼 고고하게 천하를 떠돌며 의협을 행하는 무인이었다. 수십 년 동안 의협을 행한 덕분에 대륙 전역에 그와 인연을 맺지 않은 무인이 없을 것이라는 소문이 돌 정도였다.

따르는 사람도 많고, 아는 사람도 많다 보니 그의 명망은 단연 대륙을 울렸다. 그런 이유로 경천호는 단고성을 영입하기 위해 많은 노력을 기울여야 했다. 지금 정의맹에 필요한 것은 명망 있는 인사였기 때문이다.

지금 이 순간에도 단고성과 인연이 있는 자들이 앞을 다퉈 정의맹에 가입하고 있었다. 전통과 지지기반이 튼튼하지 못한 정의맹으로서는 그렇게 해서라도 세를 불려야 했다. 마찬가지로 그런 이유로 환사영을 영입하려는 것이다.

단고성은 이제 육십 대 후반의 노 무인이었다. 하지만 외모로 봐서는 그 누구도 그를 육십 대로 보지 않았다. 잘해봐야 마흔 중후반으로 보이는 외모는 모두 강력한 내공 덕분이었다. 부드러운 인상과 달리 그의 눈은 무섭도록 형형한 눈빛을 뿜어내고 있었다.

단고성이 이렇듯 급히 말을 달리는 이유는 불과 반 시진 전에 건네받은 전서 때문이었다.

일영(一影). 삼십여 리 밖 도착.

단 한 줄에 불과했다. 하지만 그 한 줄의 글이 천하에서 가장 명망 있는 인사 중 한 명인 단고성을 급히 움직이게 만들었다.

이제까지 정의맹에 가입한 그 어떤 인사보다 엄청난 무게와 명성을 가진 존재가 바로 환사영이었다. 구름 속에 숨어 움직이는 신룡처럼 자신의 모습을 거의 드러내지 않아 그의 얼굴을 아는 사람조차 거의 없었지만, 그의 신화적인 명성은 수많은 사람들의 가슴을 울리기 충분했다.

단고성 역시 환사영을 존경하는 이들 중의 한 명이었다. 나이를 떠나서 환사영이라는 존재는 실로 존경받아 마땅했다. 그렇기에 환사영을 맞이하러 가는 단고성의 얼굴엔 짙은 흥분의 빛이 떠올라 있었다.

단고성뿐만이 아니었다. 단고성을 따르는 수하들 역시 자신들이 만나러 가는 이가 환사영이란 사실을 알고 흥분의 빛을 감추지 못하고 있었다.

그렇게 흥분한 채 얼마나 달렸을까? 저 멀리서 서서히 다가오는 마차가 보였다. 별다른 장식도 없는 평범한 마차였다. 하지만 마차를 보는 순간 단고성은 알아차렸다. 그 안에 환사영

124 환영무인

이 타고 있다는 사실을.

아무런 특징도 없는 평범한 마차였지만, 마차를 모는 마부는 정의맹에 있는 사람이라면 모르는 사람이 없을 정도로 유명한 이였기 때문이다.

안쓰러울 정도로 비대한 몸집을 하고 있는 청년은 십방보였다. 겉으로 보기에는 둔하고, 느려터질 것 같이 보였지만, 십방보의 실체를 조금이라도 아는 사람이라면 그가 얼마나 영민하고 자존심이 강한 존재인지 알고 있었다.

그는 결코 타인의 뜻에 의해 자신을 굽히는 사람이 아니었다. 그런 그가 마부 역할을 하고 있다면 타인의 뜻이 아닌 자신의 뜻일 것이다.

천하의 십방보를 스스로 마부역할을 하게 할 사람은 단 한 명밖에 없었다.

'일영, 그가 안에 있다. 드디어……'

가슴이 두근거렸다.

세대를 초월해서 환사영이란 존재는 사람의 가슴을 두근거리게 만드는 힘이 있었다.

마치 태양처럼 강렬하지는 않지만, 세상을 빠짐없이 은은하게 비추는 달빛처럼 환사영이란 존재는 은연중 주위사람들을 자신의 빛으로 물들이고 있었다.

드디어 단고성과 무인들이 마차 앞에 도착했다. 마차 앞에 도착한 그들은 일제히 말에서 내렸다. 십방보 역시 그들을 발견하고 마차를 서서히 멈췄다.

단고성이 앞으로 나왔다.

십방보가 단고성을 발견하고 마차를 향해 속삭이듯 말했다.

"형님, 아무래도 나와보셔야겠는데요."

잠시 후 환사영이 마차 밖으로 나왔다. 그가 모습을 보이자 단고성이 장읍을 취하며 큰 목소리로 말했다.

"정의맹의 총관 단고성이 환 대협을 맞이하게 되어 영광입니다. 정의맹에 오신 것을 환영합니다."

"환영합니다."

뒤따라온 무인들이 한목소리로 외치며 한쪽 무릎을 꿇었다. 그들이 할 수 있는 가장 큰 예의를 취해 보이는 것이다.

이제 정의맹에 도착하면 화려한 환영식도, 성대한 행사도 없을 것이다. 환사영이 입맹을 확정하기 전까지 정의맹은 환사영이 이곳에 온 사실조차 세상에 알리지 않을 것이다.

환사영이 이곳에 왔는데 입맹을 하지 않았다는 사실이 알려지면 정의맹의 명성에 치명적인 타격을 받기 때문이다.

그렇기에 단고성은 굳이 이 자리에서 자신이 할 수 있는 최대한의 예를 취한 것이다. 맹의 입장과 상관없이 환사영이란 존재를 진심으로 존경했기 때문이다.

이제 정의맹에 들어가면 취하고 싶어도 더 이상 예를 취할 수 없는 상황이 될지도 모른다. 그 전에 자신의 마음을 환사영에게 표하고 싶었다.

들뜬 사람들의 얼굴을 보며 환사영이 포권을 취했다.

"이 미흡한 사람을 이렇게 환영해 주셔서 감사합니다. 환사영입니다."

"환영무인을 뵙게 되어 진심으로 영광입니다. 이제부터는 제가 정의맹으로 모시겠습니다."

"부탁드리겠습니다."

"저만 따라오십시오."

단고성이 자신의 가슴을 두들기며 호탕하게 말했다. 그의 목소리가 이렇게 높아진 것도 실로 오랜만의 일이었다.

단고성과 수하들이 말에 올라탔다. 단고성이 선두에 서고, 나머지 수하들이 마차를 호위하듯 둥글게 에워쌌다. 정의맹의 상징인 황금색 깃발을 앞세운 채 전진을 하는 그들의 모습에 길가를 지나던 사람들이 호기심 어린 눈으로 바라보았다. 하지만 서슬 퍼런 단고성과 무사들의 위세에 눌려 감히 물어볼 생각도 못했다.

그렇게 단고성과 무사들의 삼엄한 호위 속에 환사영을 태운 마차는 정의맹에 입성했다. 단고성은 마차를 정의맹의 빈객청으로 안내했다.

빈객청은 정의맹에서도 외딴 곳에 위치해서 외부사람들은 접근할 수 없었다. 그야말로 외부의 시선에서 완벽하게 차단되어 있는 것이다.

단고성이 마차에서 내린 환사영 일행에게 말했다.

"잠시만 이곳에서 쉬십시오. 쉬고 계시면 맹에서 안내해줄 사람이 올 겁니다."

"감사합니다."

"아닙니다. 마땅히 제가 해야 할 일입니다. 부담 갖지 말고 여독을 풀고 계십시오. 그럼 저는 이만……."

환사영 일행이 마음 편히 쉴 수 있도록 단고성은 빈객청 밖으로 나갔다. 이제 넓은 빈객청에는 오직 환사영 일행만 남았다.

"휘유! 이거 정말 어마어마한데."

연성휘가 빈객청을 둘러보며 휘파람을 불었다. 빈객청의 규모가 상상을 초월했기 때문이다. 이 넓은 빈객청만 봐도 정의맹이 어느 정도의 저력을 가지고 있는지 능히 짐작할 수 있었다.

환사영에게만 집중했기 때문에 단고성은 연성휘의 정체를 묻지 않는 실례를 범했다. 만일 그가 연성휘의 이름을 알았다면, 이렇게 아무렇게나 그를 방치해 두지는 않았을 것이다.

하지만 연성휘는 개의치 않았다. 어차피 자신의 이름을 높이기 위해 정의맹에 들어온 것이 아니라 환사영과 함께 있다 보니 얼떨결에 같이 들어온 것이기 때문이다.

예운향도 자신의 예상보다 큰 정의맹의 규모에 놀랐다.

"잘도 짧은 시간 안에 이런 규모의 성을 축조했군요."

비록 남천련보다는 규모가 작았지만, 그래도 정의맹이 태동한 기간을 생각해 볼 때 이 정도 규모의 성을 축조한 것은 분명 놀랄 만한 일이었다.

환사영 역시 적잖게 놀란 상태였다.

"생각보다 많은 문파가 정의맹에 참여한 것 같다. 그렇지 않고서는 이 정도의 건축물을 단시간 안에 완공할 수 있는 재력을 확보하지 못했을 것이다."

"정말 많은 문파들이 힘을 모은 것 같군요. 고무적인 일이에요."

"그래."

"경 대협이 고생을 많이 하셨겠어요. 사분오열되어 있던 문파들을 하나로 묶는 것이 결코 쉬운 일은 아니었을 텐데."

"아이고, 말도 마세요. 그 때문에 할아버지가 심화(心火)를 받은 것을 글로 적으면 수레 열 대는 족히 채울 거예요. 하여간 명문정파의 무인이라는 것들이 따지는 것은 또 얼마나 많은지."

마지막에 끼어든 이는 십방보였다. 그는 다시 생각해도 치가 떨린다는 듯이 얼굴을 붉히고 있었다. 그는 이곳 정의맹이 얼마나 복마전 같은지 잘 알고 있었다.

수많은 문파들이 연합해서 만들다 보니 상당수의 사람들이 자파의 이익을 생각했다. 그런 이들을 설득해 하나의 뜻으로 단체를 만드는 것은 정말 지옥불을 걷는 것보다 힘든 일이었다.

그런 경천호의 노력 덕분에 정의맹은 출범할 수 있었다. 아직까지는 완벽한 일원체제는 아니었지만, 그래도 맹주의 명에 따라 움직일 수 있는 발판을 마련한 것이다.

"저도 밖에 나가 볼게요. 오랜만에 할아버지 좀 만나 봬야겠어요."

"그러려무나."

"헤헤! 금방 갔다 올게요."

십방보가 특유의 웃음을 흘리며 밖으로 나갔다.

연성휘는 차분한 눈으로 주위를 둘러봤다. 거대한 빈객청의 모습과 높다란 담벼락은 정의맹의 권위를 상징하는 것 같았다. 처음 정의맹에 오는 사람들은 거대한 고루전각(高樓殿閣)의 위용에 압도당할 것이 분명했다.

"마음에 들지 않는군. 꼭 위압적으로 사람을 찍어 누르려는 것 같단 말이야."

그는 이런 분위기가 마음에 들지 않았다.

환사영이나 예운향처럼 남천련의 모습에 익숙한 자들에게는 아무런 감흥도 줄 수 없었지만, 그처럼 천성적으로 자유로운 사람들에게는 이런 모습들이 거부감으로 다가오는 것이 당연했다.

"그나저나 심심하군."

새사람이 되겠다고 다짐한 것이 불과 얼마 전이다. 하지만 지금 이 순간 그는 자신의 결심을 후회하고 있었다.

바른 생활을 하겠다고 다짐했건만, 벌써부터 여인의 따스한 품이 그리웠다. 더구나 환사영과 예운향의 다정한 모습을 보자니 더욱 가슴 한쪽이 허전했다.

예운향의 정체를 알고 나서 그는 그녀에 대한 마음을 깨끗이 접었다. 어차피 무력으로 어찌할 수 있는 사람도 아니었고, 무엇보다 그녀의 곁에 있는 남자는 자신이 어찌할 수 있는 사람이 아니었다. 무력으로도 인간적인 매력으로도 그를 당할 수 없다는 사실을 깨끗이 승복한 것이다.

"뭐, 여자야 어쩔 수 없다지만 무공으로는 언젠가 반드시 넘어서고 말겠다."

연성휘는 그렇게 중얼거리며 빈객청을 나섰다.

어차피 정의맹의 고위층들이 만나려고 하는 자는 환사영과 예운향이지 자신이 아니었다. 그들은 자신의 존재조차 알지 못할 것이다.

"그러면 정의맹을 구경이나 해볼까?"

다행히 그를 제지하는 사람은 아무도 없었다. 비록 정체를 알지 못하지만 총관인 단고성이 예의로 모신 사람이기에 감히 무례를 범하지 않는 것이다. 덕분에 연성휘는 자유롭게 정의맹 내를 돌아다닐 수 있었다.

정의맹은 장로원과 내당, 외당, 그리고 집법원(執法院), 호정대(護正隊), 총관부(總官部), 군사부(軍師部), 맹주부(盟主部) 등으로 이루어져 있었다. 그런 주요시설에는 어김없이 경비가 서고 있어 들어갈 수 없었지만, 그래도 거리를 걷는 데는 아무런 문제가 없었다.

거리에는 정의맹 소속의 무인들이 걸어 다니고 있었다. 그들은 삼삼오오 짝을 이뤄 걷고 있을 뿐, 연성휘란 존재를 신경 쓰지도 않았다.

정의맹은 이제 겨우 출범한 상태이기에 아는 사람보다 낯선 사람이 더욱 많은 상태였다. 그렇기에 낯선 이가 한두 명쯤 있어도 그러려니 하는 것이다.

연성휘가 주위를 둘러보며 중얼거렸다.

"이거 완전히 돈으로 처발랐군. 도대체 돈을 얼마나 처발라야 이런 건물들을 지을 수 있는 거지?"

연성휘의 상식으로는 도저히 이해가 되지 않는 광경이었다. 그는 그 후로도 한참 동안을 정의맹 안을 돌아다녔다. 규모가 큰 만큼 볼 것도 많았고, 사람도 많았다. 그렇게 정신없이 돌아다니다 보니 시간이 얼마나 지났는지도 몰랐다.

정신없이 돌아다니던 연성휘가 문득 주위를 둘러보았다. 그제야 자신이 너무 멀리 왔다고 생각한 것이다. 이제 시간이 한참 지났으니 빈객청으로 돌아가야겠다고 생각하고 주위를 둘러보는 그의 얼굴에 낭패한 빛이 떠올랐다.

"그런데 어떻게 돌아가야 하지?"

모두가 비슷비슷한 건물들과 담장으로 이루어져 있어 자신이 어떤 길로 왔는지 구별이 가지 않았다. 연성휘는 강대한 무공을 소유하고 있었지만, 그에 어울리지 않게 길을 찾는 데 무척 서툴렀다.

잠시 길을 되돌아가려고 시도하던 연성휘는 그만 포기하고 말았다. 스스로의 힘으로 길을 찾는 것보다 다른 사람들에게 물어보는 것이 훨씬 빨리 길을 찾을 수 있다고 판단한 것이다.

문득 그의 눈에 반색이 떠올랐다. 이쪽으로 다가오고 있는 아름다운 여인을 발견한 것이다. 고위급 인사인 듯 무척 화려한 비단옷을 걸친 늘씬한 체형의 여인의 이목구비는 무척이나 오밀조밀해서 아름다웠다.

연성휘는 잘되었다고 생각했다. 이왕 길을 물어보는 것, 이처럼 아름다운 여인에게 물어보는 것이 훨씬 기분 좋은 일일 것이다. 연성휘는 진중한 표정을 지으며 여인에게 다가갔다.

낯선 사내가 다가오자 여인의 얼굴에 긴장의 빛이 떠올랐다. 정의맹에서 처음 보는 낯선 남자였기 때문이다. 하지만 긴장한 몸과 달리 그녀의 눈가에는 숨길 수 없는 호기심이 떠올라 있었다.

일단 자신에게 다가오는 연성휘 자체가 워낙 눈에 띄는 미남이었기 때문이다. 이제까지 그녀가 보아온 그 어떤 남자보다 연성휘의 얼굴은 잘생겼다.

천하의 명장이 심혈을 기울여 조각한 것처럼 아름다운 얼굴에서 후광이 쏟아져 나오는 것 같았다. 그 때문에 연성휘가 다가올수록 여인의 가슴은 눈에 띄게 기복을 일으키고 있었다.

연성휘는 여인의 변화를 한눈에 알아차렸다. 이제까지 수많은 여인들을 만나고 관계해온 남자가 바로 연성휘였다. 자신이 다가갔을 때 대부분의 여인들이 보이는 반응이 어떠한지 그는 너무나 잘 알고 있었다.

경계의 빛을 잠시 띠다 이내 얼굴이 붉어지고, 눈길을 어디다 둘지 몰라 당황하다 연성휘가 가까이 다가서면 호흡을 멈추고 바라본다. 여인의 반응 역시 이제까지 그가 만나온 대부분의 여인들과 동일했다.

여인의 앞에서 연성휘가 부드러운 미소를 지으며 정중하게 인사를 했다.

"안녕하시오, 소저. 소생은 정의맹에 손님으로 온 연성휘라고 합니다."

"그, 그런데요?"

"본래 빈객청에 머물다가 답답하여 잠시 바람을 쐬기 위해 나왔는데 그만 길을 잃고 말았습니다. 혹시 실례가 안 된다면 저에게 빈객청으로 돌아가는 길을 알려주실 수 있는지요?"

"제가 말인가요?"

"다른 사람이 있다면 부탁드릴 텐데 다행인지 불행인지 이곳에는 소저밖에 없군요. 혹시 결례가 되지 않는다면 소생에게 소저의 방명을 가르쳐줄 수 있는지요."

"모, 모용지예요."

"정말 아름다운 이름이군요. 모용 소저. 다시 한 번 정중히 부탁드리겠습니다. 저에게 빈객청 가는 길을 가르쳐주실 수 없는지요."

연성휘의 정중한 부탁에 모용지의 얼굴이 붉게 물들었다. 그녀 역시 무가출신으로 무공을 익혔다. 어린 시절부터 사내들과 어울리며 무공을 익혔던 그녀였다.

같이 무공을 익힌 남자들로부터 어떠한 감정도 느끼지 못한 그녀가 연성휘의 말 한 마디, 한 마디에 가슴이 뛰고 있었다.

연성휘는 이제까지 모용지가 만나온 남자들이 갖지 못한 부드러운 매력을 지니고 있었다. 속삭이듯 부드러운 음성은 마치 그녀만을 위해 존재하는 것처럼 느껴졌다.

모용지는 자신도 모르게 고개를 끄덕였다.

"제, 제가 연 공자님에게 빈객청으로 가는 길을 안내해 드리겠습니다."

"직접 안내해 주시겠다고요?"

"예! 말로는 설명하기가 힘이 들어 직접 모시는 것이 좋을 듯싶습니다."

"모용 소저같이 아름다운 여인이 안내해 주신다면 소생으로서는 삼생의 영광이 아닐 수 없습니다. 어젯밤 좋은 꿈을 꾼 것이 다 오늘 모용 소저를 만나기 위한 것인가 봅니다."

"호호! 말을 참 재밌게 하시네요."

그만 모용지는 붉어진 얼굴로 미소를 짓고 말았다. 그에 연성휘가 빙긋 미소를 지었다.

여인이 미소를 보였다는 것은 자신을 향한 의심의 눈초리를 거뒀다는 뜻이기 때문이다. 비록 그녀를 어찌할 마음은 없었지만, 그래도 자신의 매력을 재차 확인한 것 같아 기분이 좋았다.

연성휘는 모용지와 나란히 길을 걸었다.

빈객청으로 향하는 내내 모용지와 연성휘는 즐거운 대화를 나누었다. 연성휘는 여인의 마음을 흔들어놓기에 부족함이 없는 외모와 매력, 화술을 지니고 있었다. 잠깐의 시간 동안 모용지는 연성휘란 남자에게 깊이 빠져들었다.

본래 모용지는 남자를 사귀어본 경험이 거의 없었다. 무공을 익히느라 남자들과 접촉하긴 했지만, 정식으로 사귀어본 경험이 없는 것이다.

거기에는 그녀의 가족들이 일조를 했다. 유달리 엄격한 가문의 분위기가 그녀가 함부로 남자를 사귈 수 없게 만든 것이다. 그 때문에 모용지가 접촉한 남자라는 게 대부분 가문의 무사들이나, 정의맹의 거친 무인들 정도가 다였다. 그런 그녀에게 연성휘이란 색다른 존재는 정신없이 빠져들게 만드는 늪과도 같았다.

연성휘는 말을 하는 내내 부드러운 미소를 지우지 않았고, 풍부한 화제를 바탕으로 모용지의 입에서 함박웃음이 끊이지 않게 만들었다.

"그래서, 그래서 어떻게 되었는데요?"

"어떻게 되었겠습니까? 그 인간이 그만 제풀에 지쳐 쓰러졌는데 하필이면 거기에 요만한 단검조각이 꽂혀 있었던 겁니다."

"어머!"

"그래서 한동안 엉덩이에 단검조각을 꽂고 다녔는데, 지금도 상처가 완전히 낫지 않아 한쪽 엉덩이를 실룩이며 다닌답니다. 그 모습이 꼭 오리가 뒤뚱이는 것 같답니다. 요렇게 엉덩이를 실룩이면서 다니면 사람들이 모두 웃지요."

"호호호!"

연성휘가 엉덩이를 실룩이는 모습에 모용지가 크게 웃음을 터트렸다. 이제까지 조신한 모습만 보이던 모용지였다. 그녀가 이렇게 크게 웃는 모습을 본 이는 아마 한 명도 없을 것이다.

미인은 자신을 웃게 만든 남자에게 마음을 여는 법이다.

그것이 연성휘의 지론이었다.

그렇게 웃고 이야기하는 동안 그들은 어느새 빈객청 앞에 도착했다. 그때까지도 모용지는 입가의 미소를 지우지 않고 있었다. 그녀는 너무 빨리 도착했다는 생각을 하고 있었다. 누군가와 헤어지기가 이렇게 아쉽다는 생각이 든 것은 이번이 처음이었다.

잠시 머뭇거리던 모용지가 용기를 내서 말했다.

"다, 다음에도 다시 만나 뵐 수 있을까요?"

"하하! 당분간은 이곳 빈객청에 머물 겁니다. 그러니 찾아오시면 얼마든지 만날 수 있을 겁니다."

"정말인가요?"

"그럼요. 소저 같은 미인이라면 언제라도 환영입니다."

마지막까지 띄워주는 연성휘의 말에 모용지가 또다시 함박웃음을 지었다.

"이게 무슨 짓이냐?"

그때 누군가의 노성이 지척에서 터져 나왔다.

깜짝 놀란 모용지가 뒤돌아보자 낯익은 인영 두 명이 보였다.

"오, 오빠."

모용지의 얼굴이 하얗게 질려갔다.

빈객청 앞에 새로 모습을 드러낸 이는 바로 정의맹의 군사인 모용관과 하도진이었다. 환사영과 예운향이 들어왔다는 소식에 다른 사람들보다 먼저 달려오던 중이었다.

모용지는 모용관의 동생이었다. 그리고 모용관은 모용지가 가장 무서워하는 사람이기도 했다. 모용관은 유독 모용지에게 엄격하게 가풍을 적용했다. 그 때문에 모용지는 모용관만 보면 자신도 모르게 몸이 위축되곤 했다.

지금 역시 마찬가지였다. 모용관이 나타나는 순간부터 모용지의 몸은 눈에 띄게 굳어졌고, 얼굴은 하얗게 질려 아무 말도

하지 못했다.

모용관의 굳은 얼굴엔 노기가 떠올라 있었다.

"분명 내당(內黨)에 있어야 할 네가 왜 여기 있단 말이냐? 그리고 네 앞에 있는 남자는 또 누구란 말이냐? 처음 보는 남정네에게 그리 경망된 웃음을 지어보이다니 네가 가문의 이름에 먹칠을 하는구나."

"오, 오빠. 그게 아니구요."

"듣기 싫다. 너의 변명 따위는 듣고 싶지 않구나."

모용관의 서슬 퍼런 기세에 모용지가 더 이상 어떤 말도 하지 못하고 입을 굳게 다물고 말았다. 그런 그녀의 눈가엔 어느새 눈물방울이 맺혀 있었다. 할 말이 많았지만 모용관의 기세에 말문이 막혀 어떤 변명을 할 수도 없다는 사실이 그녀를 슬프게 했다.

그 모습을 지켜보던 연성휘가 혀를 찼다.

모용지 가문의 일은 자신이 신경 쓸 바가 아니지만, 그래도 모용관이 너무 심하다는 생각이 들었다. 생판 모르는 남이라고 할지라도 저렇듯 모질게 말할 수는 없을 것이다.

결국 참지 못한 연성휘가 앞으로 나섰다.

"내가 형씨 가문의 일에 참견할 일은 아니지만 너무하는구려. 내가 아직 이곳 정의맹의 지리를 잘 알지 못해 모용 소저에게 부탁해서 길을 안내해준 것이오. 앞뒤 사정 하나도 모르고 동생에게 그렇게 험한 소리를 하는 것은 그리 옳은 판단 같지 않소이다."

"당신이 나설 자리가 아닐 텐데. 그리고 당신의 죄는 잠시후에 묻겠다."

"죄, 무슨 죄? 내가 무슨 죄를 졌는데?"

모용관의 말에 연성휘가 어이없다는 얼굴을 했다. 그는 모용관의 날카로운 반응이 도저히 이해가 가지 않았다.

아무리 여동생을 아낀다 하더라도 이런 반응은 분명 도를넘어선 것이다. 이것은 여동생을 아끼는 것이 아니라 흡사 남자가 자신의 연인이 바람난 것을 닦달하는 듯한 상황이 아닌가?

그때였다. 이제까지 조용히 있던 하도진이 끼어들었다.

"이봐! 이 친구가 누군지 아는가? 이곳 정의맹의 군사란 말일세. 이 친구의 명이라면 금방이라도 정의맹의 무사 수천 명이 자네를 난도질할 걸세. 그러니까 자신이 어떠한 처지에 처했는지 자각을 하고, 그 입 좀 다물게."

하도진은 생글거리고 있었다. 타인의 웃는 얼굴이 이렇게 얄미울 수 있다는 사실을 연성휘는 오늘에야 처음 알았다.

연성휘의 얼굴이 딱딱하게 굳었다.

"그래서 전후사정 알아보지 않고, 핍박하시겠다?"

"알아볼 거야. 단 자네를 일단 격리시켜 두고서."

"무슨 이유로? 단지 군사의 여동생과 말을 섞었다는 이유만으로?"

"그녀는 무척 고귀한 혈통을 가지고 있지. 그녀의 상대자가 될 만한 사람은 오직 나밖에 없네. 알아두게. 그녀의 약혼자가 바로 나라는 사실을."

하도진과 모용지의 나이는 무려 스무 살이나 차이가 난다. 그런데도 두 사람이 약혼을 한 것은 가문 사이의 밀약이 있었기 때문이다. 그러니까 모용지는 두 가문 사이에 약속의 증표나 마찬가지였다.

"결국은 그런 이유였나? 하지만 무언가 오해를 하는 것 같군. 아까 내가 말한 것처럼 그녀는 단지 나에게 길을 안내해 준 것뿐이니까."

"나는 그녀가 네까짓 놈에게 웃음을 보여주었단 사실이 싫다."

생글거리던 하도진의 눈에서 불똥이 튀어나오는 것 같았다. 그제야 연성휘는 모든 상황을 이해했다. 그러니까 지금 이들이 필요 이상으로 화를 내는 것은 모두 모용지가 낯선 남자에게 웃음을 보여주었다는 이유 때문이었다.

"하!"

연성휘가 한숨을 내쉬었다.

겨우 이런 이유로 이처럼 불같이 화를 내다니. 연성휘는 둘의 반응이 도저히 이해가 가지 않았다.

모용관이 연성휘에게 말했다.

"순순히 우리를 따라가겠느냐? 아니면 한바탕 소란을 피운

후 치욕스럽게 잡혀가겠느냐? 순순히 우리를 따라가는 것이 좋을 것이다."

"이봐, 형씨. 도대체 내가 누군지 알고나 그런 말을 하는 건가?"

"네가 일영이나 빙마후라도 된단 말이냐?"

"물론 나는 그들이 아니지."

"그렇다면 아무런 문제가 될 것 없다. 네가 누군지는 차후 알아내도 문제가 없을 터."

"정말 그렇게 생각하는 건가? 후회할 텐데."

"내가 후회할 일 따위는 없다. 적어도 이 정의맹 안은 나의 세상이니까."

광오하기까지 한 모용관의 말에 연성휘가 고개를 절레 저었다. 본래 그의 성격이라면 벌써 한바탕해도 했을 것이다. 하지만 자신의 개인 자격으로 정의맹에 들어온 것이 아니라, 환사영의 일행으로 함께 들어온 것이기에 그는 애써 치밀어 오르는 화를 꾹 눌러 참았다.

"어이, 이봐! 다시 한 번 생각해 보는 게 어때? 꼭 별거 아닌 일을 가지고 크게 만들어야 쓰겠나?"

"그렇다면 너의 정체를 밝혀라."

"아! 그게, 좀 곤란해서 말이지."

연성휘가 머리를 긁적였다. 본래 그 혼자라면 당당하게 정체를 밝히겠지만, 지금 그는 환사영을 따라 들어온 신세였다.

그래도 십대초인에 육박하는 무인이란 소문이 돌고 있는 남자가 환사영에게 깨져 졸졸 뒤만 따르고 있다는 소문이 돌면 강호에서 그는 도저히 고개를 들고 다닐 수 없을 것이다.

"말을 하지 않는 것을 보니 더욱 수상하구나. 무슨 목적으로 정의맹에 들어와 모용 소저에게 접근한 것이냐? 제대로 대답을 하지 않는다면 제압해서 집법원으로 압송할 수밖에 없다."

하도진이 살기를 발산하며 연성휘에게 다가왔다. 그런 그의 모습에 연성휘가 강하게 반발했다. 본래 조용히 넘어가려 했던 그였지만, 필요 이상으로 광분하는 두 사람의 행태에 노기가 치밀어 오른 것이다.

"겨우 그 정도의 실력으로?"

"그 정도의 실력이라고 했느냐? 지금 감히 나에게?"

"그래! 그 정도의 실력. 정말 우습군. 지금 당신들이 겁이 나서 내가 이러고 있는 줄 아는가? 하늘 높은 줄 모르는 개구리들이 우물 같은 성 하나 지어, 그 안에 들어앉아 유세를 떨고 있군."

"뭣이라? 다시 한 번 말해 보거라. 지금 무어라고 했느냐?"

"우물 안 개구리들이라 했다. 다시 한 번 말해줄까. 우물 안 개구리들아."

"이놈이……."

지독한 조롱에 결국 참지 못한 하도진이 연성휘를 향해 달려들었다.

쉬악!

허리춤에 매달려 있던 검이 벼락같이 뽑혀져 나와 연성휘의 가슴 어림을 노렸다. 자신감만큼이나 강렬한 검세(劍勢)였다. 하지만 그 모습을 지켜보면서도 연성휘의 표정에는 변함이 없었다.

"어리석은……."

상대의 수준조차 파악하지 못하고 무작정 칼질부터 하고 보다니. 이제까지 단 한 번도 제대로 된 싸움을 해본 적이 없는 애송이다.

연성휘의 눈빛이 변했다. 이제까지 여유롭던 눈빛은 온데간데없이 사라지고, 차가운 눈빛만이 남았다.

스거억!

하도진의 검이 연성휘가 있던 공간을 여지없이 베어냈다. 일말의 군더더기도 없이 깨끗한 검초였다. 하지만 공간을 가른 하도진의 얼굴 표정은 그리 밝지 않았다. 손에 걸리는 느낌이 없었기 때문이다.

그에 대한 답은 친구인 모용관에게서 나왔다.

"뒤다."

모용관의 말에 반응해 하도진의 신형이 제자리에서 팽이처럼 팽그르르 돌았다. 그러면서 검을 휘두르는 것을 잊지 않았다. 눈이 부실 정도로 기민한 반응이었다. 하지만 상대가 나빴다. 질투심에 눈이 멀어 그가 시비를 건 남자는 광도(光刀)라고 불리는 남자였다.

뒤돌아본 그의 눈에 제일 먼저 들어온 것은 뭉툭한 도의 손잡이였다.

퍼억!

"커헉!"

어떻게 피할 사이도 없이 하도진은 도의 손잡이에 턱을 얻어맞고 뒤로 나가떨어졌다. 연성휘가 나가떨어지는 하도진을 경공으로 따라잡았다.

퍼버벅!

하도진의 복부로 연성휘의 삼연격(三聯擊)이 들어갔다. 도는 꺼내지도 않았다. 오직 맨주먹으로 세 번을 꽂아 넣은 것이다. 하지만 하도진은 엄청난 충격에 정신이 아득해져 왔다. 손에 들고 있는 검을 휘두른다는 생각은 하지도 못했다.

쿠와앙!

"크악!"

마지막은 부월각(斧月脚)이었다. 마치 커다란 도끼처럼 내리꽂힌 발길질은 하도진의 머리에 그대로 작렬했다. 부월각에 얻어맞은 하도진은 게거품을 문 채 기절했다. 간헐적으로 팔다리가 떨릴 뿐, 그는 완전히 의식을 잃었다.

탁탁!

그제야 연성휘가 손을 털며 허리를 쭉 폈다.

"그러게 누울 자리를 보고 발을 뻗었어야지."

하늘 높은 줄 모르고 오만을 떨던 애송이를 손봐준 후라 그런지 기분이 상쾌하기까지 했다. 하지만 그의 기분은 오래 가지 않았다. 모용관이 노성을 터트렸기 때문이다.

"놈! 감히 정의맹의 사람을 상하게 하다니."

"그가 먼저 도발했잖아. 보다시피 나는 방어만 했고."

연성휘가 어깨를 으쓱해 보였다.

그는 잘못한 것이 하나도 없었다. 적어도 연성휘 자신은 그렇게 생각하고 있었다. 하지만 모용관은 그렇지 않았다. 그는 자신의 자존심에 치명적인 상처를 입었다고 생각했다.

모용관이 손을 들었다. 그러자 그를 암중에서 호위하고 있는 군사부의 호위무사들이 모습을 드러냈다. 그 수는 무려 이십여 명, 모두가 모용세가에서 조련을 시킨 고수들이었다.

호위무사들이 살기를 피워 올렸다. 그들의 살기에 연성휘의 눈빛이 서늘해졌다.

"이봐! 지금까지는 애교로 봐줄 수 있었지만, 더 이상 선을 넘는다면 지옥을 보게 될 거야."

연성휘의 목소리가 스산해졌다.

그는 아직까지 도를 뽑지 않고 있었다. 하지만 그 기세만으로도 모용관의 호위무사들을 압도하고 있었다.

'으음!'

'이자의 살기는 우리가 감당할 수 있는 성질의 것이 아니

다.'

호위무사들의 눈가가 파르르 떨렸다. 평생을 무공만 익혀온 그들이었다. 본능적으로 연성휘가 자신들이 감히 감당할 수 있는 자가 아니란 사실을 감지하고 있었다. 그 사실을 알지 못하는 이는 오직 모용관뿐이었다.

스릉!

연성휘의 도가 조금씩 도집에서 뽑혀져 나왔다. 그의 도가 완전히 뽑히는 순간 어떤 참극이 벌어질지 호위무사들은 본능적으로 느끼고 있었다.

주르륵!

식은땀이 등줄기를 타고 흘러내리고 있었다. 육신이 먼저 두려움을 느끼는 것이다. 그래도 그들은 물러설 수 없었다. 눈앞의 사내에게 상대가 안 된다는 것을 알면서도 물러설 수 없는 이유는 오직 모용관 때문이었다.

그들은 모용관을 위해 죽고 사는 남자들. 그의 명령이 없다면 절대로 물러설 수 없었다.

츠츠츠!

그 순간에도 연성휘의 살기는 기하급수적으로 불어만 갔다. 그의 살기를 감당하지 못한 호위무사들의 몸이 점점 뒤로 밀렸다. 연성휘의 살기는 그들을 뛰어넘어 모용관에게도 미쳤다.

전신의 신경을 타고 엄습하는 공포감, 그제야 모용관은 자신의 눈앞에 있는 상대가 보통이 아니란 사실을 깨달았다. 그리고 자신이 잠시 이성을 잃었단 사실을 자각했다.

그러나 이미 일은 걷잡을 수 없이 커지고 있었다. 연성휘의 기세로 보아서는 단지 호위무사들과 싸우는 데서 끝나지 않을 것 같았다.

돌이킬 수 없이 커진 사태. 그리고 모용관도 이대로 물러설 생각은 없었다. 비록 자신이 잘못했다는 사실을 깨달았지만, 그의 자존심이 용납을 하지 않았다.

모용관이 얼굴을 일그러트린 채 말했다.

"이들을 쓰러트린다면 정의맹의 수천 무인들을 상대해야 할 것이다. 그래도 좋단 말이냐?"

"후후! 먼저 시작한 것은 당신이야. 수천 명의 적 따위는 상관없어. 그전에 먼저 당신의 목을 따버릴 테니까. 그 뒤에 어떻게 되든 상관없어."

"크윽!"

연성휘의 거칠 것 없는 태도에 모용관의 눈가가 파르르 떨렸다.

이제까지 커다란 난관 없이 살아온 모용관이었다. 비록 가문을 이을 수는 없었지만, 무섭도록 비상한 두뇌 덕분에 어디가서도 대접받지 못한 적은 없었다.

모두가 그에게 조금씩 양보했고, 그 때문에 그의 자존심은 무섭도록 강했다. 그런 그가 최악의 상극과 대면하고 있었다.

거칠 것 없이 자유분방하게 살아온 연성휘라는 존재는 스스로에게 엄격한 규칙을 적용하고, 크고 높은 자리에 올라가야 한다는 강박관념에 틀어 잡혀 살아온 모용관과 최악의 상성이었다. 그 사실을 본능적으로 느꼈기에 그토록 연성휘를 밀어붙였는지도 몰랐다.

스르릉!

이제 연성휘의 도는 반쯤 몸신을 드러내고 있었다.

꿀꺽!

누군가 마른침을 삼키는 소리가 적막을 깨고 울려 퍼졌다. 그만큼 사람들의 긴장감이 최고조에 달해 있었다. 긴장감이 극에 달해 신경이 예민하게 곤두섰기에 조그만 소리마저도 천둥소리처럼 크게 들리는 것이다.

이제 도가 완전히 뽑히기 직전이었다. 그의 도가 완전히 뽑히는 그 순간 이곳은 온통 피바다가 되고 말 것이다. 연성휘의 살기가 그렇게 말하고 있었다.

"으으!"

결국 모용관이 자신도 모르게 신음성을 흘리며 뒤로 한 발 물러서고 말았다. 그의 자존심이 버틸 수 있는 한계를 뛰어넘어 연성휘의 살기가 압박했기 때문이다. 그의 얼굴이 치욕으로 붉게 물들었다.

모용관이 무어라 입을 열려고 했다. 하지만 그 순간 구원의 목소리가 들렸다.

"이게 무슨 짓인가?"

장내를 압도하는 준엄한 외침 앞에 대치를 하던 호위무사들이 안도의 한숨을 내쉬며 검을 거뒀다. 하지만 연성휘는 도를 완전히 거두지 않고 새로이 나타난 자들을 바라보았다.

머리를 파르르 민 중년의 승려와 꼬챙이처럼 삐쩍 마른 노인이었다. 노성을 터트린 자는 삐쩍 마른 노인이었다.

순간 연성휘의 눈이 번뜩였다. 한눈에 노인과 승려가 범상치 않은 무력을 소유한 자들이라는 사실을 알아차렸기 때문이다.

'나와 호각, 아니면 그 이상.'

새로이 나타난 이들은 명등과 경천호였다. 그들이 환사영을 만나기 위해 빈객청으로 오다가 연성휘와 모용관 등이 대치하고 있는 모습을 본 것이다.

이유는 알 수 없었지만, 그들의 대치가 심상치 않았다. 모용관은 평소 꼭꼭 숨겨두었던 호위무사들을 모조리 동원했고, 낯선 사내는 그런 모용관과 수하들을 압도하는 기세를 발산하고 있었다.

수많은 무인들이 모여 있는 정의맹에서도 이 정도의 기세를 발산할 수 있는 무인은 거의 없었다. 겨우 명등과 경천호 정도나 되어야 이 정도의 기세를 발산할 수 있을 것이다.

한마디로 사내는 절대의 반열에 오른 고수인 것이다. 그런 고수가 무슨 이유에선지 정의맹의 군사와 대립하고 있다.

　그것은 결코 좋은 일이 아니었다. 한 명의 고수라도 더 필요한 시점에 오히려 적을 만들다니. 어째서 저들이 대립하는지 이유는 알 수 없었지만, 일단 상황을 진정시켜야 했다. 그래서 경천호가 앞으로 나섰다.

　"군사, 호위무사들을 뒤로 물리게."

　"하지만……."

　"이건 부탁이 아닐세. 상급자로서 명령이야."

　"알……겠습니다."

　모용관이 불만스런 얼굴로 대답했다.

　이번엔 경천호가 연성휘를 바라봤다.

　"자네가 누군지 모르지만, 기세를 거둬주겠는가?"

　"뭐, 그러죠."

　연성휘는 흔쾌히 고개를 끄덕이며 기세를 거뒀다. 애당초 일이 커지길 바라지 않았던 연성휘였다. 연성휘가 기세를 거두자 모용관의 호위무사들이 안도의 한숨을 내쉬었다.

　경천호가 모용관을 보며 말했다.

　"이게 어찌된 일인지 설명해줄 수 있는가?"

　"그……게 저자가 정의맹 안에서 소란을 일으켰습니다."

　"소란이라니? 자세히 말해보게."

　"그가 제 동생을 희롱했습니다. 말리던 제 친구도 그가 쓰러트렸습니다. 엄벌로 그를 다스려야 합니다."

모용관은 얼굴색 하나 변하지 않고 그렇게 말했다. 그는 자신의 말이 진실이라고 믿고 있었다.

경천호의 시선이 다시 연성휘를 향했다.

"그게 사실인가? 젊은 친구."

"그의 친구를 쓰러트린 것은 맞지만, 그의 동생을 희롱했다는 말은 받아들일 수 없군요. 그녀에게 직접 물어보십시오. 제가 그녀를 희롱했는지. 저는 단지 그녀에게 빈객청으로 오는 길을 물어보았을 뿐입니다."

연성휘의 대답에 경천호가 모용지를 바라보았다. 그 순간 모용지는 모용관의 등뒤에 하얗게 질린 얼굴로 서 있었다. 본의 아니게 모든 일의 중심에 서 있게 된 모용지였다.

그녀는 모용관의 말이 거짓이라는 사실을 알고 있었다. 하지만 그녀는 쉽게 진실을 말할 수 없었다. 오라비가 무서운 이유도 있었지만, 무엇보다 그녀가 모용세가 소속이었기 때문이다.

그녀의 가문은 결코 가족을 배신하는 것을 용납하지 않는다. 가문을 배신한 벌은 그 어떤 것보다 엄중하고 무서웠다.

모용지는 쉽게 입을 열지 못하고 망설이기만 했다. 참지 못한 경천호가 모용지에게 물었다.

"저 친구의 말이 사실이냐? 그가 단지 너에게 길을 물어본 것이 맞느냐?"

"저, 저는……."

모용지는 여전히 말을 망설였다.

잠시 후 그녀가 결심을 굳혔는지 어렵게 말문을 열었다.

"저, 저는 길을 걷고 있었어요. 그런 저에게 그가 다가와서 길을 물었어요."

"그럼 저자의 말이 사실이란 말이냐? 그가 너를 희롱한 사실은 없느냐?"

"아마 약간의 오해가 있었던 듯해요. 그와 저는 단지 몇 마디 대화를 했을 뿐이에요. 하지만 너무 가까이 붙어 있어서 저의 오라버니께서 오해를 한 듯싶어요."

그녀로서는 최대한의 용기를 내서 한 말이었다. 그녀는 가문의 처벌을 감수하면서까지 연성휘를 보호하려 했다. 어쨌든 간에 연성휘는 그녀를 처음으로 웃게 한 남자였다. 그 남자가 더 이상 막다른 골목으로 몰리는 것은 원치 않았다.

"흐음! 그럼 모든 게 오해로 시작되었다는 것인가? 자네는 어찌 생각하는 것인가?"

"제 동생이 두려움 때문에 거짓을 말하는 겁니다."

모용관이 반박을 했다. 그런 그의 얼굴에는 노기가 서려 있었다. 그의 얼굴을 보는 순간 모용지는 그만 눈을 감고 말았다.

이제 가문으로 돌아가면 그녀에게 어떤 처벌이 내려질지 알 수 없었다. 하지만 더 이상 연성휘가 벼랑 끝으로 몰리는 모습을 두고 보고 싶지만은 않았다.

그제야 경천호는 모용관이 도를 넘어선 행동을 했다는 사실을 알아차렸다. 눈앞에 있는 사내의 무언가가 모용관의 심기를 건드렸고, 그로 인해 모용관이 사내를 눈엣가시처럼 여긴다는 사실을 알아차린 것이다.

연성휘는 하나도 꿀릴 것이 없다는 당당한 태도였고, 모용관은 그런 연성휘를 잡아먹을 듯 노려보고 있었다.

경천호와 명등의 고민은 이제부터 시작이었다.

모용관의 편을 들자니 연성휘가 문제였고, 연성휘의 편을 들자니 모용관의 체면이 문제였다. 모용관은 현 정의맹의 군사였고, 그를 지지하는 사람들의 수가 결코 적지 않았다.

그런 모용관의 체면을 깎아내리는 것은 정의맹의 체면을 깎아내리는 것이나 마찬가지였다. 어떤 일이 있더라도 모용관의 자존심은 지켜줘야 했다.

그때였다.

"어? 여기서 다들 뭐하세요?"

갑자기 낯익은 소리가 들려왔다. 고개를 돌리니 유난히 비대한 체구의 십방보가 당나귀를 타고 가까이 다가와 있었다. 그가 대치하고 있는 듯한 사람들의 모습을 보고 이상하다는 듯이 고개를 갸웃거리고 있었다.

경천호와 명등을 먼저 보내놓고 그가 천천히 따라오고 있던 것이다. 그가 연성휘를 보며 말했다.

"형이 왜 밖으로 나와 있어요?"

"아는 사이냐?"

"그럼요. 우린 같이 온 일행인 걸요."

경천호의 질문에 십방보가 크게 고개를 끄덕였다. 그가 연성휘의 곁에 서며 말했다.

"이 형의 이름은 연성휘, 강호에서는 그를 광도라고 부르더군요."

"광도? 설마 십대초인에 육박한다는 그 광도를 말하는 것이냐?"

"뭐, 그건 모르겠지만 이 형의 별호가 광도인 것은 사실이에요. 나는 광도(光刀)가 아니라 광도(狂刀)라고 생각하지만요. 사영 형님과 같이 이곳에 들어온 일행이구요."

"으음!"

순간 경천호와 명등, 그리고 모용관의 얼굴이 흙색으로 변했다. 범상치 않은 남자라는 사실은 알았지만, 설마 그가 강호에 광도로 이름 높은 연성휘였다는 사실은 짐작치도 못했기 때문이다.

경천호의 얼굴에 난감한 빛이 떠올랐다.

상대가 광도가 분명하다면, 더구나 그가 환사영의 일행이라면 이렇게 대한 것 자체가 실례였다. 강호가 힘이 우선인 강자존(强者存)의 세계라는 것을 감안한다면 그가 설령 사소한 잘못을 했다고 하더라도 책임을 묻는 것은 무리였다.

장내의 분위기가 이상하게 돌아가는 것을 십방보는 느꼈다.

무언가 이유는 모르지만 이들이 대치하고 있다는 사실을 알아 차린 것이다.

순간 그가 기지를 발휘했다.

"자! 이러고 있을게 아니라 안으로 들어가죠. 형님이 기다리고 있을 거예요."

그가 연성휘의 손을 잡아끌었다. 그러자 연성휘는 더 이상 아무 말도 하지 않고 그의 손에 이끌려 안으로 들어갔다.

그러면서도 그는 모용관을 똑바로 보는 것을 잊지 않았다. 그와 시선이 정면으로 마주친 모용관의 눈가가 파르르 떨렸다.

이제 모용관도 알고 있었다. 연성휘의 정체가 밝혀진 이상 어찌할 수 없다는 사실을. 정말 그가 광도 연성휘가 분명하다면 오히려 이 정도로 넘어간 것을 감사하게 여겨야 할 것이다. 하지만 그런 사실을 알면서도 그의 자존심이 용납을 하지 못하고 있었다.

경천호와 명등의 표정이 굳었다.

그들이 느끼는 감정도 모용관과 다를 바가 없었다. 연성휘는 그들조차 쉽게 어쩌지 못하는 강자. 더구나 그가 환사영의 일행이라면 지금의 일이 얼마나 큰 후폭풍을 몰고 올지 누구도 알 수 없는 일이었다.

'하필 군사와 충돌을 일으킨 자가 그의 일행이라니.'

경천호가 남몰래 탄식을 했다.

그는 오늘 환사영과의 만남이 결코 쉽지 않을 거라고 생각했다.

한편 연성휘는 그 나름대로 화를 삭이고 있었다. 생각 같아서는 모조리 쓸어버리고 싶었지만, 경천호와 명등이 그리 녹록해 보이지도 않았고, 무엇보다 이곳에서 말썽을 더 크게 피운다면 수습하는 것 자체가 불가능해지기 때문이다. 그 때문에 그는 최대한 인내하고 있었다.

그렇게 모든 것이 불완전하게 봉합된 채 사건은 일단락됐다. 하지만 여전히 분란의 불씨는 완전히 꺼지지 않은 채 타오르고 있었다.

모두의 외면 속에서.

"오랜만일세. 반갑네."

"여전히 정정하시군요. 반갑습니다."

경천호와 환사영이 인사를 했다. 무려 오 년 만의 만남이었다. 오 년의 시간은 한 사람을 정의맹의 태상장로로, 다른 한 사람을 전설적인 무인으로 만들었다.

환사영은 명등과도 인사를 나눴다.

"오랜만이군요."

"반갑습니다. 오랜 시간이 지났지만, 환 시주는 여전하시군요."

"정의맹의 맹주 자리에 오르셨다면서요. 축하드립니다."

"태상장로님의 공이 컸습니다. 태상장로님이 모든 일을 진행하셨고, 저는 어쩌다 보니 맹주 자리에 올랐을 뿐입니다."

명등은 오 년 전보다 깊어진 눈빛을 소유하고 있었다. 예전의 그가 어딘지 모르게 들떠 있었다면, 지금의 그의 눈빛은 묵직하게 가라앉아 있어 커다란 천년거암을 연상케 했다.

명등은 이어서 예운향에게도 인사를 했다.

"오랜만입니다. 예 소저. 모습이 보기 좋습니다."

"다 덕분이에요."

"무사하셔서 다행입니다. 얼마나 걱정을 했었는지 모릅니다."

"스님께서 정의맹의 맹주가 되셨을 줄은 꿈에도 생각하지 못했습니다."

"하하! 저 역시 마찬가집니다. 어쩌다 보니 태상장로님이 만드신 정의맹의 맹주가 되었습니다."

무려 오 년 만에 만나는 그들이었다. 하지만 그들은 서로의 흉금을 쉽게 털어놓지 않았다. 서로의 흉금을 털어놓을 만큼 허물없는 사이도 아니었고, 오랜 세월을 알아온 사이도 아니었기 때문이다.

먼저 경천호와 환사영이 자리에 앉고 뒤를 이어 예운향과 명등이 앉았다. 그들이 앉은 자리에는 십방보와 모용관, 그리고 연성휘도 있었다.

본래 경천호 등은 환사영과 예운향만을 만나길 원했다. 하지만 연성휘의 정체가 밝혀지면서 그를 배제할 수 없게 됐다. 연성휘는 대세에 영향을 끼칠 수 있는 절대의 고수였다. 어떻게 해서든 그를 포섭해야만 했다.

그들이 자리에 앉자 시비가 차를 가지고 들어왔다. 그들은 차를 마시며 담소를 나눴다. 과거의 안부를 묻기도 하고, 현재의 상황을 묻기도 했다.

명등은 유심히 환사영의 표정을 살폈다.

환사영은 특유의 미소를 짓고 있었다. 그 어떤 상황이 닥치더라도 그의 얼굴에서 미소는 사라지지 않을 것 같았다.

'과연 밖에서 어떤 일이 일어난 것인지 모르고 웃고 있는 것인가? 아니다. 그가 바로 지척에서 일어난 일을 모를 리 없다. 그럼 그냥 모른 척 넘어가려는 것인가?'

명등은 조금 전에 빈객청 밖에서 있었던 소란을 떠올렸다.

때맞춰 경천호와 명등이 나타나지 않았다면 어찌되었을지 모르는 일이었다. 그런 커다란 소란을 환사영이 모르고 있다는 생각은 들지 않았다.

어쩌면 그는 이미 모든 사실을 알면서도 모르는 척하는 것일 수도 있었다. 문제는 그런 환사영의 의도를 알지 못하겠다는 것이다.

'빙마후에 광도까지. 그리고 풍객 어르신이 그에게 호감을 가지고 있다는 것을 생각하면 십대초인 중 반에 가까운 인원이 그의 지지 세력이지 않은가? 그가 원한다면 정의맹보다 더욱 크고 강한 세력을 만들 수도 있을 것이다. 역사 이래 한 개인이 이토록 광대한 영향력을 가지고 있던 적이 있던가?'

환사영 그 자신은 강호에 모습을 거의 드러내지 않으려고 했지만, 그의 영향력만큼은 이미 천하를 아우르고 있었다. 환사영이 어떤 생각을 하는지에 따라 천하의 판도가 달라질 것이다. 명등은 그런 사실을 다시 한 번 절감하고 있었다.

'이 남자는 자신의 영향력이 얼마나 대단한 것인지 알고 있기는 한 건가?'

문득 그런 의문이 들었다.

이제껏 천하의 그 누구에게도 위축된 적이 없는 명등이었지만, 환사영의 앞에 설 때면 자신이 초라해지는 것을 느꼈다. 그래서 더욱 당황스러웠다.

천하에서 가장 강대한 무공에 아름다운 여인을 옆에 두고 있는 것도 모자라 절대의 고수들이 그를 따른다. 그런 사실에 명등은 부러움을 느끼다가 소스라치게 놀랐다. 자신이 세속의 욕망에 찌들어 있다는 사실을 발견했기 때문이다. 그 때문에 그의 마음은 편치 않았다.

'아미타불! 어쩌면 이자는 나의 심마(心魔)를 비추는 거울일지도 모르겠구나. 이자 앞에만 서면 나의 욕망이 고스란히 드러나니. 아미타불, 아미타불!'

명등은 그만 눈을 감고 말았다.

그 순간에도 경천호와 환사영의 대화는 계속되고 있었다.

"그래, 신교가 나란의 군인들이 만든 단체라는 증거를 잡았다고?"

"그렇습니다. 제 눈으로 직접 확인했습니다."

"으음! 설마 했건만, 사실로 드러나다니, 정말 큰일이군."

경천호의 얼굴이 딱딱하게 굳었다.

이미 환사영에게 나란의 역사에 대해 들었던 경천호였다. 그들이 중원에 얼마나 커다란 증오를 가지고 있는지도 잘 알고 있었다.

그래서 나란의 군인들을 막기 위해 정의맹을 만들었고, 수많은 고수들을 끌어들였다. 그렇게 만반의 준비를 갖췄건만 미흡하다고 생각되는 것은 그만의 착각일까?

"호랑이의 등에 날개를 단 격이군. 그렇지 않아도 가공할 무력을 소유한 그들이 종교라는 날개를 얻어 민심까지 등에 업었다니. 도무지 그 파급력이 얼마나 될지 예상조차 하지 못하겠어."

"이제 곧 폭풍이 불어올 겁니다."

"그렇겠지. 그의 증오심은 조금도 사그라들지 않았을 테니. 휴! 누구를 탓하겠는가? 그 모든 것이 중원인들의 업보인 것을."

경천호가 한숨을 내쉬었다. 그런 경천호의 얼굴엔 짙은 그림자가 드리워져 있었다. 그는 모든 것이 중원인의 탓이라고 생각했다. 하지만 그렇게 생각하지 않는 사람도 있었다.

"왜 이 모든 게 중원인의 탓이란 겁니까?"

불쑥 끼어든 이는 모용관이었다.

모용관도 나란의 존재를 알고 있었다. 그를 끌어들이는 과정에서 경천호가 설명을 해줬던 것이다. 그래서 수긍하고 있었던 줄 알았는데, 그가 반론을 제기하다니 뜻밖이었다.

"제 생각은 좀 다릅니다."

"무엇이 다르단 말인가?"

"물론 일부 중원인들이 잘못하긴 했지만, 그 때문에 다른 대다수의 중원인들이 이에 대한 책임을 질 수는 없는 노릇입니다."

"그건 우리도 알고 있지 않은가? 그래서 정의맹을 세워 대비하려는 것이 아닌가? 어쨌거나 우리에게도 일말의 책임이 있으니."

"책임은 우리보다 저자가 큰 것 아닌가요? 저는 그렇게 생각합니다."

"왜 그렇게 생각하는가?"

"저자가 내부 단속을 하지 못했기에 결국은 이 지경이 된 것 아닙니까? 그렇다면 책임도 저자가 져야지요."

"자네, 말이 너무 심하군. 그게 무슨 망발인가? 결국 근본적인 원인은 나란이라는 나라를 함부로 침공하고 멸망케 한 중원인들에게 있다는 사실을 부정하자는 것인가?"

"저는 부정하는 것이 아니라 근원적인 책임을 따져보자는 이야깁니다. 저자의 이야기만 믿고 무작정 끌려갈 수는 없는 노릇 아닙니까?"

경천호의 꾸짖음에도 모용관은 결코 자신의 주장을 굽히지 않았다. 그는 이글거리는 눈으로 환사영을 노려보고 있었다. 본래 모용관은 매우 냉철한 사람이었다. 하지만 지금 이 순간 그는 자신도 모르게 이성의 끈을 조금씩 놓고 있었다.

그 원인은 연성휘에게 있었다. 연성휘와의 다툼 끝에 남은 앙금이 아직도 사라지지 않고, 결국 환사영에게 분노가 향한 것이다.

"그럼 어쩌자는 건가? 그냥 이대로 저 친구에게 모든 책임을 미루고, 우리는 방관하자는 뜻인가?"

"그 말이 아닙니다. 굳이 다른 뜻을 가진 사람들끼리 불편함을 참아가며 같이 갈 필요가 없다는 겁니다. 저자는 저자대로, 우리는 우리대로 준비를 하면 되는 것 아니겠습니까?"

"아니, 힘을 모아도 모자랄 판에 따로 준비를 하자는 뜻인가? 자네, 도대체 제정신인가?"

경천호가 어이없다는 얼굴을 하고 질책했다. 하지만 모용관의 눈빛은 전혀 수그러들지 않았다. 보다 못한 경천호가 명등에게 한마디 했다.

"맹주도 뭐라고 한마디 하시게. 그냥 이대로 두고 보실 텐가?"

"저는 모용 군사를 탓하기 이전에 환 시주의 생각을 확실히 알고 싶습니다."

"그게 무슨 말인가?"

"정녕 그가 우리와 뜻을 함께 할 생각이 있는지 궁금하단 말입니다. 그가 우리와 함께 할 뜻이 있다면 모르지만, 그렇지 않다면 모용 군사만을 탓할 수 없단 뜻입니다."

"자네?"

경천호가 눈을 크게 떴다. 전혀 뜻밖의 말이었기 때문이다. 하지만 명등은 아랑곳하지 않고 환사영을 바라보았다.

"저는 환 대협의 뜻을 알고 싶습니다. 우리와 뜻을 함께 하기 위해 정의맹에 오신 겁니까?"

환사영이 처음으로 명등의 눈을 바라보았다.

그 순간 명등의 눈에는 기이한 열기가 담겨 있었다. 하지만 명등 그 자신은 전혀 그런 사실을 알지 못하고 있는 듯했다.

환사영은 명등의 눈에 담긴 열기에서 그의 욕망을 읽었다. 무욕(無慾)을 가장했지만, 그의 가슴 가장 밑바닥 근원에서 꿈틀거리고 있는 강렬한 욕망의 빛을. 오 년간의 면벽도 그의 가장 원초적인 본능을 잠재우지는 못한 모양이었다.

정의맹이라는 초유의 단체가 만들어지고, 초대 수장이 된 명등이었다. 분명 그의 가슴에는 중원의 평화와 정의를 구현해야 한다는 대의가 잠재해 있었다.

처음 경천호가 환사영을 영입해야 한다고 했을 때 그 역시 동의했다. 정의맹의 세력을 더욱 보완해야 할 필요를 느꼈기 때문이다. 환사영을 정의맹의 이름으로 거두면 큰 힘이 될 거라고도 생각했다.

하지만 오늘 환사영을 보고 깨달았다. 환사영이 결코 다른 누군가의 밑에 있을 사람이 아니란 사실을, 그리고 그를 거둔다는 것이 얼마나 큰 위험을 내포하고 있는지도 말이다.

십대초인 중 네 명, 아니 천화윤까지 포함하면 다섯 명이 그와 유, 무형으로 연관되어 있었다.

거기다 십대초인에 육박했다는 소문이 들리는 한청과 이 자리에 있는 연청휘까지 포함한다면 무려 일곱 명이나 그와 연결이 되는 것이다. 그가 움직이면 현 강호의 절대고수 중 일곱 명이 움직인다.

명등 역시 십대초인 중 한 명이었다. 하지만 환사영과 같은 영향력은 없었다. 그런 그에게 있어 환사영은 휘하에 거두기에는 너무 벅찬 존재였다. 그렇다고 그를 끌어들이기 위해 맹주직을 양보할 수도 없는 노릇이었다.

분명 환사영을 처음 찾았을 때는 그런 의도가 아니었지만, 환사영을 본 순간 생각이 바뀌고 말았다. 자칫 환사영을 받아들였다가는 정의맹이란 조직의 주인이 송두리째 바뀔 수도 있다는 생각이 든 것이다.

환사영은 명등의 눈에서 그런 세속적인 열망을 읽었다. 그 스스로는 누구보다 탈속한 존재라고 자부했을지 모르지만, 이미 명등은 세속의 욕망에 물들어 있었다. 단지 이제까지 아닌

척해왔을 뿐이다.

환사영의 입가에 옅은 미소가 어렸다. 순간 명등의 눈에 당황한 빛이 떠올랐다. 왠지 모르게 환사영에게 자신의 속내를 들킨 것 같았기 때문이다. 환사영의 두 눈을 보고 있자니, 한겨울에 알몸으로 들판에 선 것처럼 한기가 몸을 맴돌았다.

마침내 환사영이 입을 열었다.

"내가 이곳에 온 것은 정의맹에 입맹하기 위함이 아닙니다."

"그럼 왜 오셨습니까?"

"정의맹의 뜻을 알고 싶었습니다."

"무슨 뜻을 말입니까?"

"과연 신교를 막을 의도가 있는지, 정말 힘을 모을 의도가 있는지 알고 싶었습니다."

환사영이 잠시 말을 멈췄다.

모두가 그의 얼굴을 쳐다봤다.

경천호도, 모용관도, 명등도.

그들의 시선이 환사영의 얼굴에 모아져 있었다.

"그리고 이제 알았습니다. 여러분의 뜻을."

"어떻게 말입니까?"

"방금 말하지 않으셨습니까? 지금 이 자리에서……."

명등과 모용관의 얼굴에 당혹스런 빛이 떠올랐다. 분명 그들은 아무런 말도 하지 않았기 때문이다. 하지만 환사영은 그들의 몸과 눈에서 그들의 뜻을 확실히 읽었다.

"미안하네. 괜히 사람 불러놓고 무안한 꼴만 당하게 했군."

"아닙니다. 저 역시 제 눈으로 확인하고 싶었습니다. 이들과 과연 함께할 수 있을지."

"그래! 이해하네."

환사영의 대답에 경천호가 안쓰러운 눈으로 바라봤다.

결국 회담은 수포로 돌아갔다. 환사영이 정의맹에 입맹하지 않기로 결정한 것이다.

모용관이 노골적으로 그를 견제했고, 명등마저도 한 줄기 경계심을 숨기지 않았다. 그런 상황에서 입맹해 제대로 된 협조를 하는 것은 불가능한 일이었다.

결국 정의맹이 원하는 것은 그들의 뜻대로 움직여줄 허수아비였던 것이다. 그들의 통제를 벗어난 괴물은 필요하지 않았다.

십대초인의 절반 이상을 움직일 수 있는 환사영이란 존재는 그들이 감당하기에는 너무나 버거운 존재였다. 결국 그들은 자신들이 거둘 수 없는 환사영이란 존재를 포기했다.

덕분에 환사영과 경천호는 오랜만에 만났다는 사실만으로 만족해야 했다. 잠깐의 시간 동안 경천호의 얼굴은 족히 십 년은 더 늙은 듯 보였다. 그만큼 마음고생이 심하다는 증거였다.

정의맹 창설을 주도하고, 수많은 무인들을 직접 찾아다니면

서 설득한 경천호였다. 그런 그의 노력 덕분에 정의맹은 창설되었지만, 아직까지 한마음으로 뭉치지 못하고 있었다.

명문정파들이 문제였다. 투자한 것이 많은 만큼 정의맹이라는 이름하에 얻어내려는 것이 많았다.

그들은 정의맹 내에서 영역싸움을 하는 것을 마다하지 않았고, 조금이라도 더 많은 영향력을 행사하기 위해 암중모략도 서슴지 않았다.

모르는 사람이 본다면 천하삼분의 시대에서 그들만이 승자가 되어 전리품을 나누는 것처럼 보일 것이다. 그만큼 정의맹 내부의 사정은 좋지 않았다. 겉으로 보기에는 그 무엇보다 굳건해 보였지만, 기실 그 안은 사분오열되어 있어 하나로 힘을 모으기 힘든 상황이었다.

경천호는 환사영을 정의맹으로 끌어들이려는 생각을 포기했다. 이곳은 진흙탕이었다. 이곳에 발을 들이는 그 순간부터 환사영 역시 권력싸움이라는 늪 속에 빠져들어 헤어나올 수 없을 것이다. 그렇게 되게 방관할 수는 없었다. 결국 그가 포기하는 것이 옳은 것 같았다.

"그나저나 경 대협께서 힘드시겠습니다. 이런 곳에서 뜻을 펼치려 하니."

"그게 내 업보인 것을 어찌하겠나? 내가 창설을 주도하고 사람들을 끌어들였으니, 끝까지 내가 책임을 져야지."

"정말 이들로 신교를 막을 수 있으리라 봅니까?"

"정의맹에는 자신들의 욕심에 눈이 먼 자들만 있는 것은 아니라네. 정말 의기로 정의맹에 입맹한 자들도 많다네. 저렇게 정의맹을 자신의 사조직처럼 이용하려는 자들은 극히 일부라네. 그들의 욕심을 견제하고, 정의맹의 힘을 올바르게 이용할 수 있다면 분명 신교도들의 교세 확장을 막을 수 있을 거네. 그게 정의맹이 탄생한 이유라네."

　경천호의 눈은 신념으로 확신에 차 있었다. 자신이 믿고 있는 신념을 추진하고 결과물을 만들어낸 것만으로도 경천호는 존경받아 마땅했다.

　경천호가 말을 이었다.

　"자네는 자네 길을 가게. 이제 확실히 알았네. 자네가 굳이 정의맹에 입맹하지 않아도 된다는 사실을. 자네란 존재는 오히려 정의맹의 분열을 촉구할 것이네. 그러니 자네가 정의맹에 신경 쓸 필요는 없네. 정의맹 안에서의 일은 내가 알아서 할 터이니. 나중에 필요하면 서로 긴밀히 연락하는 것으로 하지. 그냥 지금은 이렇게 자네의 얼굴을 본 것으로 만족하겠네."

　"고맙습니다. 그리 말해주시니."

　"내가 오히려 미안하지. 내 딴에는 도움을 준다고 한 일인데 오히려 번거롭게 했으니."

　경천호의 눈에는 안타까운 빛이 떠올라 있었다. 그는 진심으로 환사영에게 미안해하고 있었다.

환사영이 미소를 지었다.

"저에게 미안해하실 필요 없습니다. 다 저에게 도움을 주려고 하신 일인 거 알고 있습니다."

"그리 말해주니 고맙군. 이제부터는 어찌할 셈인가? 계속 정의맹에 머무는 것은 불편할 텐데."

"운천의 행방을 찾을 생각입니다."

"천마를 말하는 것인가?"

"그렇습니다."

"그가 세상에 나왔단 말인가?"

"저는 그를 느낄 수 있습니다. 그가 저와 같은 하늘 아래 숨을 쉬는 이상 어디에 있더라도 느낄 수 있습니다. 그는 분명 세상으로 나왔습니다."

"으음!"

경천호의 얼굴에 올 것이 왔다는 빛이 떠올랐다. 언젠가 올 거라고 각오하고 살아온 그였다. 그 때문에 정의맹을 세우고 준비하지 않았던가? 하지만 가슴이 답답한 것은 어쩔 수 없었다. 가슴속에 만근바위가 들어차 있는 것만 같았다.

제 5 장
목영신마(木嶺神魔)

　금황상단은 밤이 와도 불이 꺼지지 않는 불야성(不夜城)을 이루고 있었다. 워낙 상단의 규모가 거대하다 보니 밤늦게까지 일하는 사람들이 많았고, 그들을 위해 등불을 밝혀놓다 보니 상단 전체가 거대한 불야성을 이루는 것이다.

　천하가 극도의 혼란 상태에 빠져들면서 금황상단은 오히려 호황을 누리고 있었다. 전쟁 물자를 비축해두려는 문파들과 상인들로 인하여 금황상단은 설립 이래 가장 많은 사람들이 드나들고 있었다.

　본래 천하의 혼란은 금황상단과 같은 상단들에게는 부를 축적할 수 있는 절호의 기회였다. 기존의 질서가 무너지고, 새로운 질서가 재정립되는 과정에서 천문학적인 재화가 움직이기 때문이다. 그 천문학적인 재화를 누가 차지하느냐에 따라 기존 상단들의 서열이 재편성될 것이다.

금산산은 자신의 거처에서 수많은 사람들이 오가는 모습을 내려다보았다.

"누군가의 죽음을 기회로 돈을 벌 수밖에 없다니. 이럴 때면 정말 상인이 된 것이 후회가 돼요."

"원래 세상이 그렇습니다. 재화가 한정되어 있다 보니 경쟁이 치열할 수밖에 없습니다. 우리 같은 상인들에게 있어 천하의 혼란은 절호의 기회입니다."

금산산의 곁에는 노군산이 있었다. 금산산과 함께 북방을 다녀온 경험이 있는 노군산은 이제 금황상단의 대부분 일에서 손을 떼고 금산산을 돌보고 후원하는 일만 하고 있었다.

노군산은 그런 자신의 역할에 전혀 불만이 없었다. 오히려 자신이 친딸처럼 아끼는 금산산을 가까이에서 돌볼 수 있다는 사실만으로도 만족했다.

금산산이 말을 이었다.

"신교의 움직임은 어떻나요?"

"현재까지 그들은 폭발적으로 세력을 확장하고 있습니다. 일반 백성들의 지지가 무서울 정돕니다. 신교의 교주가 누군지 모르지만, 정말 소름이 끼치도록 무서운 잡니다. 민심을 먼저 장악하다니. 우리 금황상단과 거래하고 있는 몇몇 상인들도 신교에 포섭된 듯합니다. 이대로 가다가는 얼마 지나지 않아 정말 신교의 세상이 될지도 모르겠습니다."

"그들이 우리 금황상단에 얼마나 큰 영향을 끼치고 있나요?"

"아직까지는 그리 신경 쓸 정도는 아닙니다. 하지만 주의 깊게 관찰하고 있습니다. 혹여 나중에 뒤통수를 맞을 수도 있으니까요."

"정말 어렵군요. 신교에 정의맹까지. 어느 것 하나 만만한 것이 없네요."

"지금은 강호의 역사 이래 최대의 혼란기입니다. 지금 같은 시기에는 살아남는 것이 가장 중요합니다. 살아남은 자가 모든 것을 독식할 수 있으니까요. 그런 면에서 보자면 우리는 매우 운이 좋은 편입니다. 천화윤 공자께서 뜻을 같이 하고 있으니까요."

천화윤이란 존재가 주는 든든함이란 이루 말로 표현할 수 없는 것이었다. 그는 젊은 무인들의 우상이었고, 금황상단의 젊은 무인들 대부분은 그를 맹목적으로 추종하고 있었다.

단지 그가 금황상단에 머물고 있다는 사실만으로도 상인들과 젊은 무인들은 커다란 힘을 얻었다. 이미 그는 금황상단에서 없어선 안 될 사람이 되어 있었다.

이제 금황상단의 사람들은 두 사람이 연인이라는 사실을 공식적으로 인정하고 있었다. 금황상단주조차 두 사람의 혼인을 기정사실로 받아들이고 있을 정도였다.

그 때문에 두 사람이 언제 혼인을 할 것인지가 초미의 관심

사로 떠올랐다. 그러나 정작 금산산은 눈코 뜰 새 없이 바쁜 일 때문에 혼인을 생각지도 못하고 있었다.

"하루라도 빨리 이 난세가 끝났으면 좋겠군요."

"아가씨."

"누가 이 난세를 끝낼까요?"

천하가 좁다하고 등장한 십대초인. 각기 다른 시대에 태어났으면 능히 천하를 독패했을 만한 초인들이 무려 십여 명이나 같은 시대에 태어났다. 하늘의 뜻이라면 너무나 잔인했다. 그들로 인해 천하는 더욱 거대한 전란에 휩쓸리고 말 테니까.

금산산은 하루라도 빨리 누군가 이 전란의 시대를 끝내줬으면 하고 바랐다. 그리고 궁금했다. 과연 십대초인 중 누가 이 잔인한 시대를 끝내고 최후의 승자가 될 것인지.

대답은 노군산이 했다.

"천 공자께서 이 난세를 끝내실 겁니다. 능히 그럴 만한 능력이 있는 분이니까요."

어느새 노군산 역시 천화윤의 열렬한 추종자가 되어 있었다. 그는 천화윤이야말로 이 난세를 끝낼 적임자라고 생각하고 있었다.

"정말 그랬으면 좋겠군요."

"그렇게 될 겁니다. 반드시 천 공자께서 최후의 승자가 될 겁니다."

휘잉!

노군산이 말을 하는 사이 갑자기 바람이 불어와 창문이 활짝 열리고, 등불이 꺼졌다.

노군산의 미간이 꿈틀거렸다. 바람이 불어 창문이 열릴 수도 있었고, 등불이 꺼질 수도 있었다. 얼마든지 일어날 수 있는 일이다. 하지만 잠시 시야가 어두워진 그 잠깐의 시간 동안 무언가 불길한 느낌이 그의 뇌리를 스치고 지나갔다.

쉬릭!

그의 귀에 옷깃이 스치는 소리가 들렸다. 노군산은 본능적으로 무언가 변고가 일어났다는 사실을 감지했다.

"아가씨 괜찮으십니까?"

"으읍!"

대답 대신 미약한 신음성만이 흘러나왔다.

어둠 속에서 노군산의 눈이 번뜩였다.

"누구냐?"

그가 벼락같이 검을 뽑아 어둠을 향해 휘둘렀다. 어둠을 가르는 검광에 언뜻 녹영(綠影)이 비쳤다. 녹색으로 빛나는 괴인의 눈빛이 그의 가슴을 섬뜩하게 후벼파는 것 같았다.

노군산의 검이 녹광을 뿜어내는 괴인의 가슴을 노렸다. 하지만 그 순간 괴인이 금산산을 들어 자신의 앞을 가로막았다.

흠칫!

노군산의 검이 허공에서 잠시지간 멈췄다. 녹광의 괴인이 그 작은 틈을 놓치지 않고 자유로운 한 손으로 노군산의 가슴을 후려쳤다.

쿠와앙!

"크헉!"

노군산이 벽에 처박히며 선혈을 한 됫박이나 토해냈다. 그의 가슴이 온통 선혈로 붉게 물들었다.

마치 온몸이 해체되는 것 같은 통증에도 노군산은 정신을 잃지 않고 자신을 공격한 녹색의 괴인영을 노려봤다. 어둠 속에서 그의 녹색 눈이 번뜩였다.

괴인영이 말했다.

"이 계집을 구하고 싶다면 천가 애송이에게 혼자 뒷산으로 오라고 전하거라."

괴인의 음산한 소리를 끝으로 노군산이 정신을 잃었다.

노군산이 다시 정신을 차린 것은 한참 후였다. 그의 앞에는 어느새 천화윤이 있었다. 변고가 일어났다는 사실을 알고 제일 먼저 달려온 것이다.

노군산이 힘겹게 입을 열었다.

"고, 공자님."

"이게 어떻게 된 일입니까? 금매는 어딨습니까?"

"나, 납치당했습니다. 제가 막으려 했지만, 그만 역부족으로 당하고 말았습니다."

"누굽니까? 감히 그녀를 납치한 자가."

천화윤의 눈에 노기가 떠올랐다.

"저도 그의 정체를 알지 못하겠습니다. 워낙 창졸지간에 기습을 당해서. 단지 그의 눈에서 언뜻 녹광을 봤던 것 같습니다. 그리고 보니 옷 역시 녹의를 입은 듯했습니다."

"눈에서 녹광이 났다구요?"

"예! 확실합니다."

천화윤이 허리를 펴고 뒤돌아봤다. 그곳에 담시현이 있었다. 천화윤의 시선이 자기에게 향하자 담시현이 급히 대답했다.

"금황상단에 흔적도 없이 잠입해 노 대협을 단숨에 격퇴하고, 아가씨를 납치할 수 있는 존재는 그리 많지 않습니다. 그리고 녹의에 녹광을 뿜어내는 존재는 더욱 흔치 않지요. 거기에 주군에게 적의를 가진 자는 더더욱 흔치 않습니다. 그 모든 것을 종합했을 때 아가씨를 납치한 자는 단 한 명으로 압축됩니다."

"그게 누굽니까?"

"목영신마(木嶺神魔). 목태위입니다."

"그가 왜?"

"잊으셨습니까? 주군께서 그의 제자를 죽였단 사실을. 아마도 그는 그 일에 대해 앙금을 갖고 이곳에 찾아온 것 같습니다."

분명 천화윤은 목태위의 제자를 죽인 적이 있었다. 목태위의 제자가 매화촌에서 수많은 양민들을 학살했기 때문이다. 꽤 오랜 세월이 흘러 잊고 있었는데, 목태위는 그렇지 않은 모양이었다.

천화윤이 노군산에게 물었다.

"혹시 그가 어디로 간다는 말은 하지 않았습니까?"

"그는 뒷산에서 천 공자를 기다린다는 말을 했습니다. 다른 누구도 대동하지 말고 혼자 오라고 했습니다."

"알겠습니다."

"크윽! 죄송합니다. 제가 불민하여 같이 있으면서도 아가씨를 지키지 못했습니다."

"아닙니다. 노 대협께서는 최선을 다했습니다. 지금부터는 제 몫입니다. 노 대협은 몸을 정양하시고 계십시오. 내가 반드시 그녀를 구해올 테니까."

천화윤의 눈은 그 어느 때보다 스산하게 가라앉아 있었다. 그가 이 정도로 자신의 감정을 드러내는 것 자체가 처음 있는 일이었다. 자신의 소중한 것을 다른 누군가에게 강탈당했을 때의 기분은 결코 좋은 것이 아니었다. 더군다나 금산산은 천화윤에게 목숨 이상의 의미를 주는 여인이었다.

그런 여인이 타인에게 납치되었다는 사실만으로도 천화윤의 가슴속에는 살기가 소용돌이치고 있었다.

천화윤이 밖을 향해 손을 뻗었다.

쾅!

그러자 벽을 뚫고 무언가 거대한 물체가 날아와 그의 손에 잡혔다. 수십 장 밖의 자신의 거처에 두고 왔던 중검(重劍)이 날아온 것이다. 그야말로 가공하다고밖에 볼 수 없는 허공섭물(虛空攝物)의 절기였다.

천화윤은 중검을 든 채 금황상단의 뒤쪽에 있는 산을 향해 몸을 날렸다.

쉬익!

천화윤의 몸이 한 줄기 실선을 그리며 어둠 속으로 사라져갔다. 그 모습을 보며 노군산이 힘겹게 담시현에게 말했다.

"정말 그가 목영신마라면 천 공자가 위험해질 수도 있습니다. 따라가지 않으십니까?"

"후후! 그 정도에 무릎을 꿇을 사람이라면 제가 주군으로 선택하지도 않았을 겁니다. 그분은 분명 아가씨를 무사히 데려오실 겁니다. 제가 할 일은 돌아올 그분을 위해 한 잔의 차를 끓여놓는 것 정도일 겁니다."

담시현은 입가에 은은한 미소를 짓고 있었다.

목영신마를 쓰러트린다면 천화윤은 명실공히 천하제패에 도전할 강자로 부각될 것이다. 명성은 사람을 부르고, 사람은 힘이 된다. 그는 오히려 이 사태를 긍정적으로 바라보고 있었다.

'하늘이 주군을 도와주고 있음이다.'

천화윤은 단숨에 금황상단의 뒤쪽에 있는 산을 올라갔다. 그는 마치 빗살처럼 어둠을 가르고 산길을 질주했다.

후두둑!

그가 지나간 자리에 나무와 풀들이 여파를 이기지 못하고, 격렬하게 흔들렸다. 마치 한바탕 광풍이 휩쓸고 지나간 것 같았다.

천화윤은 그렇게 무시무시한 기세로 단숨에 산의 정상으로 향했다. 산 정상에서 거대한 기파가 느껴지고 있었다. 그의 기파를 느끼자 온몸의 피가 싸늘하게 식는 느낌이었다.

상대는 이미 오래전부터 천하육주의 일원이었다. 비록 지금은 십대초인 중 한 명으로 불리지만, 분명 그는 전통의 강호였다.

그런 자를 상대하기 위해서는 얼음보다 차가운 이성을 가지고 있어야 했다. 어설픈 마음가짐으로는 그런 자를 쓰러트릴 수 없었다. 어쩌면 그 역시 그런 속셈으로 금산산을 납치했을지도 모르는 일이었다.

천화윤은 천천히 숨을 고르며 경공을 멈췄다. 그리고 천천히 산 정상을 향해 걸음을 옮겼다. 이 순간 그의 이성은 평소의 냉철함을 회복하고 있었다.

산 정상에 오르자 거목처럼 서 있는 녹의의 노인이 보였다. 천 년의 세월을 버텨온 거목처럼 엄청난 기파를 내뿜고 있는 노인의 이름은 목태위였다.

천하육주의 일원이자 새로이 대륙의 주인으로 떠오른 열 명의 초인들 한가운데 이름을 당당히 올린 초강자. 그는 이름에 전혀 부끄럽지 않는 엄청난 기파를 흘리고 있었다.

그리고 그의 곁에는 눈이 부시도록 아름다운 여인이 서 있었다. 금산산이었다. 약간 놀란 것 같았지만, 다행히 다친 것 같지는 않았다.

천화윤의 시선이 그녀에게 향했다.

"괜찮소?"

"저는 괜찮아요."

"다행이오."

이어 그의 시선이 금산산을 납치한 목태위에게 향했다. 그의 차가운 눈빛을 보는 순간 목태위의 눈에 이채가 떠올랐다. 자신의 예상과 달리 천화윤이 냉철한 이성을 유지하고 있다는 사실을 느꼈기 때문이다.

'그냥 허명만 얻은 것이 아니란 말인가?'

목태위는 천화윤이 결코 호락호락한 존재가 아니란 사실을 느꼈다.

먼저 입을 연 이는 천화윤이었다.

"굳이 이렇게까지 하셨어야 했습니까? 선배 같은 분이."

"보아하니 자네는 노부가 누군지 아는 모양이군."

"제 짐작이 틀림없다면 선배는 목영신마가 분명할 겁니다."

"클클! 역시 알고 있었군. 노부가 바로 목영신마라네. 그렇다면 노부가 왜 자네를 찾아왔는지 알고 있겠군."

"제자의 복수를 위해서라고 짐작하고 있습니다. 맞습니까?"

"맞다네."

"그가 정녕 선배께서 친히 복수를 행할 만큼 가치가 있는 무인이었습니까? 그는 아무런 죄가 없는 양민들을 무려 수백 명이나 학살했습니다. 겨우 자신이 가진 만악초(萬惡草)의 효능을 시험한다는 이유로 말입니다."

"그랬던가?"

"그렇습니다."

"죽을 짓을 했군. 하지만 그래도 내 제자일세. 내 제자가 내가 아닌 타인에 의해 목숨을 잃는다는 것은 도저히 견디기 힘든 치욕일세. 그것이 내가 강호에 나온 이유라네."

목태위는 아무렇지 않은 표정으로 그렇게 태연히 대답했다. 그런 목태위의 태도에 천화윤은 오늘 아무 일도 없었던 것처럼 조용히 마무리되기는 힘들 거란 예감을 했다.

목태위는 매우 자존심이 강한 남자였다. 그는 오랫동안 천하육주의 일원으로 천하의 일각을 지배해 왔으며, 특히 남만에서 그의 영향력은 황제에 비할 바가 아니었다. 비록 배신을 했지만, 그래도 자신의 제자가 타인에게 죽임을 당했다는 사실은 그를 도저히 참을 수 없게 만들었다.

"그래서 겨우 제자의 복수를 하기 위해 아무런 힘도 없는 여인을 납치했단 말입니까?"

"클클! 그렇지 않았다면 지금쯤 금황상단에는 까마귀들만이 포식을 하고 있었겠지. 자네는 마땅히 나에게 고마워해야 할 것이네. 노부가 자네만 따로 부름으로 인해 다른 이들이 목숨을 구했으니까. 만일 자네가 노부의 손에 죽는다면, 나는 이대로 산을 내려가 금황상단의 모든 생명을 쓸어버릴 것이네. 그러니 자네는 최선을 다해야 할 것이네. 자네의 손에 금황상단의 모든 목숨이 걸려 있으니까. 클클!"

목태위는 매우 편협한 사고방식의 소유자였다. 이제 천화윤은 그 사실을 확실히 깨달았다. 그는 자신만의 독특한 사고체계를 구축했으며, 타인의 말을 절대 듣지 않았다. 제왕의 삶을 살아온 대부분의 이들이 그런 것처럼 말이다.

천화윤의 눈가가 좁아졌다.

"그녀를 어찌할 생각입니까?"

"이 아이의 안부라면 자네는 걱정하지 않아도 되네. 노부가 겨우 인질로 위협을 가할 것으로 보이는가?"

목태위의 말에 천화윤이 조용히 고개를 저었다. 그러자 목태위의 미소가 더욱 짙어졌다.

"클클! 관객이 한 명쯤 있는 것이 좋을 것 같아서 이 아이를 데려온 것이라네. 승부가 어떻게 되든 이 여아가 기억할 것이네. 그 정도면 족하지 않겠는가?"

목태위는 금산산을 자유롭게 놓아주었다. 금산산의 몸에 그어떤 제약도 가하지 않은 채 말이다. 그의 말처럼 금산산을 납치한 것은 천화윤을 끌어내기 위한 것이지, 인질로 잡기 위한 것은 아니었다.

목태위는 자신이 진다는 생각은 추호도 하지 않았다. 비록 천화윤의 기파가 범상치 않아 보이긴 했지만, 자신은 오래전부터 천하육주의 일원으로 중원의 일각을 지배해온 절대자였다. 사람들이 자신과 천화윤을 같은 반열에 올려놓고 이야기하는 것조차 부끄러운 일이었다.

"자네는 노부와 더불어 승부를 겨뤄볼 마음이 있는가?"

"물론입니다. 나는 매우 오래전부터 천하육주와 겨뤄보고 싶었습니다."

"그럼 뭘 망설이는 것인가? 덤비지 않고."

목태위가 웃었다. 그러자 마치 고목나무껍질 같은 그의 피부가 일그러지면서 이 세상의 것이 아닌 것 같은 분위기를 연출했다. 차마 꿈에 나올까 두려운 모습이었다. 하지만 천화운은 전혀 두렵지 않았다. 어차피 언젠가 넘으려던 벽을 조금 일찍 만났을 뿐이다.

천화운이 중검을 허리에 찬 채 목태위를 향해 걸음을 옮겼다. 그러면서 금산산에게 말했다.

"멀찍이 물러나 계시오. 위험할지도 모르니."

"공자님."

"나를 믿소?"

"물론이에요."

"그럼 물러나 있으시오."

"알겠어요."

금산산이 조용히 뒤로 물러났다. 그녀는 진심으로 천화운을 믿었다. 비록 목태위가 천하육주의 일원으로 수십 년 전부터 절대자로 군림해 왔다지만, 천화운이 진다는 생각은 전혀 들지 않았다.

이제 그를 향한 금산산의 믿음은 굳건해져 있었다. 천화윤이란 남자의 진실된 모습을 알고 있기에 보일 수 있는 믿음인지도 몰랐다.

금산산이 멀찍이 물러난 것을 확인한 천화윤이 목태위를 바라보았다. 그 순간 목태위의 몸에서는 불길한 녹색의 아지랑이가 일렁이고 있었다. 그제야 천화윤은 자신이 불리한 지리적인 요건에 처했다는 사실을 깨달았다.

목태위의 절학은 목기(木氣)를 이용한 목음신장(木陰神掌)이었다. 그리고 이곳은 풀과 나무가 가득한 산이었다. 목기가 가장 집약된 곳이었다. 이런 곳에서 목영신마와의 싸움이라면 당연히 불리할 수밖에 없었다.

꾸욱!

천화윤이 중검을 잡은 손에 힘을 주었다. 그의 팔뚝 위로 굵은 힘줄이 투둑 튀어나왔다.

"클클! 그럼 시작해볼까?"

팟!

목태위의 신형이 눈앞에서 사라졌다.

천화윤의 눈동자가 목태위의 신형을 따라 움직였다. 비록 육안으로 확인할 수 없을 만큼 무서운 속도로 목태위가 움직였지만, 천화윤의 엄청난 동체시력은 그의 미세한 움직임 하나까지 똑똑히 잡아내고 있었다. 그런 사실도 모르고 목태위는 커다랗게 반원을 그리며 왼쪽에서 천화윤에게 접근해오고 있었다.

쉭쉭!

목태위의 양손이 음기 가득한 기운을 토해냈다. 그의 성명절기인 목음신장이었다. 천화윤도 지지 않고 중검을 휘둘렀다. 어린아이 몸통만 한 굵기의 중검에는 어마어마한 역도가 담겨 있었다.

쿠와앙!

두 사람의 몸이 동시에 흔들리더니 뒤로 튕겨나갔다.

거대한 덩치의 천화윤이 미간을 찌푸렸다. 분명 자신의 힘이 더 강한 것 같았는데 막대한 충격을 받았기 때문이다. 예상보다 목태위의 공력이 가공하다는 증거였다.

목태위의 입가에 살기 어린 미소가 어렸다. 그 역시 놀라기는 마찬가지였다.

아직 애송이에 불과한 천화윤의 공력이 설마 자신에게 육박할 줄은 알지 못했다. 더군다나 자신의 움직임을 잡아내는 가공할 동체시력이라니.

'노부는 만악초(萬惡草)를 이용해 공력을 높여왔다. 지금 노부의 공력은 가히 천하제일이라고 자부해도 결코 부족하지 않으리라. 그런데 저런 어린 녀석의 공력이 벌써부터 노부에게 육박하다니. 지금 처리하지 못하면 평생을 두고 후환으로 남으리라.'

만악초는 평범한 식물이 아니었다. 인간의 몸에 기생하여 몸집을 불려가는 만악초는 결국 숙주의 모든 능력과 정혈을 갈취한 뒤에야 생을 마감한다. 마지막 순간에 만악초는 하나의 열매를 맺는데 이 안에는 만악초가 기생했던 인간의 정혈이 고스란히 담겨 있었다.

그렇게 목태위는 만악초를 이용해 인간의 정혈을 갈취했다. 그는 그렇게 갈취한 정혈을 자신의 공력으로 바꿨다. 그 덕분에 그는 천하에서 가장 막강한 내공의 주인이 되었다.

예전 그의 첫째 제자인 장인엽이 만악초의 씨앗을 들고 도주했던 것 역시 그런 만악초의 비밀을 조금이나마 엿보았기 때문이다. 비록 천화윤 때문에 자신의 야망을 펼쳐보지도 못하고 요절하긴 했지만 그 때문에 죽은 양민들의 수만 수백이 넘었다. 불길한 이름처럼 만악초는 만화(萬禍)의 근원이었다.

목태위는 만악초의 모든 공능을 끌어올렸다. 애송이라고 우습게보았던 마음은 단 한 번의 격돌로 눈 씻듯 사라졌다. 천화윤은 일생일대의 대적이었다.

우습게보고 접근하다가는 큰 코를 다치고 말 것이다. 이제부터는 전력을 다해야 했다.

목태위의 몸에서 심상치 않은 녹색의 아지랑이가 피어올랐다. 마치 거대한 고목이 눈앞에 서 있는 듯한 위압감이 흘러나왔다. 그에 대항하는 천화윤의 손에도 더욱 힘이 들어갔다.

그그긍!

천화윤의 가공할 공력에 중검이 울음을 흘렸다. 천화윤 역시 단 한 번의 격돌로 목태위의 힘을 가늠한 뒤였다.

"좋아!"

무엇이 좋다는 것인가?

천화윤이 움직였다. 이번에는 목태위가 아닌 그가 먼저 움직인 것이다. 그런 그의 입꼬리는 섬뜩하게 말려 올라가 있었다. 어쩌면 그는 지금 이 순간이 진심으로 즐거운 것인지도 몰랐다.

상대는 천하육주의 일원이었다. 그가 반드시 넘어야 할 과거의 전설이었다.

"이곳에서 당신을 쓰러트리고 나는 천하로 나가겠다."

그것은 천하를 향한 외침이자, 선언이었다.

그의 광오한 외침에 목태위의 눈살이 찌푸려졌다.

"이 애송이 녀석이……."

쿠와앙!

그들이 다시 한 번 격돌했다. 그로 인해 산 정상이 들썩였다. 바위가 흔들리고, 나무가 뿌리째 뒤집어졌다.

목태위는 목음신장을 펼쳐 천화윤을 압박했고, 천화윤은 중검으로 그런 목태위의 모든 공격을 분쇄시켰다.

고오오!

천화윤의 거대한 중검이 크게 곡선을 그리며 목태위를 향해 내리꽂혔다. 한눈에 보기에도 엄청난 역도가 담겨 있었다. 정면으로 받는 것은 오히려 손해였다.

결국 목태위는 중검을 피해 옆으로 돌아갔다. 하지만 그에 대응하는 천화윤의 반응은 눈이 부셨다. 천화윤의 몸이 제자리에서 팽이처럼 팽그르 돌더니, 중검으로 자신의 전면을 가렸다.

콰앙!

목태위의 공격은 헛되이 중검을 가격하고 말았다. 하지만 목태위는 실망하거나 포기하지 않았다.

이곳은 음기와 목기가 가득한 산이었다. 산천초목이 존재하는 한 그의 공력이 바닥을 드러낼 일은 없었다. 끝없이 공격을 하다보면 언제고 파탄이 일어날 것이다.

쉬쉭!

목태위의 목음신장이 연이어 발출됐다. 소리도 형체도 없기에 천화윤은 목음신장을 막아내는 데 꽤나 심혈을 기울여야 했다. 잠시라도 방심하면 목음신장의 음유한 기운이 그의 전신을 관통할 것이다.

보통 사람이라면 긴장감에 심장이 밖으로 튀어나올 듯 격렬하게 고동쳤을 것이다. 하지만 천화윤은 보통 사람이 아니었다. 목태위의 공세가 음유해질수록, 그의 입가에 어린 미소도 짙어졌다. 그리고 그의 가슴은 더욱 차분해졌다.

그는 진심으로 지금 이 순간이 즐거워 견딜 수가 없었다. 강호에 나온 이후로 처음으로 전력을 다해 싸우고 있는 이 순간이 그의 능력을 최고치로 끌어올리고 있었다. 잠시만 방심해도 목숨을 잃는단 사실이 그의 집중력을 더욱 끌어올렸다.

바닥에 굴러다니는 조그만 돌멩이가 호박만큼이나 크게 보였다. 목태위의 심장소리, 피부에 흘러내리는 땀방울마저도 너무나 선명하게 감지됐다. 마치 전신의 신경이 백 배 이상 확장된 것 같았다.

쉬아악!

천화윤이 중검을 휘둘렀다. 그의 거대한 중검이 정확히 목태위의 미간을 향하고 있었다.

목태위는 목음신장을 이용해 그의 중검을 쳐내려고 했다. 하지만 중검에 실린 역도는 그의 상상 이상이었다.

츄화학!

결국 목태위는 중검에 손바닥을 찢기고 말았다. 허공에 그의 선혈이 분분히 흩날렸다. 목태위의 선혈은 옅은 녹색을 띠고 있었다.

"크윽! 이 애송이가……."

목태위의 눈에 분노의 빛이 떠올랐다. 설마 자신이 먼저 상처를 입을 줄은 몰랐기 때문이다. 극심한 분노는 그의 흉폭성을 그대로 드러나게 만들었다.

"놈! 육시를 내겠다."

목태위가 노성을 터트리며 공력을 극성으로 끌어올렸다. 그러자 녹색의 강환(罡丸)이 그의 손바닥 위에 맺혔다. 목음신장의 최절초인 목령환(木靈丸)의 초식이었다. 목기를 극도로 집약한 강환은 그야말로 가공할 위력을 가지고 있었다.

목태위의 강환에 맞서 천화윤이 오히려 중검을 버렸다. 사실 중검은 그의 주무기가 아니었다.

그는 이미 오래전 중검을 버리는 경지에 올랐다. 단지 이제까지는 습관처럼 중검을 사용했을 뿐이다. 그의 진정한 무공은 중검이 아니라 맨몸으로 펼치는 무공이었다.

그의 양손에 희미한 아지랑이가 일어났다.

북령천수(北嶺天手).

그가 각고의 참오 끝에 만들어낸 수공(手功)이었다. 이제까지 북령천수를 펼칠 만한 상대를 찾지 못했는데, 이제야 제대로 된 상대를 만나게 되었다.

천화윤의 양손이 강철보다 단단하게 변했다.

쉬익!

그 순간 목태위가 강환을 천화윤에게 날렸다. 그러나 천화윤은 피하지 않고 오히려 강환을 향해 달려들었다.

콰앙!

쿠오오!

일진광풍이 산 정상을 휩쓸고 지나갔다. 그 때문에 금산산은 눈을 제대로 뜰 수 없었다.

잠시 후 눈을 뜬 그녀가 자신도 모르게 탄성을 내뱉었다.

"아!"

그녀의 눈에 산의 일각이 붕괴되는 모습이 보였다. 두 사람의 충돌을 이기지 못하고 수만 년의 세월을 버텨온 산의 일각이 붕괴되는 모습은 가히 공포스러운 것이다.

그 속에서 두 사람이 서로를 향해 가공할 살수를 펼치고 있었다. 그들의 대결에 금산산은 숨조차 제대로 쉴 수 없었다. 이제까지 그녀가 보아온 무림의 그 어떤 대결보다 더 흉험하고, 난폭한 대결이 눈앞에서 펼쳐지고 있었다.

무시무시한 기운을 발산하며 악마처럼 움직이는 목태위의 모습이 눈에 들어왔다. 옷 곳곳이 찢어지고, 머리도 산발되어 마치 악귀처럼 보였다. 언제 목태위가 이런 꼴을 당한 적이 있었던가? 자신 나이의 반도 채 안 되는 애송이에게 이런 꼴을 당할 줄은 그 자신도 예상하지 못했을 것이다.

천화윤의 모습 역시 목태위에 비해 그다지 나아 보이지 않았다. 그러나 한 가지 다른 점이 있다면, 바로 그의 눈이었다.

치열한 격전을 벌이고 있었지만, 그의 눈 어디서도 흥분하거나, 조급한 기색은 보이지 않았다. 마치 친한 친구와 비무를 벌이는 것처럼 평온하기 그지없는 눈이었다. 그리고 어느 때보다 냉철하게 빛나고 있었다.

금산산은 천화윤이 이길 거라고 확신했다.

그녀가 선택한 남자였다.

천하를 향한 자신의 야망을 숨기지 않는 남자였다.

천하를 향해 능히 전면전을 선포할 수 있는 능력을 가진 남자였다.

그런 남자가 오직 자신을 위해 싸우고 있었다. 그녀의 마음은 천화윤과 함께 싸우고 있었다.

콰콰—쾅!

산 정상에 연신 굉음이 울려 퍼졌다. 그 속에서 두 남자가 최후의 격돌을 위해 자신의 모든 것을 발산하고 있었다.

목태위는 악귀 같은 표정을 짓고 있었고, 천화윤의 눈은 별 빛보다 차갑게 빛나고 있었다.

쿠와앙!

거대한 굉음과 빛무리가 산 정상을 집어삼켰다.

"아아!"

금산산이 정신을 차린 것은 잠시 후였다.

그녀는 잠시 영문을 알지 못해 주위를 두리번거렸다. 엄청 난 충격으로 인해 잠시 기억이 끊겼기 때문이다. 하지만 이내 그녀는 방금 전의 상황을 기억해내고 전방을 바라보았다.

누렇게 일었던 먼지가 서서히 가라앉고 있었다. 그리고 두 사람의 모습이 나타났다.

"아!"

금산산이 눈을 크게 떴다.

바닥에 무릎을 꿇고 각혈을 하고 있는 거대한 덩치의 사내 는 분명 천화윤이었다. 그에 반해 목태위는 오연하게 서서 천 화윤을 내려다보고 있었다.

누가 봐도 명백한 승자는 목태위였다. 하지만 천화윤을 내 려다보는 목태위의 안색은 그리 좋지 않았다. 그의 고목나무 껍질 같은 피부에는 균열이 잔뜩 가 있었다. 그리고 균열은 점점 커져가면서 속살을 드러내고 있었다.

"크큭! 애송이가 감히⋯⋯."

목태위가 웃었다. 그가 웃을 때마다 고목 같은 그의 피부가
갈라져 떨어졌다.

멀쩡히 서서 웃고 있었지만, 그의 내부는 온통 짓이겨져서
곤죽이 된 상태였다. 오장육부가 철저히 짓이겨져 대라신선이
오더라도 그를 살릴 수는 없었다. 이미 사신은 그의 머리 위로
찾아와 있었다. 그에 반해 천화윤은 심각한 내상을 입긴 했지
만, 그런대로 버틸 만한 상태였다.

천화윤이 후들거리는 다리로 일어났다. 그리고 목태위를 마
주 보았다. 그 순간에도 목태위의 몸은 조금씩 부서져 내리고
있었다.

천화윤이 말했다.

"이제 선배를 넘어 나는 천하로 나갈 것이오."

"클클! 인정하겠다. 네가 천하를 도모할 자격이 있다는 것을."

"당신 덕분에 자신감을 찾을 수 있었소."

"부디 네가 최후의 승자가 되길 빌겠다. 그래야만 노부의
죽음이 부끄럽지 않을 테니."

"선배는 자부심을 가져도 좋을 것이오. 훗날 나는 분명 천
하제일인으로 불릴 테니까."

"클클! 광⋯⋯오한 놈. 하지만 나쁘지는 않⋯⋯아⋯⋯."

푸쉬쉬!

목태위의 신형이 모래성처럼 부서져 내렸다.

지난 수십 년의 세월 동안 천하육주의 일원으로 천하의 일각을 지배해오던 절대자의 최후였다. 그는 자신이 존재했었단 흔적조차 남기지 않고 세상에서 사라졌다. 어쩌면 그다운 최후인지도 몰랐다.

"휴!"

그제야 천화윤이 한숨을 내쉬었다. 그의 얼굴엔 부쩍 지친 빛이 떠올라 있었다. 다리가 후들거리는 것이 당장이라도 눕고 싶었다. 하지만 그는 그럴 수 없었다. 자신을 향해 다가오는 한 여인이 있었기 때문이다.

금산산.

그가 천하에서 가장 사랑하는 여인의 이름이었다. 그녀가 근심 어린 표정으로 자신을 향해 다가오고 있었다. 그래서 천화윤은 웃었다. 적어도 자신이 사랑하는 여인에게 약한 모습 따위는 보여주고 싶지 않았다.

"당신 괜찮나요?"

"나는 괜찮소. 당신은 어떻소?"

"저도 괜찮아요."

"오늘 이후로 나는 천하로 나갈 것이오."

"그러세요. 당신은 금황상단에만 묶여 있기에는 너무 큰 사람. 이제부터는 당신의 뜻을 펼치세요."

금산산이 천화윤의 한쪽 팔을 부축했다. 그녀의 가녀린 몸이 천화윤의 거구를 감당할 수 있을 리 만무했다. 그런데도 불구하고 그녀는 천화윤의 한쪽을 거들려고 했다. 그녀의 마음이 그랬다.

천화윤은 금산산의 팔에 기대는 대신 그녀를 안아주었다. 그리고 속삭였다.

"절대 당신을 실망시키지 않을 것이오. 사랑하오."

"나도 당신을 사랑해요."

*   *   *

목영신마 목태위의 죽음은 금세 세상에 알려졌다. 소문을 퍼트린 이는 바로 금황상단의 상인들이었다. 상인들에 의해 소문은 급속도로 퍼져나갔다.

천하육주의 일원이자 전대의 고수였던 목태위의 죽음은 사람들에게 커다란 충격을 안겨 주었다. 이제까지 철옹성이라고 생각했던 전대의 고수가 또다시 신진고수에 의해 목숨을 잃은 것이다. 그리고 사람들의 뇌리에 천화윤이라는 존재가 깊이 각인됐다.

이제 천화윤은 단순한 신진고수가 아니었다. 전대의 천하육주를 이긴 십대초인 중 한 명이었다. 당연히 사람들은 천화윤을 십대초인 중 상위서열에 올려놓았다.

천화윤은 세상에 출도할 것을 천명했다. 그의 외침은 커다란 반향을 일으켰다. 남천련과 정의맹, 그리고 신교가 삼파전을 벌이는 세상에 그 역시 뛰어들 것을 천명한 것이기 때문이다. 하지만 그 누구도 그의 외침을 우습게보지 않았다.

누가 뭐래도 그는 목태위를 꺾은 초강자였기 때문이다. 더군다나 금황상단이 그를 지원하고 있었다. 무력과 금력이 가장 이상적으로 융합된 것이다.

이제 사람들의 관심은 공석이 된 십대초인의 두 자리를 누가 채우느냐에 쏠렸다. 예운향의 손에 죽임을 당한 살왕(殺王) 사도욱과 천화윤의 손에 죽은 목영신마(木嶺神魔) 목태위의 두 자리를 누가 채우느냐에 따라 천하의 지형도가 달라질 것이 분명했기 때문이다.

수많은 의견들이 있었지만, 가장 많은 사람들이 지지한 것은 광도(光刀) 연성휘와 파검(破劍) 한청이었다.

이 두 사람이야말로 현 천하에서 가장 두각을 나타내는 신진고수들이었다. 노년의 고수들 중에서도 두 사람을 이길 수 있으리라고 판단되는 자는 거의 없었다.

그렇게 십대초인은 새로이 재편됐다.

만악(萬惡) 마옥성.

뇌검(雷劍) 천화윤.

풍객(風客) 경천호.

광도(光刀) 연성휘.

불영(佛影) 명등.

파검(破劍) 한청.

빙마후(氷魔后) 예운향.

권패(拳覇) 서도문.

독황(毒皇) 당천위.

천병(天兵) 용무익.

이제 십대초인 중 전대의 고수는 오직 두 명밖에 없었다.

풍객 경천호와 천병 용무익.

경천호는 정의맹 설립에 주도적인 역할을 하며 강호에 이름을 널리 알리고 있었지만, 천병 용무익은 아직까지 그 진실된 모습을 보이고 있지 않았다. 이제 사람들은 천병(天兵)이 언제 모습을 보이느냐에 관심을 보였다.

천병만 모습을 드러낸다면 십대초인 모두가 강호에서 활동하는 모습을 지켜볼 수 있을 것이다.

열 명의 초인이 군웅할거를 하는 시대. 그 어느 때보다 혼탁한 시대다.

시대의 격류가 짙은 안개를 만들어내며 한 치 앞도 내다볼 수 없는 진정한 혼돈의 시대.

이제야 진정한 십대초인의 시대가 열렸다.

제 6 장
천병(天兵)

환사영은 정의맹을 나왔다.

맨 처음 들어올 때와 달리 배웅하는 인파나 사람들은 없었다. 그저 경천호만이 밖으로 나와 홀로 배웅했을 뿐이다. 경천호의 얼굴에는 안타까운 빛이 가득했다.

홀로 힘든 길을 걸을 환사영에게 어떤 도움도 주지 못한다는 사실이 그를 안타깝게 만들었다. 하지만 환사영은 담담한 얼굴로 그와 이별을 고했다.

어차피 정의맹에서 도움을 받을 수 있을 거라고는 생각하지 않았다. 단지 정의맹이 신교를 견제해줄 수만 있어도 충분히 만족할 수 있었다. 하지만 다른 이들의 생각은 다른 모양이었다.

십방보와 연성휘의 얼굴은 더할 수 없이 딱딱하게 굳어 있었다. 아무래도 정의맹에서 당한 냉대가 충격적이었던 모양이었다. 그렇기에 그들은 경천호의 배웅에도 불구하고 굳은 얼굴을 쉽게 펴지 못하고 있었다.

경천호가 물었다.

"이제 어디로 갈 것인가?"

"아직은 확실치 않습니다. 하지만 생각하고 있는 곳은 있습니다."

"미안하네. 도움이 되지 못해서."

"경 대협의 마음만 받겠습니다. 어쩌면 그의 말처럼 이 일은 우리 나란인이 해결해야 하는 문제일 수도 있습니다."

"그것은 말도 되지 않는 소리일세. 어디까지나 문제의 원인을 제공한 것은 우리 중원인일세. 자네가 그리 생각할 필요는 없다네. 현재 중원은 그 업보를 치르고 있는 것일세."

"그리 생각하신다니 고마울 뿐입니다. 그럼 다음에 뵙겠습니다."

"잘 가게. 내 멀리 나가지 않겠네."

"그럼……."

환사영이 마지막 인사를 한 후 일행과 함께 걸음을 옮겼다. 경천호는 그들 일행이 멀어지는 모습을 성벽 위에서 물끄러미 바라보았다. 그런 그의 곁으로 조용히 다가오는 사람이 있었다.

파르라니 깎은 민머리가 인상적인 승려는 바로 명등이었다.

"아미타불! 그들이 가는군요."

"맹주는 오늘의 결정을 반드시 후회하게 되실 것이네."

"그럴 수도 있을 겁니다. 아마 반드시 그렇게 될지도 모릅니다. 하지만 어쩔 수가 없었습니다. 저는 저들뿐만 아니라 맹내의 인심도 신경을 써야 하기에."

"결국 맹을 안정시키기 위해 저들을 받아들일 수 없다는 말 아닌가? 그런 편협한 결정이 얼마나 엄청난 결과를 초래할지 곧 알게 될 것이네."

"아미타불! 입이 열 개 있어도 할 말이 없습니다. 죄송합니다. 하지만 어쩔 수 없었습니다."

명등의 표정은 어두웠다. 그의 얼굴은 좀처럼 밝아지지 않았다. 하지만 그는 더 이상 경천호의 말에 반박을 하지 않았다.

'어쩔 수 없다. 그를 받아들였다간 나의 입지가, 그리고 소림의 입지가 좁아질 수밖에 없기에. 나야 어쩔 수 없다 치지만, 소림마저 그의 위세에 눌리는 것은 도저히 용납할 수 없다. 그는 나를 포용할 수 있을지 모르지만, 나는 그를 포용할 만한 그릇을 갖추지 못했다.'

명등의 얼굴에 고통의 빛이 떠올랐다.

자신의 모자람을 인정하는 것은 결코 쉬운 일이 아니었다.

하지만 인정할 수밖에 없었다. 맨 처음 그를 봤을 때보다 지금은 훨씬 더 격차가 벌어져 있었다.

그 격차는 도저히 메울 수 없을 듯싶었다. 그래서 환사영을 보기가 더욱 괴로웠다.

명등은 하염없이 환사영이 멀어지는 모습을 바라보았다.

"괜찮겠어요?"

"뭐가 말이냐?"

"정의맹과 갈라선 것 말이에요."

"애초부터 그들과 함께할 생각이 없었는데, 후회할 일이 또 무어란 말이냐?"

"역시 그랬군요."

환사영의 대답에 예운향이 고개를 끄덕였다.

그녀 역시 환사영이 정의맹과 뜻을 같이 할 거라고는 생각하지 않았다.

단지 그들의 의도와 내부사정을 파악하는 것만으로 족할 거라고 생각했다. 그리고 그녀의 짐작처럼 환사영은 정의맹이 자신과 절대 융합할 수 없을 거란 판단을 하자 미련 없이 길을 나섰다.

"그럼 이제 어디로 갈 건가요? 갈 곳은 있나요?"

"오랜만에 수하들을 모아야겠다. 신교가 운천이 만든 것이 확실한 이상 나 역시 힘을 모아야겠지."

"예전 나란의 수하들을 부르실 건가요?"

"음!"

환사영이 고개를 끄덕였다.

상유촌에서 나올 때부터 생각했던 일이다. 이미 그의 수하들은 천하 각지에 흩어져 신교에 대한 정보를 수집하며 각자의 역할을 하고 있었다.

조그만 행복도 포기하고 오직 음지에서 움직이는 이들이었다. 이제까지는 사정에 의해서 따로 흩어져 있었지만, 이번 기회에 그들을 한자리에 불러 모을 생각이었다.

"나란의 수하들이라니?"

환사영의 말을 들은 연성휘가 십방보에게 물었다. 정의맹의 수뇌부와 자리를 함께 했을 때 나란에 대해 잠깐 듣기는 했지만, 자세한 사정은 모르는 그였다.

십방보는 연성휘를 구박하며 나란과 환사영에 대해 자세히 설명해줬다. 십방보의 설명을 들을수록 연성휘의 눈이 동그랗게 커져만 갔다.

나란이라는 나라의 불운한 역사도 놀라웠지만, 무엇보다 그의 흥미를 끈 것은 환사영과 소운천의 대립에 관한 역사였다. 평생 동안을 가장 믿을 수 있는 친구로, 그리고 다시 양립할 수 없는 적으로 조우한 그들의 인생사는 연성휘에게 그 어떤 감동마저 주었다.

무공을 배운 이후 세상에 나와 자신의 뜻대로만 살아온 연성휘는 감히 상상할 수도, 경험할 수도 없었던 일이었다. 그제야 연성휘는 환사영이 자신이 생각하는 것보다 훨씬 거대한 사람임을 깨달았다.

연성휘가 오직 자신만을 위해 살아가고 있을 때도 환사영은 커다란 책임과 슬픔을 걸머진 채 묵묵히 가시밭길을 걸어오고 있었던 것이다.

"젠장!"

연성휘가 코끝을 훔쳤다. 그는 괜히 애꿎은 먼 하늘을 바라보았다. 하늘이 유독 푸르고 시리게 느껴졌다.

무공으로도, 인품으로도, 그리고 살아온 인생으로도 모두 지고 말았다.

이제까지 그는 언젠가 자신의 무공으로 환사영에게 복수할 수 있을 거라 생각했었다. 하지만 그의 신세내력을 듣는 순간 깨달았다. 자신으로서는 죽을 때까지 그를 결코 능가할 수 없다는 사실을.

어깨에 짊어진 삶의 무게가 달랐다. 자신의 어깨로는 감당할 수 없는 무게를 환사영은 짊어지고 가시밭길을 걸어가고 있었다. 그는 진심으로 환사영에게 승복하고 말았다.

그가 뜬금없이 환사영에게 말했다.

"앞으로 형님으로 모시겠습니다. 잘 부탁드립니다."

"……."

"그런 눈으로 보지 마세요. 그냥 형님이라 부를게요."

그렇게 말하고는 연성휘가 머리를 긁적이며 앞으로 걸어 나갔다. 그런 그의 얼굴은 붉게 물들어 있었다. 멋쩍었던 것이다. 십방보가 웃으며 연성휘의 곁으로 당나귀를 몰았다.

"풋!"

예운향이 웃음을 터트렸다. 연성휘의 모습이 사뭇 귀엽게 느껴졌기 때문이다.

하지만 아직까지도 환사영은 어안이 벙벙한 모습이었다. 그런 환사영에게 예운향이 말했다.

"축하드려요. 또 동생이 생겼네요."

"동생?"

"형님이라 부르겠다잖아요."

"이거야 원······."

환사영이 두 눈만 꿈뻑였다. 그 모습이 우습게 보였는지 예운향이 다시 '풋' 하고 웃음을 터트렸다.

사실 예운향 개인적으로는 연성휘가 그리 마음에 들지 않았다. 무엇보다 여인들을 울리는 모습이 보기 싫었던 것이다. 하지만 자신들과 동행할 때는 조용히 있었던 데다, 무엇보다 환사영에게 커다란 힘이 되어줄 수 있을 것 같았다.

한 명이라도 더 힘이 필요한 시기였다. 이제 새롭게 십대초인의 반열에 오른 연성휘는 분명 환사영에게 커다란 힘이 될 것이다. 그렇기에 개인적인 감정을 잠시 접어둔 것이다.

"동생이라······. 그러고 보니 한청 형님이 어떻게 지내는지 궁금하군. 잘 지내고 있을까?"

"들려오는 소문에 의하면 그분 역시 북상하고 있다고 하더군요. 새로이 재편된 십대초인의 반열에 올랐으니 분명 무섭게 강해졌을 거예요."

"하루라도 빨리 그를 만났으면 좋겠군."

환사영의 눈에 그리운 빛이 떠올랐다.

벌써 헤어진 지 오 년이었다. 그의 인생에서 가장 소중한 사람 중 한 명이 바로 한청이었다.

한청과 백수경이 있었기에 그는 인성을 잃지 않을 수 있었다. 그렇기에 백수경과 한청은 그에게 항상 그리움의 대상이었다.

"곧 만나게 될 거예요. 그분도 우리에 대한 소문을 들었다면 분명 찾아올 테니까."

"음!"

환사영이 고개를 끄덕였다.

비록 정의맹과의 연수는 물 건너갔지만, 그래도 실망하지 않는 가장 큰 이유는 그와 친분을 나눴던 사람들 때문이었다. 그들이 모두 음으로 양으로 도와주고 있었다. 그들이 있기에 환사영은 외롭지 않았다.

환사영이 고개를 들어 하늘을 올려다봤다.

'운천, 우리는 곧 만나게 될 것이다.'

한청은 하늘을 올려다봤다.

"사영."

그의 얼굴에 옅은 그리움의 빛이 떠올랐다.

현재 그와 율극타는 북상을 하고 있었다. 본래 그의 북상 이유는 두 가지였다. 하나는 환사영을 만나기 위함이었고, 다른 하나는 자신에게 패배를 안겨주었던 무인에게 도전을 하기 위함이었다. 하지만 그의 북상은 자꾸만 더뎌지고 있었다.

신교와 계속 엮이게 된 것이다. 처음에는 의도적으로 신교의 실체를 파헤치기 위해 접근했지만, 이제는 그들이 한청을 적으로 규정하고 산발적으로 공격해오고 있는 실정이었다.

그가 파검(破劍)이라는 별호를 얻은 데는 신교와의 싸움이 지대한 공헌을 했다. 신교의 숱한 고수들을 쓰러트리는 과정에서 파검이란 명성을 얻은 것이다. 신교의 무인들이 나타나 그의 앞길을 막고, 그러다 보니 북상은 점점 더뎌질 수밖에 없었다.

율극타가 한청 곁으로 다가와 말했다.

"얼마 후면 그분을 만날 수 있을 거예요. 조금만 더 가면 장강(長江)이에요. 장강만 건너면 금방 수소문해서 찾을 수 있을 거예요."

"그래! 그렇게 되겠지."

"헤헤! 어떻게 변했을까요? 아니, 얼마나 더 강해졌을까요? 오 년 전에도 그렇게 강했는데."

오 년 전에는 몰랐다. 아직 무공을 모르던 율극타에게 환사영의 강함은 피부에 와 닿지가 않았던 것이다. 하지만 한청에게서 무공을 배우면서 알았다.

환사영이 얼마나 강했는지 말이다. 그래서 궁금했다. 그때도 소름끼치게 강했는데, 지금은 또 얼마나 강해졌는지 말이다.

환사영에 대한 소문은 은밀히 천하에 흘러 퍼지고 있었다. 마치 알려져서는 안 되는 금기처럼 폭발적으로 소문이 퍼지진 않았지만, 그래도 식견이 있고, 무림에 대한 정보를 가진 자들 사이에서는 환사영이란 존재가 은밀히 회자되고 있었다.

한청과 율극타 역시 강호에 나와서 환사영에 대한 소문을 들었다. 그에 대한 소문을 들었을 때 한청이 제일 먼저 한 말은 '살아 있어줘서 고맙다'였다.

오 년 전에는 힘이 모자라 그에게 커다란 도움이 되지 못했다. 하지만 지금의 자신이라면 환사영에게 큰 힘이 되어줄 수 있을 거라고 자신했다. 그래서 환사영을 만나기 위해 북상을 하고 있는 중이었다.

한청은 환사영에게 힘이 되어주는 것이 우선이라고 생각했다. 자신의 복수야 좀 더 훗날에 해도 상관이 없었다.

'아우, 우리는 곧 다시 만나게 될 것이네. 그때 웃으며 한

잔 하세나.'

한청의 입가에 빙긋 미소가 어렸다.

율극타는 단숨에 한청이 웃는 이유를 알아차렸다.

'숙부님은 그분을 생각하시는구나.'

그는 이제 한청의 표정만 보고도 생각을 알 수 있었다. 그만큼 한청과 깊은 유대감이 쌓인 것이다. 비록 숙부라고 부르지만 율극타는 한청을 자신의 스승으로 생각하며 따르고 있었다.

문득 율극타가 말했다.

"숙부님, 날이 어두워지고 있습니다. 근처에 인가도 없는 것 같으니 이곳에서 노숙을 하는 것이 좋을 것 같은데요."

"음! 벌써 날이 이렇게 어두워졌구나."

"물소리가 들리는 것이 근처에 냇가가 있는 것 같으니, 그곳에 자리를 잡는 것이 좋을 것 같습니다."

"그러자꾸나."

한청이 미소를 지었다.

그의 어린 제자는 어느새 자라서 스스로의 앞가림을 할 정도가 되었다. 이제는 그의 지도가 없어도 야영지를 살피고, 머물 준비를 척척 할 수 있는 경지에 올랐다. 덕분에 한청은 한결 여유로워질 수 있었다.

율극타가 먼저 달려가 자리를 고르고, 나뭇가지를 주워 모아 모닥불을 피웠다. 북상을 하면서 수도 없이 노숙을 해온 경

힘 덕분에 율극타는 상당히 빨리 준비를 할 수 있었다. 그렇게 모닥불을 피우자마자 한청이 율극타에게 말했다.

"사냥 좀 해올게요."

"음!"

한청이 고개를 끄덕이자 율극타가 말안장에 매어두었던 활과 화살을 들고 인근의 숲속으로 들어갔다. 어두운 숲속으로 홀로 사냥을 하러 들어가는 것은 미친 짓이다. 숲에 사는 맹수들은 주로 밤에 활동을 하기 때문이다. 하지만 한청은 율극타를 걱정하지 않았다.

율극타는 기신족의 후예로 어려서부터 이런 사냥에는 도가 터 있었다. 그는 아무리 어두운 밤의 숲이라 할지라도 대낮처럼 꿰뚫어볼 수 있었고, 또한 자신의 일신을 충분히 보호할 만한 무공을 소유하고 있었다. 그 어떤 맹수라 할지라도 율극타를 상하게 할 수는 없었다.

한청은 나뭇가지를 좀 더 주워 모았다. 내공을 일으키면 한기 정도는 몰아낼 수 있지만, 그래도 몸을 생각한다면 밤새 모닥불을 피우는 것이 좋았다.

타닥 타닥!

모닥불이 거세게 타오르며 불씨를 하늘로 올려 보냈다. 불빛에 비친 한청의 얼굴에 짙은 음영이 드리워졌다.

그때 숲속에서 부스럭거리는 소리가 들리더니 율극타가 모습을 드러냈다. 그의 어깨에는 사슴이 한 마리 걸려 있었다.

아직 체온이 채 식지 않은 사슴은 방금 전 율극타가 활로 사냥을 한 것이었다.

율극타는 냇가로 가서 익숙하게 사슴의 가죽을 벗기고 고기를 분리해냈다. 사슴은 노린내가 심해서 의외로 먹을 만한 부위가 그리 많지 않았다.

율극타는 오랜 사냥 경험으로 그런 사실을 알고 있었다. 그는 먹을 만한 부위를 모조리 도려내서 모닥불가로 가져왔다. 노린내 때문에 많은 부위를 버렸다고 하지만 그래도 상당한 양이었다.

율극타는 고기를 반으로 나눴다. 한 덩이는 잘게 잘라 질그릇에 담아, 미리 준비해두었던 양념들과 함께 끓였고, 나머지 한 덩이는 얇게 포를 떠서 모닥불에 훈제를 하기 시작했다. 이렇게 훈제를 해두면 비상식량으로 안성맞춤이었다. 율극타는 이렇게 틈틈이 고기를 훈제해 두었다.

"헤헤! 다되었다."

잠시 후 율극타가 함박미소를 지었다.

훈제가 완성되려면 아직 한참의 시간이 남아 있었지만, 사슴고기를 넣고 끓인 정체불명의 국은 이제 완성이 되었기 때문이다.

한 숟갈 떠서 맛본 국의 맛은 제법 훌륭했다. 이런 외진 곳에서의 노숙에서 이 정도의 음식은 진수성찬이나 마찬가지였다. 율극타는 먼저 한청에게 한 그릇을 떠주고, 자신 역시 한 그릇을 떴다.

한청이 미소를 지었다.

"이젠 음식솜씨가 제법이구나. 냄새가 제법 그럴싸해."

"헤헤! 숙부님을 따라 노숙 경력이 얼만데요. 이젠 눈감고도 만들 수 있다구요."

"맛있게 먹으마."

"넵!"

부스럭!

그때였다. 갑자기 숲 쪽에서 무언가 움직이는 소리가 났다. 한청과 율극타가 동작을 딱 멈췄다. 그들이 숲 쪽을 바라봤다. 잠시 후 수풀을 헤치면서 누군가 모습을 드러냈다.

처음에는 거대한 짐승이 모습을 드러낸 줄 알았다. 그 정도로 거대한 말이었다. 수풀을 헤치고 나타난 검은 말은 일반 말들보다 어깨 높이가 두 자나 더 높고, 덩치도 컸다. 모르는 사람이 본다면 거대한 들소라고 봐도 무방할 만한 엄청난 크기의 말이었다.

말 등에는 마찬가지로 커다란 덩치를 가진 초로의 노인이 타고 있었다. 밤이라서 확실치 않았지만, 노인의 머리와 수염은 은은한 푸른빛을 함유하고 있었다. 타고 온 말만큼이나 범상치 않은 인상의 노인이었다.

뜻밖의 불청객의 등장에 율극타가 자신의 목검을 쥐었다. 적일지도 모른다는 생각에 본능적으로 방어 자세를 취한 것이다. 하지만 한청이 손을 들어 그의 행동을 제지했다.

한청은 찬찬히 노인과 말을 살폈다. 거대한 말안장에는 노인 말고도 커다란 짐이 실려 있었다.

커다란 천으로 똘똘 말아둔 짐은 어른 몸통만큼이나 크고 무게도 상당히 나갈 것 같았다. 하지만 말은 전혀 힘든 기색이 없어 보였다. 거대한 덩치만큼이나 힘도 좋은 모양이었다.

한청과 노인의 시선이 허공에서 마주쳤다.

감당하기 힘든 패도적인 시선이었다. 하지만 한청의 눈빛 또한 노인에게 전혀 뒤지지 않았다. 노인의 눈에 이채로운 빛이 떠올랐다.

그는 이제까지 자신이 눈을 똑바로 볼 수 있는 사람을 거의 만나본 적이 없었다. 특히 한청과 같은 젊은 세대의 무인이라면 더욱 말할 것도 없었다.

노인이 먼저 입을 열었다.

"길을 잃어서 그런데 잠시 머무르게 해줄 수 있겠는가? 다른 생각을 하다 보니 벌써 해가 저물었군."

"물론입니다."

한청은 흔쾌히 노인의 요청을 수락했다. 그는 율극타에게 눈짓을 해서 자리를 내주었다. 노인은 망설이지 않고 말에서 내려 율극타의 옆자리에 앉았다.

"식사는 하셨습니까?"

"길을 찾느라 아직까지 하지 못했다네."

"잘 됐군요. 마침 음식이 남아서 걱정했는데."

한청의 말이 채 끝나기도 전에 율극타가 국을 한 그릇 떠서 노인에게 건네주었다. 노인은 사양하지 않고 받았다.

"냄새가 좋군. 맛있게 먹겠네."

노인은 잠시 한 숟갈 떠서 맛을 음미하는 듯하다가 이내 그 릇째 들고 후루룩 마시기 시작했다. 그에 한청과 율극타도 수 저를 들었다.

비록 대충 만들긴 했지만, 율극타의 음식솜씨는 꽤나 괜찮 아서 제법 맛있었다. 덕분에 그들은 포식을 할 수 있었다. 일 단 배가 든든하니 온몸에 온기가 감돌았다.

노인은 매우 만족한 얼굴로 그릇을 내려놓았다.

"매우 잘 먹었네. 음식솜씨가 매우 훌륭하군."

"이 아이가 만든 음식입니다. 입맛에 맞으셨다니 다행입니 다."

"정말 잘 먹었네. 요 근래 먹어본 음식 중 가장 맛이 좋았다 네."

노인은 율극타의 음식솜씨를 칭찬했다. 그에 율극타가 기분 좋은 미소를 지었다. 비록 노인의 정체는 모르지만, 그래도 자 신을 칭찬하는 소리에 기분이 고조된 것이다.

"음식을 먹느라 노부의 소개를 제대로 하지 못했군. 노부의 이름은 용무익이라네. 반갑네."

"한청이라고 합니다."

두 사람은 담담히 인사를 나눴다. 하지만 그 순간 한청은 매우 놀라고 있었다. 그는 용무익이라는 이름을 알고 있었던 것이다.

용무익이라는 이름이 강호에 주는 의미는 결코 작은 것이 아니었다. 그의 별호는 천병(天兵), 천하육주의 일원이자 십대초인의 상위서열에 이름을 올리고 있는 초강자였다. 중원에서 그의 이름을 모르는 자는 존재하지 않았다.

용무익은 이제까지 새외를 돌아다니다 불과 얼마 전에야 중원으로 들어왔다. 때문에 중원의 사정에 어두웠다. 그래서 한청을 알지 못했다. 그는 단지 한청을 대견한 무인으로 생각했다.

한청의 무위는 언뜻 보기에도 결코 범상한 것이 아니었다. 그의 안광과 몸에서 흘러나오는 기도로 짐작해봤을 때 자신과 그리 많은 차이가 나는 것은 아니었다. 한청의 나이를 생각해보면 그야말로 파격적인 무위였다.

'내가 중원을 비운 사이 이런 젊은 무인이 나오다니. 벌써 그만큼 오랜 세월이 흐른 것인가? 아니면 나도 벌써 세월의 뒤편으로 물러날 때가 된 것인가?'

자신의 기도에도 결코 기죽지 않는 한청의 모습은 용무익에게 새로운 감흥을 주기에 충분했다.

용무익이 말을 이었다.

"보아하니 자네는 나를 알고 있는 것 같군."

"무공을 익힌 자로서 어찌 천병 용무익 대협을 모르겠습니까? 오래전부터 흠모해왔던 이름입니다."

"그런가? 면전에서 그런 말을 들으니 낯부끄럽군. 반갑네! 설마 이런 외진 곳에서 자네와 같은 젊은 강자를 만날 줄은 생각지도 못했네."

"저도 마찬가집니다. 설마 이곳에서 천병 용 대협을 만나 뵙게 될 줄은 생각지도 못했습니다."

"후후! 어쩌다 보니 이곳까지 오게 되었다네. 실로 오랜만에 중원으로 들어오는 길인데 자네와 같은 젊은 강자를 만나게 되다니 나는 매우 운이 좋군."

"제가 운이 좋았습니다. 설마 이곳에서 용 대협을 만나게 될 줄이야. 아! 이 아이는 저의 제자인 율극타라고 합니다."

한청이 율극타를 용무익에게 소개시켰다. 그에 율극타가 용무익에게 자기소개를 했다.

"율극타라고 합니다. 잘 부탁드립니다."

만일 율극타가 용무익에 대해 조금이라도 알았다면 이리 당당하게 인사를 하지 못했을 것이다. 오히려 아무것도 알지 못하기에 이리 당당할 수 있는 것이다.

용무익이 율극타를 보며 미소를 지었다.

"반갑구나, 아이야. 너를 보니 그가 얼마나 심혈을 기울여 무공을 가르쳤는지 알 수 있구나. 제대로 배웠어."

"헤헤! 감사합니다."

자신을 칭찬하는 소리에 율극타가 활짝 웃었다.

한청과 용무익이 서로를 보며 은은한 미소를 지었다. 두 남자는 한눈에 서로의 역량을 알아보고 인정하고 있었다. 광활한 대륙에서 이렇듯 아무런 인연이 없던 두 사람이 만나는 것은 결코 쉬운 일이 아니었다.

"그런데 오랫만에 중원에 들어오셨다 했습니다. 오랫동안 새외에 나가 계셨던 모양입니다."

"반드시 해야 할 일이 있어서 잠시 나갔는데, 생각보다 오랜 시간이 걸렸군. 벌써 수십 년의 세월이 흘렀어."

"그럼 일은 해결하신 겁니까?"

한청의 물음에 용무익이 부드럽게 고개를 저었다.

"그토록 노력했지만 아직 해결하지 못했네. 그래서 다시 중원으로 돌아온 것이네."

"무슨 일이지 물어도 되겠습니까?"

"삼혈승(三血僧)이라고 알고 있는가?"

"혹시 전대의 요승(妖僧)들이라는 그 삼혈승을 말씀하시는 겁니까?"

"맞네!"

순간 한청의 얼굴에 놀람의 빛이 떠올랐다.

삼혈승은 용무익보다도 한 세대 전의 무인들이었다. 그들이 요승이라는 이름으로 불리는 데는 그럴 만한 이유가 있었다. 수십 년 전 그들은 음양환락교(陰陽歡樂敎)라는 사교(邪敎)를

세워 수많은 여인들과 그녀들의 집안을 도탄에 빠트린 적이
있었다.

　음양환락교에 빠져 순결을 잃은 여인만 공식적으로 수천 명
이 넘었다. 알려지지 않은 수까지 따진다면 더욱 많을 것이다.
뿐만 아니라 이유 없이 실종된 여인들의 수도 무려 천 명이 넘
어갔다.

　이 엄청난 사태에 몇몇 무인들이 나서서 진실을 조사하기에
이르렀다. 하지만 진실을 밝히기 위해 나섰던 무인들 대부분
이 이유 없는 죽음이나 실종을 당했다. 많은 사람들이 삼혈승
을 의심했다.

　하지만 그들이 무인들의 죽음과 실종에 관여했다는 증거가
없었다. 그 때문에 사람들은 쉽게 움직이지 못했다. 괜히 나섰
다가는 자신들의 목숨마저 잃을 것이 분명했기 때문이다.

　그때 한 젊은 무인이 사라진 무인들의 죽음에 삼혈승이 관
여했다는 결정적인 증거를 찾아낸다. 뿐만 아니라 이제까지
실종되었던 여인들이 모두 삼혈승의 채음보양술(采陰補陽術)
에 당했다는 사실을 알아냈다.

　"삼혈승의 비밀을 밝혀낸 자가 바로 노부의 동생이었다네.
의기가 넘치고, 항상 주변을 즐겁게 해줄 줄 알던 녀석이었지.
정의감은 얼마나 강한지 불의를 보면 결코 그냥 물러서는 법
이 없었지. 하긴 그런 녀석이니까 삼혈승의 불의를 보고도 지
나치지 못한 것이겠지만."

"그런 일이 있었군요. 저는 전혀 몰랐습니다."

"그랬을 거야. 세상에 알려지지 않은 사실이니까. 그 사실을 밝혀낸 직후 그 녀석 역시 의문의 실종을 당했어. 그때 노부는 모종의 일로 멀리 떠나 있던 상태였지. 그래서 녀석의 실종을 뒤늦게 알았다네. 후에 녀석의 시신은 이름 없는 야산에서 들짐승에게 반쯤 뜯겨 먹힌 채 발견되었다네. 누가 뭐래도 그 녀석은 노부의 혈육, 노부가 복수를 하지 않는다면 누가 그 녀석의 억울한 죽음을 보상해줄 것인가? 그때부터 노부의 전쟁은 시작되었지. 사실 노부의 명성이 강호를 울린 것은 대부분 그들과 싸움 때문이라네."

동생의 억울한 죽음을 알게 된 용무익은 그때부터 음양환락교와 전쟁을 벌였다.

그는 우선 음양환락교의 지부들을 하나, 하나 방문하기 시작했다. 사신(死神)의 방문이었다.

그는 음양환락교의 교도들이라면 신분 여하를 막론하고 가만두지 않았다.

수많은 음양환락교의 교도들이 용무익의 손에 세상을 떴다. 용무익의 손에는 한시도 피가 마를 날이 없었다. 수많은 이들의 피와 시신을 뒤로 한 채 용무익은 오직 앞으로만 전진했다.

수많은 음양환락교도들이 용무익의 앞을 막아섰지만, 아무도 그의 발걸음을 막을 수는 없었다. 용무익의 기세는 파죽지세(破竹之勢), 그 자체였다.

결국 용무익은 수많은 지부들을 몰살시키고, 음양환락교의 본단에까지 이를 수 있었다.

　"천병(天兵)이란 별호도 그때 얻은 거지. 그때는 어떤 한 가지 무기만 사용할 수 없었어. 무기 하나가 부서지면 근처에 뒹굴던 다른 무기를 들고 싸웠지. 그러다 보니 자연 수많은 무기에 능통하게 되고, 결국은 수많은 병기를 내 수족처럼 다룰 수 있게 되었지. 그 결과 천병이라는 별호를 얻게 된 거야."

　"대단하군요."

　"그리고 마침내 노부는 삼혈승들과 마주하게 되었네. 사흘 밤낮을 처절한 대결을 벌였지. 하지만 승부를 낼 수 없었네. 노부도 강하다고 자부했지만, 그들 역시 채음보양을 통해 얻은 공력으로 천인합일(天人合一)의 경지에 올랐으니까. 하지만 결국 운이 좋아 노부가 승기를 잡을 수 있었네. 그들은 불리함을 느끼자 결국 새외로 도주를 했다네. 그리고 노부는 그들을 추적해 새외로 나갔고, 그게 벌써 수십 년 전의 일이라네."

　용무익의 말에 한청은 경외감마저 느꼈다.

　한 남자의 집념이 이렇게 무서울 수도 있다는 사실을 깨달았다. 보통 사람이라면 아무리 복수심이 강하다 할지라도 수십 년 동안을 오직 한 대상을 향해 이런 증오를 불태우지 못했으리라.

　'그리고 보니 이분의 성정은 천마와 어느 정도 닮은 곳이 있군.'

그러나 자신의 생각을 입 밖으로 내뱉지는 않았다. 용무익은 천마를 알지 못할 것이 분명하기 때문이다.

"삼혈승이 중원에 있다는 것을 어찌 그리 확신하십니까?"

"그들의 흔적이 중원으로 이어졌기 때문이네. 어찌된 영문인지 그들은 몇 년 전 중원으로 들어온 것 같더군. 그래서 그들의 흔적을 다시 추적하다 보니 중원으로 돌아온 것을 알게 되었네. 그래서 노부 역시 중원으로 들어온 것이네. 그리고 자네들을 만나게 된 것이구."

"으음!"

한청의 입술을 비집고 나직한 신음성이 흘러나왔다.

삼혈승이라는 이름이 주는 의미는 결코 작은 것이 아니었다. 전대의 거마들이 왜 중원으로 들어왔을까? 용무익과 충돌을 두려워해 새외로 떠났던 거마들이 왜 중원으로 돌아왔단 말인가? 그런 의문이 한청의 머릿속에서 맴돌았다.

"그들이 왜 중원으로 돌아온 것인지 이유는 아십니까?"

"솔직히 그들이 돌아온 이유를 모르겠네. 그들 세 명의 힘이라면 노부와 호각을 이룰 것이네. 그런 그들이 지난 수십 년의 세월동안 노부를 피해온 것은 정면으로 격돌할 시 동귀어진(同歸於盡)할 것을 두려워해서라네."

"결국 그들이 중원으로 들어온 것은 더 이상 어르신을 두려워하지 않을 힘을 가졌거나, 그에 필적하는 세력을 얻었다는 뜻으로 해석할 수도 있겠군요."

"그럴 수도 있겠지. 하지만 궁금하군. 과연 대륙에 누가 있어 감히 노부와 맞설 수 있단 말인가?"

무섭도록 광오한 말이었다. 하지만 한청은 용무익의 외침이 허황되다고 생각하지 않았다. 능히 그럴 만한 자격과 힘을 갖춘 남자가 바로 용무익이었기 때문이다.

한청 역시 자신의 무력에 어느 정도 자신감을 가지고 있었지만, 상대가 용무익이라면 한 수 접어줘야 할지도 모른다고 생각했을 정도였다. 그 정도로 용무익의 무력은 단연 발군이었다.

한청은 현 중원의 정세나 신교에 대해 용무익에게 이야기하지 않았다. 굳이 그가 이야기할 필요도 없이 시간이 조금만 더 흐르면 용무익이 자연스럽게 알게 될 것이기 때문이다. 그때가 되면 세상이 얼마나 많이 바뀌었는지 절로 알게 될 것이다.

"부디 어르신의 뜻을 이루길 바라겠습니다."

"고맙네. 오랜만에 말이 통하는 상대를 만나니 기분이 좋군. 이런 날 술이라도 있었으면 좋았을 텐데 산골 오지라서 박주(薄酒)마저도 없군."

용무익이 안타깝다는 표정을 지었다.

그는 한청을 만나 진심으로 즐거워하고 있었다. 비록 한청의 사문이나 진정한 신분은 알 수 없었지만, 그가 광명정대한 심성을 가지고 있다는 것은 맑은 눈을 보면 알 수 있었다.

중원에 들어온 지 얼마 되지 않아 이런 남자를 만났다는 것은 꽤 기분이 좋은 일이었다. 그 때문에 한 잔의 술이 아쉬운 용무익이었다.

그때였다. 율극타가 갑자기 실실 웃으며 자신의 말에게 다가갔다. 그가 말안장에 걸쳐진 보따리를 주섬주섬 뒤지더니 호리병 하나를 꺼내들었다. 천으로 꼭꼭 싸맨 입구에서 향긋한 주향이 흘러나오고 있었다.

한청의 입가에 어린 미소가 짙어졌다.

"녀석! 또 숨겨두고 있었구나."

"사실 저 혼자 먹으려고 숨겨두었던 것인데 너무 분위기가 좋아서 어쩔 수 없네요. 이 녀석의 주인은 두 분이네요."

율극타가 한청에게 술이 담긴 호리병을 건네주었다.

사실 율극타는 일 년 전부터 몰래 술을 담가 마시곤 했다. 해남도에서 무공을 익힐 때 어느 날 우연히 원숭이들이 모아둔 과일들이 썩어 절로 만들어진 과일주를 마신 후의 일이었다.

그는 시간이 날 때마다 과일주를 담갔고, 한청과 세상에 나온 이후에도 몰래 한 잔씩 사 마시곤 했다. 지금 꺼낸 술도 저번 마을에 들렀을 때 사놓은 싸구려 화주였다. 한청도 그 사실을 알았지만, 일부러 눈감아 주었다.

율극타가 술을 내놓자 용무익의 얼굴에도 은은한 미소가 피어올랐다. 좋은 사람과 마시는 한 잔 술의 달콤함을 그는 알고 있었다.

먼저 용무익이 한 입 마시고, 한청에게 술병을 건네주었다. 한청 역시 사양하지 않고 술을 마셨다.

싸구려 화주가 식도를 화끈하게 만들면서 목구멍으로 넘어갔다. 그 싸한 느낌이 좋았다. 한청이 빙긋 미소를 지으며 용무익에게 다시 술병을 넘겼다.

"헤헤!"

그 광경을 보며 율극타가 웃음을 흘렸다.

타닥 타닥!

모닥불이 더욱 거세게 타오르고 있었다.

다음날 새벽 용무익은 홀로 길을 떠났다. 그렇게 하나의 인연이 쌓여갔다.

*   *   *

환사영 일행은 객잔을 잡아서 잠을 청했다. 그들은 이미 정의맹이 직접적인 영향력을 행사하는 지역을 빠져나온 뒤였다. 그 때문에 그들은 한결 마음 편하게 잠을 잘 수 있었다. 사실 정의맹에 있을 때에는 그리 편하게 잠을 잔 적이 한 번도 없었다.

정의맹의 분위기가 그랬다. 무언가 답답하고, 권위적으로 느껴졌던 것이다. 그래서 마음 편히 쉴 적이 단 한 번도 없었다.

환사영은 눈을 뜬 채 의자에 앉아 있었다. 모든 이들이 잠을 청하고 있었지만, 그는 좀처럼 잠을 이루지 못했다. 그리고 잠을 자지 못해도 피곤함을 느끼지 못했다. 내공이 절로 그의 육신의 피로를 씻어냈기 때문이다.

창밖을 바라보는 환사영의 눈빛은 심유하게 빛나고 있었다. 북해를 나올 때에 비해 그의 눈빛은 더욱 깊고 유현하게 빛나고 있었다.

환사영의 눈에 비친 세상은 너무나 어두웠다. 별빛조차 보이지 않는 어두운 하늘은 환사영의 마음을 대변하는 듯했다. 환사영은 어두운 하늘을 바라보며 자신의 생각을 정리했다.

천하삼분(天下三分)의 세상.

흔히 사람들은 남천련과 정의맹, 신교가 천하를 삼분했다고 생각하겠지만 환사영의 생각은 달랐다.

'지금 상황은 신교가 압도적으로 유리하다. 겉으로 보기에는 남천련과 정의맹이 그에 못지않은 힘을 가지고 있는 것처럼 보이지만, 그들의 세력과 힘은 한정적이다. 그에 반해 신교의 교도들은 천하 어디에나 있다. 당장 이 객잔에 머물고 있는 사람들 중 신교의 교도가 없으란 법은 없으니까. 그들의 신교에 대한 믿음은 무섭도록 맹목적이다. 그들은 운천을 마치 신처럼 생각하고 받들고 있다. 그렇다. 핵심은 바로 운천이다. 사람들은 운천을 자신의 구원자로 생각하고, 그를 자신의 목

숨 이상으로 따르고 있다는 것이다.'

한 사람이 신격화가 되다 보면 수많은 추종자가 생기기 마련이다. 소운천은 그런 점을 교묘히 이용하고 있었다. 그는 신교도들 사이에서 신이나 마찬가지였다.

신교도들이라면 누구나 그를 위해 자신의 목숨을 내놓는 것을 영광으로 생각했다. 그를 위해 살고, 그를 위해 죽는 것이다.

문제는 그런 이들의 수가 얼마나 되는지 짐작조차 할 수 없다는 것이다. 천 명이 될 수도 있고, 만 명이 될 수도 있다. 어쩌면 천하인 전체일 수도 있다. 제아무리 환사영과 일행들의 무공이 고강하다고 할지라도 천하인 모두를 상대할 수는 없었다. 설령 상대할 수 있다 하더라도 그들 모두를 죽일 수는 없는 일이었다.

'결국 이 싸움은 운천을 죽이기 전까지는 끝나지 않을 것이다. 운천이 죽으면 구심점을 잃은 신교도 절로 와해가 될 것이다.'

문제는 소운천을 어떻게 죽이느냐다.

북해의 공동에서 오 년을 지내는 동안 환사영은 소운천을 상대하기 위한 무공을 만들어냈다. 그것이 환영류다.

하지만 환영류가 소운천에게 얼마나 통할지는 그 역시 알 수 없었다. 결국 직접 부딪치기 전까지는 아무것도 알 수 없는 것이다.

오 년이 지난 지금 소운천이 얼마나 더 가공해졌을는지 짐작조차 할 수 없었다. 그를 막지 못하면 정말 세상에 파멸이 올지도 몰랐다.

"운천……."

환사영이 의자에서 일어났다.

스슥!

그때 미세한 소리가 환사영의 귓전에 울려 퍼졌다. 신경을 집중하지 않는다면 절대 알아차리지 못할 만큼 미약한 소리였다. 하지만 환사영의 귀를 속일 수는 없었다.

환사영이 기감을 끌어올리며 기를 풀어놓았다. 그의 기가 그물처럼 객잔 전체로 퍼져나갔다. 그의 기망(氣網)에 은밀한 움직임이 감지됐다.

서른 명 이상의 움직임이 그의 기망에 느껴졌다. 저들은 자신들이 환사영의 기망에 걸렸다는 사실도 모르고 조심스럽게 움직이고 있었다.

그들의 움직임은 매우 은밀하면서도 조용했다. 뿐만 아니라 위화감조차 느껴지지 않는 것이 주위 풍경과 완벽하게 동화되고 있었다.

'전문적인 훈련을 받은 살수들.'

고도로 전문화된 수련을 받지 않으면 절대 보일 수 없는 움직임을 살수들은 보이고 있었다. 그들이 노리는 목표는 분명했다.

바로 환사영 일행이었다. 객잔에 들어서자마자 그들이 두 패로 갈라졌다. 그들은 환사영 일행이 머물고 있는 두 개의 방으로 향하고 있었다.

환사영이 뭐라 경고하기도 전에 일행이 머물고 있는 방 안에서 조용한 움직임이 느껴졌다. 환사영의 일행 역시 낯선 이들의 침입을 알아차린 것이다.

이제까지 고이 잠들어 있던 예운향이 눈을 뜬 것도 바로 그 무렵이었다. 그녀는 침상에서 일어나 조용히 환사영에게 다가왔다.

"불청객이 찾아왔군요."

"음!"

"누굴까요? 신교일까요?"

"아직은 모르겠다. 두고 보면 알게 되겠지."

정의맹을 떠난 지 불과 하루 만에 일어난 일이다. 당황스러울 법도 하건만 환사영과 예운향, 그리고 일행들 중 누구도 놀라는 사람은 없었다.

그들은 조용히 살수들이 공격해오기만을 기다렸다. 그리고 그들의 기다림에 부응이라도 하듯 살수들의 은밀한 공격이 시작됐다.

푸스스!

갑자기 방문 틈으로 짙푸른 독연이 스며들기 시작했다. 환사영과 예운향은 호흡을 멈추고, 기막을 끌어올려 독연을 막았다. 넘실거리는 독연이 방 안을 가득 채운 후 방문과 창문 등이 조용히 열렸다. 그 어떤 소리도 없이 열린 문 사이로 살수들이 조용히 스며들었다.

그들의 손에는 광(光)을 죽인 검과 도가 들려 있었다. 혹시나 반사된 빛에 목표물이 깰까 우려해서 취한 조치였다. 하지만 그들이 안에 들어와서 본 것은 멀쩡하게 서 있는 두 사람의 모습이었다.

살수들의 눈동자가 흔들렸다. 자신들이 심혈을 기울여 안으로 침투시킨 독연이 아무런 효과가 없었기 때문이다. 본래 그들의 계획은 목표물이 독연에 취해 있을 때 목숨을 빼앗는 것이었다.

그렇게 하면 희생을 최소한으로 줄일 수 있을 거라 생각했는데, 그들의 예상과 달리 환사영과 예운향은 전혀 독연에 취한 모습이 아니었다.

살수들 중 우두머리가 외쳤다.

"실패다. 쳐랏!"

그의 말이 채 끝나기도 전에 살수들의 파상공세가 시작되었다. 좁은 방 안을 헤집고 그들이 무서운 속도로 다가왔다. 하지만 그들을 보는 환사영과 예운향의 얼굴은 너무나 평온했다.

저들이 제아무리 강하더라도 자신들을 어찌할 수는 없다. 문제는 저들을 보낸 이들도 그런 사실을 알 거란 것이었다. 그런데도 불구하고 살수를 보냈다는 사실이 무엇을 의미하는가? 환사영은 그런 생각을 했다.

살수들을 제압하는 것은 예운향의 몫이었다. 그녀는 천빙요결을 끌어올려 방 안에 들어온 살수들을 하나씩 제압하기 시작했다. 살수는 쓰지 않았다. 이들을 온전히 제압하여 배후를 알아내는 것이 목적이었기 때문이다.

푹!

"큭!"

예운향의 손가락이 혈도를 찌를 때마다 살수들이 눈을 까뒤집고 쓰러졌다. 예운향의 손속에는 거침이 없었다. 그 어떤 살수도 감히 그녀의 손에서 일 초를 버티지 못했다.

열 명이 넘는 살수가 제압되는 데 걸린 시간은 촌각에 지나지 않았다. 살수들이 방 안 이곳저곳에 널브러진 채 거친 숨만 몰아쉬고 있었다. 반면 예운향의 얼굴은 평온하기 그지없었다.

예운향이 환사영을 바라보았다. 환사영이 고개를 끄덕이며 앞으로 나섰다.

그는 쓰러진 살수들에게 다가갔다. 그는 살수들 중 우두머리로 보이는 자를 일으켜 세웠다.

"누굽니까? 당신들을 보낸 자가……."

"푸흐흐!"

우두머리는 대답 대신 기괴한 웃음을 터트렸다. 그런 그의 몸이 푸들푸들 떨리고 있었다. 그의 입에선 검은 피가 흘러내리고 있었다.

환사영의 미간에 골이 패였다. 그는 급히 다른 살수들의 몸을 뒤집어 보았다. 그들 역시 마찬가지였다. 그들 역시 우두머리와 마찬가지로 검은 피를 게워내고 있었다.

"극독으로 자결했다."

예운향의 안색도 싹 변했다. 설마 제압당하자마자 스스로 자결할 줄은 그녀도 예상하지 못한 일이었다.

그때 방문이 열리며 십방보와 연성휘가 들어왔다. 그들 역시 예운향처럼 당혹스런 표정을 짓고 있었다. 그들이 제압한 살수들 또한 이들처럼 극독을 입에 물고 자결을 선택했기 때문이다.

"도대체 이들이 누구기에……."

"이들 역시 자결을 선택했군요."

잘 자다가 벼락 맞은 꼴이었다. 살수들이 습격을 해온 것도 의외였는데, 이렇게 쉽게 자결을 선택하다니. 상식적으로 도저히 이해가 되지 않았다.

환사영은 살수들의 몸을 뒤지기 시작했다. 하지만 살수들 중 누구도 자신의 신분을 증명할 만한 물건을 가진 자는 없었다. 그러던 중 환사영은 문득 우두머리 살수의 얼굴이 어딘지 모르게 낯익다는 생각을 했다.

환사영이 연성휘에게 우두머리 살수의 얼굴을 보였다.

"누군지 알겠느냐?"

그제야 연성휘가 우두머리 살수의 정체를 알아차렸다.

"아! 그자는 분명 모용관의 호위 무사인데."

우두머리 살수는 정의맹에서 모용관과 문제가 일어났을 때 나타났던 호위무사 중 한 명이었다. 그때는 스치듯 지나쳤지만, 이제 와서 상황을 떠올려 보니 그때 호위무사 중 한 명이 분명했다.

"그렇다면 모용관이……."

연성휘의 얼굴이 팍 구겨졌다. 설마 정의맹의 군사라는 인물이 살수를 보내는 비겁한 짓을 할지 생각조차 못했다. 연성휘가 화를 참지 못하고 정의맹으로 다시 돌아가 모용관을 응징해야 한다며 길길이 날뛰었다.

예운향의 얼굴에도 의혹의 빛이 어렸다.

"그가 왜 이런 번거로운 짓을 했을까요? 설마 우리가 이들 정도에 당할 거라고 생각했을까요?"

"아마 경고겠지."

"경고요?"

"그래! 두 번 다시 정의맹을 찾지 말라는 경고. 다시 한 번 정의맹과 엮이게 되면 그 어떤 수를 써서라도 막겠다는 자신의 뜻을 이런 식으로 표현한 것이겠지."

"그는 무모한 사람이군요. 이런 식으로 자신의 뜻을 전하다니."

환사영이 말없이 고개를 끄덕였다.

＊　　　＊　　　＊

"어떻게 되었는가?"

"예상대롭니다."

"역시 그렇군. 그들에게 통상적인 암습이란 전혀 효과가 없군."

수하의 보고에 모용관이 그럴 줄 알았다는 표정을 지었다. 어쩌면 그는 이미 결과가 이렇게 나올 줄 알고 있었는지도 몰랐다.

애당초 그들과 같은 절대고수들을 상대로 암습이 성공하리라고는 믿지 않았다.

단지 그는 이번 일로 자신의 뜻이 환사영에게 전달되기를 바랄 뿐이었다.

"이곳 정의맹의 그 누구도 당신들을 환영하지 않아."

살수들은 그의 뜻을 전달하기 위한 가장 효율적인 수단이었다. 애초부터 살수들이 환사영과 같은 절대의 고수에게 상해를 입힐 수 있을 거라고는 생각하지 않았다. 그 정도의 살수에게 당할 정도면 일영(一影)이라는 영광스런 별호도 얻지는 못했을 것이다.

"지금 정의맹은 매우 아슬아슬한 힘의 균형으로 유지되고 있다. 수많은 문파들의 이해관계가 얽히고설켜 겨우 유지되고 있는 형편. 이런 때에 일영이라는 거목이 들어온다면 겨우 유지하고 있던 균형이 흔들리고 만다. 그렇게 되면 우리 모용가의 아성뿐만 아니라 다른 명문정파들이 정의맹 내에 만들어놓은 터전이 송두리째 흔들리게 된다.”

받아들이기에는 너무 버거운 상대가 환사영이었다. 그 때문에 모용관은 살수들을 보내 자신의 뜻을 은밀히 전한 것이다.

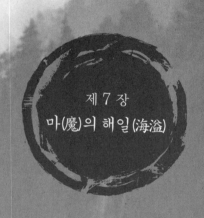

제 7 장
마(魔)의 해일(海溢)

　소운천은 길을 걸었다. 그는 마치 산책을 나온 사람처럼 차분한 표정으로 불어오는 바람을 온몸으로 느끼고 있었다.

　이제 바람이 제법 차가워졌다. 옷을 두껍게 껴입어도 옷 사이를 파고드는 찬바람에 오한이 들 정도였다. 하지만 소운천에게는 아무런 의미도 없는 일이었다.

　그는 매우 오래전부터 한서(寒暑)의 영향을 받지 않았다. 추우면 내공이 일어나 몸에 온기를 불어넣었고, 더울 때는 절로 체온조절을 해서 항상 최적의 몸 상태를 유지했다.

　십만대산을 나온 뒤 소운천은 홀로 북상을 계속했다. 그동안 그가 거쳐 온 마을들은 모두 그의 광기에 전염이 되어 신교의 열렬한 추종자가 되었다.

그 누구도 소운천의 속삭임을 거부할 수 없었다. 소운천의 속삭임을 들은 자는 신분 여하와 무공의 고하를 막론하고 그의 추종자가 될 수밖에 없었다.

일단 소운천의 추종자가 된 이들은 그를 위해 자신의 목숨마저 너무 쉽게 내놓았다. 그들에게 있어 소운천은 신이나 마찬가지였다. 그들은 소운천을 위해 기꺼이 자신을 희생할 준비가 되어 있었다.

소운천은 수많은 이들의 희생 아래 북진을 계속했다. 그리고 그의 북진은 마침내 인근의 문파들에게 알려졌다.

신교의 교주로 추정되는 자가 북상을 하고 있음.
그가 향하고 있는 곳은…….

시시각각으로 전서구가 날아올랐다. 하지만 전서구가 날아든 문파들은 하나도 예외 없이 의문의 멸망을 당했다. 그 때문에 소운천의 북상 소식은 북방에 있는 문파들에게 전해지지 않았다. 무언가 보이지 않는 힘이 소운천의 소식이 외부로 퍼져나가는 것을 철저히 막고 있었다. 보이지 않는 힘은 소운천을 따르고 있었다.

경공을 펼칠 수도 있었지만 소운천은 그러지 않았다. 그는 천천히 주위의 풍경을 음미하며 걸음을 옮겼다.

해가 중천에 뜰 무렵 소운천이 도착한 곳은 한적한 포구마을이었다.

한적한 어촌마을은 강에서 물고기를 잡아다 인근의 장에 팔아서 삶을 연명하고 있었다. 어른들은 빈곤한 삶에 지친 얼굴을 하고 있었지만, 아이들은 해맑게 웃으며 강가를 뛰어다니며 놀고 있었다.

아이들은 뛰어놀다말고 새로이 나타난 낯선 사내를 바라보았다. 보통 아이들은 주의력이 산만해서 곧 새로운 흥밋거리를 찾기 마련이었지만 소운천에게만은 달랐다.

아이들은 소운천에게서 시선을 떼지 못했다. 소운천의 몸에서 흘러나오는 독특한 분위기가 아이들의 시선을 잡아끄는 것이다.

소운천은 포구를 향해 걸음을 옮겼다. 대부분의 배들은 고기잡이를 나갔지만 한 척만큼은 포구에 그대로 정박해 있었다. 그리고 배 위에는 한 명의 남자가 서 있었다. 남자는 소운천이 다가오자 배에서 내려 그의 앞에 부복을 했다.

남자의 이름은 백영.

그는 소운천의 오래된 심복이었다. 나란 시절부터 지금까지 그는 단 한 번도 소운천의 뜻을 거슬러본 적이 없는 충복 중의 충복이었다.

그리고 그의 무릎은 오직 소운천 앞에서만 꺾였다. 그는 소운천의 앞에 무릎을 꿇고 그를 맞이했다.

"주군."

"오랜만이구나, 백영."

"출관을 경하드립니다. 이제서야 맞이하는 것을 용서하십시오."

"일어나라."

"예!"

소운천의 허락이 있고서야 백영이 몸을 일으켰다. 소운천을 대하는 그의 자세는 공경, 그 자체였다. 그는 감히 소운천 앞에서 숨도 크게 쉬지 못했다.

소운천의 몸에서는 그 어떤 기세도 흘러나오지 않았다. 그런데도 그의 앞에만 서면 백영은 숨조차 제대로 쉬지 못할 정도로 심신이 위축됐다. 그뿐만이 아니었다. 구유마전단의 그 누구도 소운천의 두 눈을 제대로 바라보는 자가 없을 정도였다.

소운천은 이미 그 자체로 마(魔)가 되었다.

비록 지금은 온화한 얼굴을 하고 있지만, 그가 살심을 품는 순간 일대는 죽음의 대지로 변하고 말 것이다. 그 누구도 소운천을 막을 수는 없다.

현 천하에 십대초인이란 자들이 있었지만, 그들이 감히 소운천에게 비견될 수는 없었다. 구유마전단의 무인들 두세 명만 모여도 능히 십대초인 정도는 상대할 수 있다는 것이 백영의 생각이었다. 그만큼 소운천은 추측불가의 존재였다.

그가 말했다.

"이미 모든 준비는 끝났습니다. 모두가 주군을 기다리고 있사옵니다."

"후후! 오 년 만인가?"

"그렇습니다. 그 시간 동안 모두 주군께서 출관하시기만을 기다렸습니다."

생각해 보면 실로 지루할 정도로 오랜 기간이었다. 그동안 백영을 비롯한 구유마전단들은 소운천이 십만대산에서 출관하기만을 기다렸다. 그리고 이제야 그들의 기다림에 마침표를 찍었다.

백영은 자신이 취할 수 있는 가장 공경한 자세로 소운천을 맞이했다. 그는 당장 이 자리에서 소운천이 목숨을 끊으라고 해도 그럴 자신이 있었다. 그가 이제까지 살아 있는 이유가 바로 소운천이었기 때문이다.

"사영은……, 사영은 어디에 있는가?"

"그분께서는 정의맹을 떠난 것으로 확인되었습니다. 척후를 붙이려 했지만 포기했습니다."

"잘했구나. 그래봤자 사영에게 금방 들킬 테니까. 어차피 그와 나는 최후에 만나게 되어 있다. 운명이 그렇게 만들 테지. 그와 나, 두 사람만이 최후까지 남아 피에 젖은 대지에 서 있겠지."

소운천의 입가에 미소가 떠올랐다.

환사영을 떠올리는 것만으로도 소운천은 웃을 수 있었다. 하지만 소운천의 웃음에 백영은 경직된 표정을 지었다. 소운천이 웃고 있는 모습에 왠지 모를 공포감이 들었기 때문이다. 천하의 백영마저도 소운천 앞에서는 어린아이나 마찬가지였다.

'이미 주군께서는 마신(魔神)의 경지를 뛰어넘었다. 천하에 누가 있어 이분을 막을 수 있을 것인가? 환사영 대장이라 해도 이분을 막을 수는 없다. 이분은 이미 신의 영역에 발을 들이셨다.'

백영이 몸을 떨었다.

"이제 천하에 신고식을 해야겠지."

소운천의 입가에 어린 미소가 더욱 짙어졌다.

그가 서 있는 곳에서 남천련까지의 거리는 불과 오십여 리. 마음만 먹는다면 촌각 안에 도착할 거리였다.

*   *   *

남천련에 비상이 걸렸다.

불과 두시진 전에 들어온 첩보 때문이었다.

신교주로 보이는 자 북상.
그의 진로로 보아 최종 목적지는 남천련으로 보임.

단 두 줄이 적힌 쪽지의 파급력은 상상을 초월했다. 당장 남천련 전체에 비상이 걸렸다.

이제까지 봉문을 한 채 전력을 추스르던 남천련이었다. 이제야 겨우 남천혈사 때의 출혈을 봉합한 채 새로이 조직개편을 하던 참이었다.

그런 시기에 신교의 교주로 보이는 자가 수하로 보이는 자와 함께 단 둘이서 북상하고 있다는 이야기는 남천련의 수뇌부를 혼란에 빠뜨리기에 충분했다.

"정예를 보내 단번에 그를 제압해야 하오. 그만 제압한다면 우리는 신교마저 우리의 영향력 아래 둘 수 있소."

"우선 그가 남천련으로 오는 진의를 파악해야 하오. 그의 진의도 모른 채 함부로 병력을 움직일 수는 없소."

"남천혈사 당시 남천련이 신교 때문에 어떤 피해를 입었는지 잊었소. 이번이 기회요. 이번 기회에 반드시 그를 제압해 남천련이 건재하단 사실을 천하에 알려야 하오."

"하지만 련주의 재가도 없이 병력을 함부로 움직일 수는 없소."

"련주는 폐관수련에 드셨소. 그분이 나오시려면 일 년이나 더 기다려야 하는데 언제 허락을 맡는단 말이오. 우선 신교의 교주를 제압한 후에 보고 드려도 늦지 않을 것이오."

남천련의 수뇌부들은 양측으로 나뉘어 격렬하게 대립했다. 신교의 교주를 제압하자는 측과 아직 그의 진의를 모르니 두고 보자는 측은 한 치도 물러서지 않고 치열한 설전을 펼쳤다.

현재 남천련주 마옥성은 홀로 폐관수련에 든 상태였다. 그는 전대련주인 남황의 공력을 자신의 것으로 소화하기 위해 지금도 전력을 다해 무공을 수련하고 있을 터였다. 그를 번거롭게 만들 수는 없다는 측의 논리가 시간이 갈수록 설득력을 얻고 있었다.

격렬한 언쟁을 치른 끝에 그들이 내린 결론은 우선 신교의 교주에게 사자를 보내 그의 진의를 캐보는 것이었다.

사자로 뽑힌 자는 내당주 곽차우였다. 내당을 맡고 있을 정도로 강력한 무공에 합리적인 사고방식과 냉철한 성품을 지니고 있었기에 사람들은 만장일치로 그를 뽑았다.

결국 곽차우는 백여 명의 수하들과 함께 남천련을 나와 북상을 하고 있는 신교의 교주를 향했다.

'도대체 신교의 교주가 이 시기에 왜 이곳에 나타난단 말인가?'

수뇌부의 명을 받고 신교의 교주로 추정되는 자에게 가면서도 곽차우는 심중에 품고 있는 의문을 풀지 못했다.

상식적으로 생각해 봐도 신교의 교주가 남천련에 올 이유가 전혀 없는 것이다. 남천련이 신교와의 연수를 허락할 리 없다는 것은 천하인 모두가 알고 있었다.

'그렇다면 남천련과 싸우기 위해서 온단 말인가? 그건 더더욱 말도 안 된다. 수하 한 명만 데리고 무얼 할 수 있단 말인가? 제아무리 신교의 교주가 대단한 무공을 소유하고 있더라도 혼자서는 결코 남천련을 상대할 수 없다. 그렇다면 대체 무엇 때문이란 말인가? 아무리 생각해도 그가 남천련을 향해 오는 이유를 알 수 없구나.'

의문을 확실히 풀기 위해서는 직접 신교의 교주를 만나는 수밖에 없었다. 곽차우는 말을 모는 속도를 높였다.

두두두!

백여 마리의 말이 달리는 기세에 평야에 누런 먼지가 일어났다.

곽차우 일행이 신교의 교주와 조우한 곳은 남천련에서 남쪽으로 백여 리 떨어진 평야에서였다.

전서구를 통해 파악한 것처럼 신교의 교주는 수하 한 명만을 대동한 채 나타났다. 아니, 그가 정말 신교의 교주인지는 아무도 알 수 없었다. 단지 그렇게 추정만 할 뿐이다.

'둘 중의 누가 신교의 교주인가?'

곽차우의 시선이 두 사람 사이를 오갔다.

그의 결론은 금방 났다. 백영이 감히 소운천과 함께 할 수 없다는 뜻으로 그의 뒤에 약간 처져 걷고 있었기 때문이다. 자연스럽게 주종관계가 드러났다.

곽차우가 하얀 깃발을 든 채 소운천을 향해 다가갔다. 사자의 표시였다. 제아무리 치열한 전쟁을 벌이는 관계라도 사자는 죽이지 않는 것이 관례였다.

곽차우는 최대한 정중한 자세를 취한 채 소운천에게 다가갔다. 소운천 역시 새로이 나타난 그에게 흥미를 느꼈는지 걸음을 멈췄다.

곽차우가 고개를 숙이며 말했다.

"남천련의 내당주 곽차우라고 합니다. 신교의 교주님이 맞습니까?"

"후후! 남천련에서 마중을 나왔는가? 내가 신교의 교주 소
운천이 맞다."

소운천은 순순히 자신의 신분을 인정했다. 적진이나 다름없
는 이곳에서 자신의 정체를 밝히는 그의 태도는 무척이나 당
당했다.

곽차우는 소운천을 다시 한 번 자세히 바라봤다.

조각 같은 외모에 신비한 분위기를 풍기고는 있었지만, 신
교의 교주라고 보기에는 존재감이 부족한 것 같았다. 이런 남
자가 신교의 교주라는 사실이 쉽게 믿기지 않았다.

곽차우는 사람 보는 눈이 보통이 아닌 사람이었다. 내당의
당주로 수많은 사람들을 만나봤고, 그중에는 세상을 떠들썩하
게 만든 절대의 고수들도 다수 있었다. 그 때문에 사람 보는
눈이 누구보다 높다고 자부했다.

그러나 소운천은 이제까지 그가 만나온 사람들의 범주를 뛰
어넘는 사람이었다. 곽차우의 사람 보는 눈도 매우 뛰어나지
만, 소운천은 그가 짐작하거나 꿰뚫어볼 수 있는 영역에서 벗
어난 존재였다. 그 때문에 바로 눈앞에 소운천을 두고서도 그
의 무서운 점을 깨닫지 못하는 것이다.

"신교의 교주께서 무슨 일로 이곳으로 오신 겁니까? 이 길
로 그대로 올라가면 남천련이라는 사실은 알고 계신지요?"

"물론 알고 있다."

"그럼 알고도 남천련으로 향하시는 겁니까?"

"그렇다."

"무슨 이유로 남천련으로 가시는 것인지 이유를 알 수 있겠습니까?"

"후후! 남천련을 멸망시키기 위해서."

"예? 지금 무어라 했습니까? 남천련을 멸……망시킨다고요?"

"후후! 못 들었는가? 그렇다면 말해주지. 지금 나는 남천련을 멸망시키기 위해 가고 있다."

"미, 미친……."

자신도 모르게 그런 소리가 나왔다.

그렇다. 미치지 않고서는 저런 말을 할 수 없었다. 눈앞의 남자는 철저하게 미친 광인(狂人)이 분명했다. 그렇지 않고서는 말이 안 됐다. 하지만 소운천의 눈을 보는 순간 곽차우는 그가 진심이라는 사실을 깨달았다.

부르르!

소운천의 두 눈을 보는 순간 온몸에 오한이 느껴졌다.

아무런 감정이 담겨 있지 않는 유리 같은 눈동자. 그 속에서 곽차우가 본 것은 세상을 향한 무한한 증오심과 폭풍 같은 광기였다.

그 단면을 조금이라도 엿본 곽차우는 몸을 움직일 수가 없었다. 자신의 의지가 아니었다. 소운천의 존재감에 자신도 모르게 압도당했기 때문이다.

소운천은 말을 잇고 있었다.

"가서 련주에게 전하거라. 곧 신교의 교주가 찾아갈 거라고. 그리고 남천련의 주춧돌 하나까지 남기지 않을 거라고. 오늘부로 남천련은 이 세상에서 사라지리라."

"으으!"

소운천의 가공할 외침에 곽차우와 수하들이 진저리를 쳤다. 광인(狂人)의 외침이라고 생각되지 않았다. 왠지 소운천의 말을 듣는 순간 모든 것이 그의 뜻대로 될 것 같다는 예감이 드는 것은 단순히 그들의 착각만이 아닐 것이다.

남천련의 멸망(滅亡).

그것이 소운천이 홀로 북상한 이유였다.

그는 세상에 출도하는 제물로 남천련을 택했다.

그는 이미 수하들을 통해 남천련이 나란의 멸망에 주도하는 역할을 했다는 사실을 들어 알고 있었다.

어차피 처음부터 그냥 놔둘 생각은 아니었지만, 남천련의 전대련주인 남황이 나란의 멸망을 주도했다는 이야기를 들은 후 그는 강호출도의 첫 제물로 남천련을 선택했다.

"남천련이 시작이다. 남천련의 멸망을 기점으로 신교에 대항하는 모든 문파들과 세력들을 멸망시키리라. 복종하면 목숨을 구하고 개처럼 살 것이나, 그렇지 않는다면 죽음밖에 남지 않으리라. 보보(步步)마다 시신을 밟으며 나는 걸음을 옮기리라. 내가 지나간 자리에는 풀 한포기 나지 않을 것이고, 나에게 대항한 자들은 영혼조차도 구원받지 못하고 영원히 지옥의 겁화 속에서 고통받게 하리라."

소운천의 외침에 산천초목이 떨었다.

그의 음성에 담긴 가공할 살기에 인근 백여 리 안에 있는 모든 생명체들이 떨었다. 토끼나 노루 같은 몸집이 조그만 동물들은 소운천의 살기 어린 음성에 심장이 멎어 급사했고, 호랑이나 곰처럼 덩치 큰 짐승들 역시 공포에 질린 눈으로 벌벌 떨었다.

사람들은 이유를 알 수 없는 오한에 자신도 모르게 몸을 움츠렸고, 무공을 익힌 이들은 가공할 살기가 담긴 외침에 공력이 요동치는 것을 느꼈다.

살아 있는 모든 생명체들이 소운천의 외침에 떨고 있었다.

곽차우는 하얗게 질린 얼굴로 소운천을 바라봤다. 소운천의 등 뒤로 검은 아지랑이가 피어오르는 것이 보였다. 아지랑이가 마신(魔神)의 형상을 하고 있다고 느낀 것은 그만의 착각일까?

소운천이 곽차우의 눈동자를 들여다보며 말했다.

"너는 끝까지 살려주마. 너의 두 눈에 담아두거라. 남천련의 멸망을. 주춧돌 하나 남기지 않고 세상에서 지워질 너의 요람을 지켜보거라. 그리고 천마(天魔)의 전설을 세상에 알리거라."

"으으!"

곽차우가 자신도 모르게 주춤주춤 뒤로 밀려났다. 그런 그의 다리는 사정없이 후들거리며 떨리고 있었다. 곽차우와 같은 절정고수가 소운천의 외침에 미친 듯이 몸을 떨고 있었다.

몸안의 내기가 미친 듯이 요동치고, 피가 들끓어올라 안구의 실핏줄이 툭툭 터졌다. 그 때문에 세상이 온통 붉게만 보였다.

곽차우를 호위한 내당의 고수들 중에는 다리에 힘이 풀려 주저앉은 이들도 있었다. 사타구니가 축축하게 젖어오고 있었다.

그들이 언제 소운천과 같은 존재의 포효를 들어본 적이 있겠는가? 소운천의 존재감과 공포는 그들이 인지할 수 있는 영역을 넘어서 버렸다. 쥐가 뱀 앞에서 꼼짝을 하지 못하는 것처럼 그들 역시 소운천이라는 존재 앞에 바짝 엎드린 채 꼼짝을 하지 못하고 있었다.

'이, 이건 악몽이야. 인간이 어떻게…….'

곽차우가 떨면서 이빨이 딱딱 부딪쳤다.

그의 눈이 공포로 흔들리고 있었다.

*　　　*　　　*

소운천의 외침은 남천련에까지 전해졌다.

곽차우로부터 소운천의 이야기를 전해들은 남천련의 수뇌부들은 황당하다는 표정을 지었다. 단둘이서 남천련을 정벌하겠다는 그의 발언도 놀라웠지만, 무엇보다 공포에 완전히 질린 곽차우의 모습이 그들을 기막히게 만들었다.

남천련에 돌아온 직후부터 곽차우는 소운천이 온다는 말만 전한 채 경기를 일으켰다. 지독한 공포에 이성이 마비된 듯 그는 계속해서 같은 말만 되풀이했다.

"그가 온다. 남천련을 멸망시키러 그가 온다."

상황이 이렇게 되자 남천련의 수뇌부들은 곽차우를 격리된 공간에 가두고 회의를 시작했다.

이미 소운천은 남천련 남쪽 오십여 리 근처까지 접근하고 있었다. 더 이상 그를 접근하게 내버려두었다가는 어떤 일이 일어날지 알 수 없었다.

결국 수뇌부들은 정예를 출동시켜 소운천을 격살하는 한편 폐관수련을 하고 있는 마옥성에게 사람을 보내 이 사실을 알리기로 했다.

"도대체 어떻게 이런 일이……."

"역시 광신자 집단의 수뇌라 그런지 철저하게 미쳤구려. 감히 남천련을 멸망시키겠다는 소리를 하다니."

"이번 기회에 그는 물론이고 신교도 토벌해야 하오. 이대로 그들을 내버려두었다가는 분명 대륙의 혼을 갉아먹고 말 것이오. 남천련이 여전히 천하의 중심이라는 사실을 천하에 알려야 하오."

오랜만에 남천련 수뇌부들의 의견이 하나로 모였다.

그들은 감히 겁도 없이 남천련을 상대로 선전포고를 한 상대에게 그들의 무서움을 알려주기로 결정했다. 당장 남천련의 최정예 조직인 군영전의 전력이 소집됐다.

군영전주 화진용은 팔황도(八荒刀)라는 가공할 절기의 소유자였다. 그는 남천련을 통틀어 다섯 손가락 안에 꼽히는 무력을 소유하고 있었고, 싸움에 임했을 때 절대 물러서지 않는 철벽같은 담력을 가지고 있었다.

수뇌부의 결정에 화진용은 군영전의 전력을 모두 대동하고 밖으로 나섰다. 소운천의 전력은 미지수였다. 비록 그는 수하와 단둘뿐이었지만, 추호도 방심할 수 없었다. 한낱 헛소리를 떠든 미치광이라고 할지라도 최선을 다해 추호의 실수도 없어야 했다.

두두두!

거대한 성문이 열리고 군영전의 전력이 남천련을 빠져나갔다. 남천혈사 이후 이 정도의 전력이 한 번에 움직이는 것은 처음 있는 일이기에 남천련의 사람들은 불안한 표정을 짓고 있었다.

아직까지 남천혈사의 후유증이 낫지 않은 상황이었다. 사람들 간에 생긴 불신의 벽이 채 사라지기도 전에 이런 일이 생기자 모두들 불안한 마음을 감추지 못했다.

성벽 위에 서 있던 누군가 중얼거렸다.

"신교의 교주……. 그는 어떤 존재지?"

*　　　*　　　*

화진용과 군영전의 무인들은 전의를 불태웠다.

그들을 위협하는 신교 교주의 목을 벨 수 있는 절호의 기회였다. 신교 교주의 목을 베는 자에게는 엄청난 포상이 내려질 것이다. 그런 기회를 놓칠 수는 없었다.

출동한 군영전 무인들의 수만 무려 오백 명이 넘는다. 오백 명의 절정고수가 단 한 명, 신교 교주의 목을 노리고 있는 것이다. 집중력과 살기가 최고조에 달했다. 어느새 군영전 무인들의 눈은 붉게 물들어 있었다.

화진용의 입가에 미소가 어렸다. 남천혈사 때도 그와 군영전은 모든 임무를 성공리에 마쳤었다.

비록 예상치 못한 이들의 등장으로 원하는 목적의 반밖에 이루지 못하고, 남천련주인 남황이 목숨을 잃었다고 하지만, 군영전의 전력은 거의 온전히 유지했다. 그 때문에 남천련 최고의 무력집단이라는 이야기를 듣고 있었다.

화진용은 이번이 군영전의 진정한 힘을 세상에 알릴 절호의 기회라고 생각했다. 신교 교주의 목만 베면 남천련 내에서 그의 위상은 또다시 달라질 것이다.

저 멀리 남자 두 명이 걸어오는 모습이 보였다. 마치 유람이라도 나온 듯이 한가하게 걸음을 옮기는 두 남자의 모습은 무척이나 태연자약해 보였다. 그 모습이 화진용과 군영전 무인들의 심기를 건드렸다.

"건방진!"

그중 한 명이 신교의 교주라는 사실은 알고 있다.

그가 강호에서 일신(一神), 혹은 일마(一魔)라고 불린다는 사실도 알고 있었다. 어떤 이들은 그를 십대초인의 윗길에 있다고 평가하기도 한다.

하지만 화진용은 강호의 소문이 언제나 부풀려진다는 사실을 잘 알고 있었다. 그는 이번에도 그에 대한 소문이 부풀려졌을 거라고 생각했다.

군영전 오백 명의 무인이 소운천과 백영을 포위했다. 오백 명의 절정무인들에게 포위되었어도 소운천과 백영의 표정에는 전혀 변화가 없었다. 그들은 여전히 산책을 나온 것처럼 편안한 표정이었다.

화진용이 거대한 청룡언월도(靑龍偃月刀)를 들며 외쳤다.

"누가 신교의 교주인가?"

"감히!"

백영의 눈이 희번득거렸다.

자신에 대한 모욕은 참을 수 있지만, 감히 자신의 주군인 소운천에게 함부로 대하는 것은 참을 수 없는 것이다.

백영의 태도에서 화진용은 소운천이 신교의 교주임을 알아차렸다. 본래 개가 짖는 것이지, 주인이 짖는 법은 없으니까.

화진용이 소운천을 향해 말했다.

"지금이라도 무릎을 꿇고, 용서를 빈다면 목숨은 살려주겠다. 감히 사교의 교주 따위가 천하의 패자인 남천련의 영역에 함부로 들어오다니."

화진용의 음성이 쩌렁쩌렁 천하를 울렸다. 그의 목소리에 담긴 가공할 내공에 산천초목이 떨렸다. 하지만 정작 소운천의 표정에는 그 어떤 변화도 없었다. 그 모습이 더욱 화진용을 열 받게 만들었다.

"감히!"

그의 눈썹이 하늘을 향해 성큼 치켜 올라갔다. 이제까지 화진용을 향해 이런 태도를 보인 자는 단 한 명도 없었다. 새로 남천련주에 오른 마옥성조차도 그에게는 극진한 태도로 대할 정도였다. 그런데 감히 사교의 수괴 따위가 이런 거만한 태도라니.

화진용이 수하들에게 외쳤다.

"무얼 하느냐? 저자들의 무릎을 꿇리지 않고."

"존명!"

군영전의 오백 무인이 일제히 대답했다. 그들의 목소리에 누런 흙먼지가 일어 허공으로 치솟아 올랐다.

스르릉!

군영전의 무인들이 무기를 빼드는 소리가 섬뜩하게 울려 퍼졌다. 하지만 소운천의 시선은 그들을 향해 있지 않았다. 그의 눈은 저 멀리 우두커니 서 있는 남천련을 향해 있었다.

상처를 입은 괴물처럼 웅크리고 있는 거대한 축조물의 모습이 더욱 선명하게 눈에 들어왔다.

"훗!"

문득 소운천의 입가에 미소가 어렸다.

그 순간 주위의 공기가 얼어붙었다. 그의 미소는 공기를 냉

각시키고, 주위를 에워싼 군영전 무인들의 피부에도 서리를 내리게 만들었다. 단지 미소를 짓는 것 하나만으로 대기에 변화를 준 것이다.

화진용의 얼굴이 딱딱하게 굳었다. 그는 더 이상 호기로운 표정을 짓지 못했다. 그것은 군영전의 무인들 역시 마찬가지였다. 그들은 자신의 피부 위로 올라온 소름을 보며 자신도 모르게 마른침을 삼켰다.

정적이 찾아왔다.

소운천은 아무렇지 않게 정적 속을 걸었다. 백영이 그의 뒤를 따랐다. 마치 허허로운 들판을 거닐 듯 소운천은 그렇게 태연히 그들 사이를 걸었다.

"이, 이런!"

"놈! 멈추지 못하겠느냐?"

뒤늦게 정신을 차린 화진용과 군영전의 무인들이 소리를 치며 소운천을 공격하려 했다.

그 순간 하늘에서 무언가 떨어졌다.

쿠와앙!

"크악!"

"헉!"

엄청난 굉음과 단말마의 처참한 비명이 동시에 울려 퍼졌다.

허공으로 누런 먼지가 피어오르고 있었고, 그 주위로 십여 명의 군영전 무인들이 나뒹굴고 있었다. 팔다리가 기형적으로 꺾인 채 절명한 이들의 시신을 밟고 누군가 서 있었다.

"이건 또 무슨……."

군영전 무인들의 눈이 크게 떠졌다.

소운천의 주위에 누군가 있었다. 그것도 한두 명이 아니었다.

무려 십여 명이나 되는 사내들이 소운천을 호위하듯 서 있었다. 그들의 발밑에 군영전의 무인들이 머리가 깨지고, 살이 짓이겨진 채 나뒹굴고 있었다.

군영전의 무인들이 자신도 모르게 한 발 뒤로 물러났다. 하지만 새로이 나타난 이들은 그들에게 눈길조차 주지 않고 소운천을 향해 일제히 부복하며 한목소리로 외쳤다.

"구유마전단(九幽魔戰團), 천마를 알현하옵니다."

우우웅!

그들의 목소리가 거대한 울림을 만들어내며 멀리멀리 퍼져 나갔다. 그들의 엄청난 기세에 화진용과 군영전 무인들의 표정이 변했다.

가공할 공력이 담긴 외침이었다. 고막이 금방이라도 터질 것처럼 울리고 있었다. 내공이 약한 자들이 고통에 자신도 모르게 신음성을 내뱉었다.

"도, 도대체……."

화진용의 눈이 경악으로 크게 떠졌다.

분명 신교의 교주와 그의 수하 한 명만이 남천련을 향해 오고 있다는 첩보가 들어왔었다. 그런데 이들은 어디서 나타난 자들이란 말인가? 더구나 그들의 몸에서 흘러나오는 기세가 범상치 않았다.

그들은 모두 열 명이었다. 열 명 모두가 천하를 압도하는 듯한 엄청난 패기를 흘리고 있었다. 한눈에 보기에도 범상치 않은 고수들이었다.

개개인의 무력이 결코 화진용 못지않을 것 같았다. 그런 이들이 열 명이었다. 그리고 그들은 자신들이 짓이긴 시체를 밟은 채 소운천을 향해 부복을 하고 있었다.

그들의 엄청난 기세와 박력에 질린 군영전의 무인들은 자신도 모르게 또다시 서너 걸음을 물러서 있었다.

화진용과 군영전 무인들이 경악을 하는 것에 아랑곳하지 않고 새로이 나타난 사내들의 우두머리가 소운천에게 큰 목소리로 말했다.

"신 소광남, 오 년 만에 천마님을 뵙습니다."

"오랜만이구나. 그간 커다란 성취가 있었던 듯싶구나."

"모두가 천마님의 배려 덕분입니다. 이제부터는 이 소광남이 이곳을 맡겠습니다. 천마님은 이대로 남천련으로 들어가십시오. 그 누구도 감히 천마님의 앞길을 막지 못할 것이옵니다."

"다른 이들은?"

"구유마전단 백팔 명 중 성전을 지키는 임무를 맡은 가문회를 제외한 백일곱 명이 이 자리에 모였습니다. 그들이 천마께서 걸어가실 길을 청소하고 있습니다. 이제 그 누구도 감히 천마님이 가시는 길을 방해하지 못할 겁니다."

드디어 구유마전단 전원이 모였다. 비록 가문회 한 명이 빠지기는 했지만, 백일곱 명이 전부 한자리에 모인 것은 실로 오랜만의 일이었다.

신교 내부에서는 그들 백여덟 명을 가리켜 백팔마장(百八魔將)이라고 부르며 두려워했다.

한때 나란의 충성스런 군인이었던 이들이 백팔마장이 되어 소운천을 호위하고 있었다.

"으으! 어디서 이런 자들이……."

군영전의 무인들이 동요했다.

그도 그럴 것이 소광남을 비롯한 구유마전단의 몸에서 흘러나오는 패기는 상상을 초월했다. 한눈에 보기에도 그들이 절대고수의 반열에 올랐다는 사실을 알 수 있었다.

그런 이들이 소운천을 향해 절대 충성의 자세를 하고 있었다. 그렇다면 소운천의 무력은 또 얼마나 가공하단 말인가?

소광남을 비롯한 구유마전단이 몸을 일으켰다. 단 열 명에 불과했지만 그들의 기세는 이미 군영전의 무인들을 압도하고 있었다. 마치 눈앞에 거대한 벽이 서 있는 듯했다.

소운천은 걸음을 옮겼다. 하지만 군영전의 무인들은 방금 전처럼 감히 소운천을 막지 못했다. 소광남을 비롯한 십여 명의 구유마전단 무인들이 그들을 서늘한 시선으로 바라보고 있었기 때문이다.

"감히 그분의 앞길을 막으려 하다니."

소광남의 얼굴에 살기가 어렸다. 그의 두 눈에 혈광(血光)이 번들거렸다. 그것은 다른 이들 역시 마찬가지였다.

그 누구도 감히 소운천의 앞길을 막을 수는 없었다.

그 누구도 감히 소운천의 앞에서 고개를 똑바로 들어서는 안 됐다.

소운천은 그들에게 신이었고, 가야 할 길을 밝혀주는 어둠 속의 등불이었다.

그들은 소운천을 위해 살아가고, 소운천을 위해 죽기로 맹세했다.

쿠쿠쿠!

그들의 몸에서 흘러나온 엄청난 기세에 대지가 진동을 일으켰다.

화진용의 얼굴이 악귀처럼 일그러졌다.

"이, 이놈들!"

불과 반 시진 전 기세 좋게 남천련을 나섰을 때와 전혀 다른 얼굴이었다. 그때만 하더라도 신교의 교주를 제압해 자신의 발밑에 무릎 꿇게 할 거라고 생각했다. 화진용이 이끄는 오백 명의 무인들은 충분히 그럴 만한 무력이 있었으니까. 제아무리 신교의 교주가 강하더라도 자신들이라면 충분히 제압할 수 있을 줄 알았다.

설마 신교의 교주가 이런 수하들을 데리고 있을 줄은 꿈에도 생각하지 못했다. 그리고 이들의 말을 들으니 이런 자들이 백 명이나 더 있는 것 같았다. 화진용은 정신이 다 아득해지는 것을 느꼈다.

'이것은 악몽이다. 지독한 악몽. 이런 자들이 백팔 명이나 존재한다니. 사람들은 잘못 알고 있다. 신교는 단순히 광신도들의 단체가 아니다. 그들은 그야말로 가공할 전력을 소유하고 있다. 이 사실을 어서 남천련에 알려야 하는데.'

그러나 화진용은 알고 있었다. 자신에게는 결코 그럴 기회가 없을 거란 사실을.

화진용의 무력으로는 이들 중 한 명을 감당하기에도 버거웠다. 그 정도로 가공할 무력을 가진 이가 무려 열 명이었다. 하지만 물러설 수도 없었다.

화진용이 공력을 끌어올리며 소리쳤다.

"죽음을 각오로 항전하라. 결코 이들을 남천련으로 보내서는 안 된다."

"와아아아!"

군영전의 무인들이 함성을 내지르며 사기를 끌어올렸다.

"한 치 앞도 내다보지 못하는 하루살이 같은 자들이여……."

쿠우우!

소광남과 구유마전단의 살기가 동심원을 이루며 사방으로 퍼져나갔다. 이어 그들의 공격이 시작됐다.

콰직!

뼈가 부러지고 살이 짓이겨졌다. 누군가의 비명소리가 하늘에 처참하게 울려 퍼지고, 대지가 붉게 물들어갔다. 붉게 변한 대지 위로 군영전 무인들의 시신이 쌓여만 갔다.

쾅!

"크윽!"

소광남의 강렬한 일격에 화진용이 속절없이 뒤로 밀렸다. 그의 청룡언월도에 강한 떨림이 일었다. 그 느낌이 마치 청룡언월도가 고통에 우는 것만 같았다.

그의 호구 역시 찢어져 피를 흘리고 있었다. 모두가 단 일격에 의한 결과였다.

주위에서 그의 수하들이 살해당하고 있었다. 그것은 일방적인 학살이었다. 군영전의 무인들은 대항 한 번 제대로 하지 못하고 붉게 물든 대지에 몸을 누였다.

"이것은 악몽이다."

화진용이 이를 악물었다.

그는 꿈이라면 제발 깨기를 기도했다. 하지만 이것은 현실이었다. 그의 눈앞에 지옥이 펼쳐져 있었다.

슈우우!

소광남의 이격이 그를 향해 다가오고 있었다. 화진용의 눈에 절망의 빛이 떠올랐다.

쾅!

백일곱 명의 괴인들이 나타났다.

그들은 남천련이 내보낸 정예들을 무차별적으로 도륙했다. 그들의 가공할 무력 앞에서 남천련의 정예들은 너무나 무기력하게 쓰러졌다. 그들은 소운천의 앞길을 방해하는 모든 것을 베고, 철저하게 부쉈다.

절대의 무공을 소유한 백일곱 명의 고수들은 소운천이 가는 길에 방해가 되는 것을 용납하지 않았다. 소운천은 그들이 열어준 길을 묵묵히 걸었다.

수많은 사람들의 시신이 쌓여 산을 이뤘다. 그들이 흘린 피로 세상 전체가 붉게 물들었다. 사람들의 비명소리는 하늘 끝까지 울려 퍼졌다.

소운천은 걷고, 또 걸었다.

그가 향하는 곳에 남천련이 있었다.

십오 년 동안 돌고 돌아 마침내 그는 이곳에 왔다. 하지만 소운천의 얼굴에는 그 어떠한 감흥도 떠올라 있지 않았다.

이곳은 결코 그의 최종 목적지가 아니었다. 단지 그가 거쳐 가야 할 곳에 불과했다. 그가 원하는 것을 이룰 때까지 그는 결코 멈추지 않을 것이다.

콰콰콰!

그의 앞을 가로막던 모든 것이 박살나고 부서지고 있었다. 나란 시절부터 함께 했던 구유마전단이 그의 앞길을 열고 있었다. 수많은 이들의 시신과 피로 점철된 그 길을 소운천은 걸었다.

그는 마침내 남천련의 정문에 섰다.

거대한 괴물의 아가리처럼 입을 닫고 있는 거대한 성문 앞에서 그는 무슨 생각을 하고 있을까? 그의 뒤를 따르던 백영은 문득 그런 생각을 했다. 그리고 그가 채 생각을 정리하기도 전에 소운천이 오른손을 들어올리는 모습이 보였다.

파스스!

순간 거대한 성문이 마치 모래처럼 붕괴하기 시작했다. 부서졌다거나, 파괴되었다는 개념이 아니었다. 말 그대로 모래알보다 더 작은 입자로 분해되어 무너져 내리는 것이다. 그 누구도 이런 광경은 상상조차 하지 못했을 것이다.

그 광경에 백영이 격동했다.

'주군께서는 이미 신의 영역에 들어섰다. 이제 감히 누가있어 이분을 막을 것인가?'

부서진 알갱이가 불어온 바람에 흩날려 사방으로 흩어졌다. 그 속에서 소운천은 걸음을 옮겼다.

그가 마침내 남천련에 첫발을 내딛었다.

소운천의 입가에 한 줄기 미소가 떠올랐다.

마(魔) 해일이 남천련을 휩쓸기 시작했다.

제 8 장
멸망의 노래

모든 것이 부서지고 있었다.

남황이 심혈을 기울여 만든 남천련의 모든 것이 철저하게 무너지고 있었다. 거대한 성벽이 모래성처럼 부서지고, 천하를 호령하던 남천련의 무인들이 속절없이 붉은 대지에 몸을 누이고 있었다. 전각이 부서지고, 거대한 화마가 남천련을 집어 삼켰다.

남천혈사 때도 멀쩡했던 남천련이었다. 천하의 군웅들과 정면으로 부딪쳐도 끄떡없을 정도의 철옹성이 무너지는 데는 불과 몇 시진 걸리지 않았다.

남천련은 분명 가공할 힘을 소유하고 있었다. 그들은 잘 훈련된 수천 명의 무인들과 절정의 고수들, 그리고 절대의 고수들도 소유하고 있었다. 하지만 가공할 구유마전단의 힘 앞에서는 폭풍 앞의 촛불처럼 위태롭기 그지없었다.

구유마전단의 수는 모두 백팔 명, 그중 한 명을 제외한 백일곱 명이 남천련에 들어왔다. 구유마전단, 혹은 백팔마장이라 불리는 그들의 위력은 가히 파천황(破天荒), 그 자체였다.

그 어떤 장벽도 그들을 막을 수 없었다.

그 어떤 무인도 그들의 발걸음을 지체하게 할 수 없었다.

콰콰콰!

그들의 앞을 막는 모든 것이 부서졌다.

사람도, 건물도, 그리고 하늘마저도.

하늘이 온통 붉은색으로 물들었다.

"제 이 관문, 무너졌습니다."

"제 삼 관문, 무너졌습니다."

남천련의 수뇌부로 속속 보고가 전해져 들어왔다. 남천련 수뇌부의 얼굴이 비통함과 절망으로 물들었다. 수십 년 동안 강호의 일세로 군림해왔던 남천련이었다.

그동안 그 누구도 남천련에 도전을 할 생각도 하지 못했고, 감히 앞을 막아서는 자도 없었다. 그렇게 무소불위의 권력으로 수십 년 동안 강호의 정점에 군림해왔던 남천련이 너무나 허망하게 무너지고 있었다.

그들은 도저히 이 사실이 현실처럼 느껴지지 않았다. 꿈이라면 정말 지독한 악몽이었다. 하지만 이것은 꿈도, 악몽도 아니었다. 그들이 당면한 현실이었다.

그들의 모든 것이 무너지고 있었다.

그들이 당연하게 생각해오고 누려왔던 모든 것들이 모래성처럼 흔적도 없이 부서져 내리고 있었다.

대천파멸진(大天破滅陣)도 천마와 구유마전단 앞에서는 소용없었다. 대천파멸진이 발동도 되기 전에 구유마전단이 핵(核)을 파괴했다.

그 때문에 대천파멸진은 본래의 위력을 채 발휘하지도 못하고 구유마전단의 손에 철저하게 붕괴되었다.

이제는 그 무엇도 남천련 수뇌부를 보호해줄 수 없었다. 그들에게 남은 것은 오직 그들 자신뿐이었다.

명도전주(冥道殿主) 윤중환이 외쳤다.

"련주는 아직도 나오지 않았소?"

"아직 폐관수련을 끝내지 못했다고 하오."

"련이 이 지경이 되었는데 무슨 폐관수련이란 말이오? 어서 빨리 련주를 출관시켜야 하오. 지금은 최악의 상황이오. 련이 멸망하느냐, 생존하느냐의 갈림길에 서 있단 말이오."

윤중환이 답답하다는 듯이 자신의 가슴을 두드렸다. 답답하긴 다른 이들도 마찬가지였다. 이대련주인 마옥성은 남황으로부터 련주 자리를 넘겨받자마자 폐관수련에 들었다.

명목은 남황에게 넘겨받은 공력과 심득을 모두 자신의 것으로 소화시킨다는 것이었다. 그 때문에 이제까지 남천련은 실질적으로 수뇌부에 의해서 운영되어 왔다.

평화 시에는 그런 체제가 아무런 문제가 될 것이 없었다. 수뇌부 역시 자신의 권력이 늘어난 것에 대해 만족감을 표했을 정도였으니까.

하지만 위기 시에 련주의 부재는 그들의 강력한 힘을 하나로 묶지 못하고 있었다. 남천련이 금방 무너지게 생겼는데 각자 다른 이야기만 하고 있었다. 이때만큼 련주의 부재를 절실하게 느낀 적이 없는 남천련의 수뇌부였다.

그들이 대책을 수립하고자 고심하고 있는 그 순간에도 절박한 보고는 계속해서 들어왔다.

"제 오 관문이 뚫렸습니다."

"제 육 관문입니다. 육 관문이 마지막입니다. 육 관문이 뚫리는 순간 적들이 이곳으로 들이닥칠 겁니다."

"벌써 육 관문까지 적이 들이닥쳤단 말인가?"

구유마전단의 걸음엔 거침이 없었다. 그들은 파죽지세로 모든 관문을 부수고, 련의 핵심부를 향해 다가오고 있었다. 마치 해일 같은 그들의 움직임에 남천련의 수뇌부들은 공포를 느낄 지경이었다.

"도대체 어떻게 이럴 수가 있지?"

"아무도 그들을 막을 수 없단 말인가?"

그들의 눈에 공포의 빛이 떠올랐다.

그들 역시 강호를 쩌렁쩌렁 울린 고수들이었다. 하지만 구유마전단이란 존재는 그들이 상상할 수 있는 영역을 벗어난 존재였다. 자신이 알지 못하는 힘을 가진 미지의 존재가 주는 공포는 실로 말로 형언할 수 없는 것이었다.

더구나 그들을 이끄는, 그들이 신처럼 떠받드는 천마라는 존재에 대해서는 하나도 알려진 것이 없었다. 심지어는 그의 이름조차 아는 사람이 없을 정도였다.

신교의 수십만, 어쩌면 수백만이 넘을지도 모르는 교도들이 오직 그 한 명을 위해 움직이고 있었다. 자신의 목숨조차 초개처럼 버려가며 그를 위해 살아가고 있었다. 세상에 이보다 더 공포스런 일이 있을까?

민심이 움직이면 어떤 일이 일어나는지 그들은 너무나 잘 알고 있었다. 역대로 일어난 황조들 역시 민심을 등에 업지 않았던가. 그만큼 민심의 파괴력은 무서운 것이다.

쿠와앙!

그 순간 수뇌부들이 모여 있던 방의 담벼락이 포탄을 맞은 것처럼 터져나갔다. 방 안의 집기들이 부서지고, 돌가루가 우수수 떨어져 내렸다. 그리고 그들이 모습을 드러냈다.

"안녕하신가?"

하얀 이를 드러내며 웃고 있는 사내, 백영과 구유마전단이었다. 불과 몇 달 전 백영과 일행은 남황의 가공할 무력 앞에 순순히 남천련에서 물러났다. 하지만 이제는 상황이 변했다.

한 명을 제외한 구유마전단 전원이 한자리에 모인 이상 남황이 살아 돌아온다고 해도 두렵지 않았다.

"으으!"

누군가의 입에서 억누른 신음성이 절로 흘러나왔다. 제아무리 참으려 해도 본능을 자극하는 엄청난 공포를 신경이 견디지 못하는 것이다.

구유마전단의 몸에서 흘러나오는 가공할 기도는 가히 공포스러운 것이었다. 한두 명만 있어도 세상을 쩌렁쩌렁하게 울릴 수 있는 절대고수가 백일곱 명이나 모여 있다니. 정말 악몽이나 다름없었다.

명도전주 윤중환이 앞으로 나섰다.

"감히 이곳까지 들어오다니 겁을 상실했구나."

"후후! 무엇이 무서워서 겁을 낼까?"

백영이 생글거리며 이죽거렸다.

"이곳은 남천련이다."

"그래서?"

"천하의 중심지인 남천련이 바로 이곳이란 말이다. 무림의 성지나 다름없는 이곳을 너희들의 흙발로 더럽힐 수는 없다."

"그래서?"

"이놈들!"

"아아! 그렇게 열 내지 말라고. 어차피 잠시 후면 모두 사이좋게 죽을 텐데, 그렇게 열 내봤자 당신만 손해라구."

윤중환의 가공할 기세에도 백영은 아랑곳하지 않았다. 위축될 이유가 없었다. 이곳에 있는 백일곱 명 중 그 누구도 윤중환에게 뒤지는 무력을 가진 자가 없었다. 자신보다 약한 자를 겁낼 이유가 없는 것이다.

윤중환과 남천련 수뇌부의 얼굴에 노기가 떠올랐다.

"천마는 어디에 있는가?"

"후후! 당신은 감히 그분의 이름을 언급할 자격이 없다. 그리고 그분의 얼굴을 볼 자격도 없다."

"내가 누군지 알고 그런 헛소리를 지껄이는 것이냐?"

"후후! 기껏 해봐야 남천련 떨거지들 중 하나겠지."

"놈!"

결국 윤중환이 더 이상 화를 참지 못하고 백영을 향해 몸을 날렸다. 그의 공격을 시작으로 남천련 수뇌부 전체가 구유마전단을 향해 자신의 절기를 펼쳐냈다.

쿠콰콰!

그나마 간신히 버티고 있는 벽들이 무너져 내리며 전각이 폭삭 주저앉았다. 그리고 구유마전단과 남천련 수뇌부의 싸움이 시작됐다. 그 속에서 백영이 웃었다.

"후후! 오늘이 남천련의 마지막 날이다. 남천련의 피를 이어받았다면 개미새끼 한 마리도 이곳을 살아나갈 수 없다."

수백, 수천 줄기의 벼락이 일제히 땅으로 떨어지듯 엄청난 꿍음이 등 뒤로 들려오고 있었지만, 소운천은 너무나 태연한 표정이었다. 마치 산책을 나온 것처럼 그는 은은한 미소를 지은 채 걸음을 옮겼다.

그를 막는 자는 아무도 없었다. 이미 구유마전단이 그의 앞길을 청소했기 때문이다. 소운천은 구유마전단이 열어놓은 길을 걸어가기만 하면 됐다. 구유마전단이 열어놓은 길은 남천련의 폐관수련실에까지 이어져 있었다.

평소 남황이 면벽수련을 하던 곳이었다. 하지만 남황은 이제 없었다. 대신 마옥성이 그 자리에서 폐관수련을 하고 있었다. 남천련이 무너져가고 있음에도 불구하고 마옥성은 아직 모습을 드러내고 있지 않았다.

남천련의 모두가 마옥성이 나오기만을 기다리고 있었다. 하지만 끝내 마옥성은 모습을 드러내지 않았다. 그렇다고 홀로 도망친 것은 아니었다. 그는 분명 남천련에 있었다. 소운천은 그 사실을 분명 알고 있었다.

누군가 말해줘서가 아니었다. 그저 몸이 그의 존재를 느끼고 있는 것이다.

소운천의 입가에 어린 미소가 더욱 짙어졌다. 갈수록 마옥성의 존재감이 뚜렷이 느껴졌기 때문이다.

"후후! 재밌군."

그가 웃자 주위의 어둠이 요동을 쳤다.

소운천의 앞에 커다란 벽이 나타났다. 마옥성이 폐관수련을 하는 곳이다. 수만 근의 바위를 통째로 이용해서 만든 벽이었다. 하지만 거대한 코끼리 크기만 한 벽도 소운천을 막을 수는 없었다.

푸스스!

소운천이 손을 갖다 대자 거대한 벽이 소리도 없이 가루가 되어 부서져 내렸다. 무너진 바위 뒤로 거대한 공동이 나타났다. 소운천은 거침없이 공동으로 걸음을 내딛었다.

빛 한 점 존재하지 않는 칠흑 같은 어둠 속에 누군가 있었다. 소운천은 그가 남천련의 이대련주인 마옥성이라는 사실을 알고 있었다.

마옥성은 어둠 속에 홀로 우두커니 서 있었다. 그는 마치 석상이 된 것처럼 미동조차 없었다.

그의 눈에 생기가 감돌기 시작한 것은 소운천이 그에게 한 발을 내딛었을 때부터였다. 활짝 열려 있던 동공이 조여지고, 얼굴에 온기가 떠올랐다. 그리고 소운천을 바라보았다.

그런 마옥성의 변화를 소운천은 흥미로운 눈으로 바라보았다.

먼저 입을 연 이는 마옥성이었다.

"그대가 천마인가?"

"후후! 그렇다."

"광오하군. 감히 하늘을 거역할 생각을 하다니."

"누구에게나 있을 수 있는 일이지. 약간의 계기와 선택의 순간이 주어지면."

만약 나란이 멸망하지 않았다면?

만약 나란의 병사들이 그를 따르지 않았다면?

만약 그 스스로 마(魔)가 되길 결심하지 않았다면?

그래도 천마가 탄생할 수 있었을까?

누구에게나 선택의 순간이 오기 마련이다. 그리고 소운천은
자신의 본성이 시키는 바에 충실했을 뿐이다. 그런 결정으로
인하여 다른 사람들이 어떻게 되든 그가 알 바가 아니었다. 소
운천이 그랬던 것처럼 그들 역시 자신이 선택한 운명을 살고
있기 때문이다.

소운천의 눈이 섬뜩하게 빛났다. 그가 물었다.

"당신이 마옥성인가?"

"내가 남천련의 이대련주인 마옥성이다."

"그 말이 정말인가?"

"그럼 내가 누구이겠는가? 나는 마옥성이다."

마옥성이 가슴을 폈다.

그는 분명 마옥성이었다. 남황으로부터 직접 남천련주에 지
명된 마옥성, 하지만 그를 바라보는 소운천의 입가에는 묘한 미
소가 걸려 있었다. 그리고 그의 눈은 유독 검게 빛나고 있었다.

그의 눈은 진실을 꿰뚫어본다.

아무리 호사스런 겉모습으로 눈을 현혹해도 소용없었다. 그
의 눈은 모든 거짓된 것을 꿰뚫어 진실된 모습을 바라보니까.

그것이 바로 어둠의 눈, 명안(冥眼)이었다.

명안으로 들여다본 마옥성의 육신에는 두 개의 혼이 혼재되어 있었다. 마옥성 본연의 혼과 또 다른 이질적인 혼이. 마옥성 본연의 혼은 억제되어 있고, 이질적인 혼이 그 자리를 대신하고 있었다.

"마옥성이라……. 언제까지 그런 거짓된 껍데기를 뒤집어쓰고 있을 것인가?"

"후후!"

순간 마옥성이 음산한 웃음을 흘렸다. 이제까지의 그와는 전혀 어울리지 않는 웃음소리였다. 마치 사람 자체가 바뀐 것 같았다. 겉모습은 분명 마옥성의 그것이었지만, 그 안에 존재하는 것은 전혀 다른 사람이었다.

"내가 누구인 것 같은가?"

"당신은 남황이군."

"후후!"

마옥성은 긍정도 부정도 하지 않았다. 그 모습이 소운천에게 더욱 확신을 주었다. 그의 친구 환사영에게 심각한 부상을 당해 죽었다는 남황이라는 절대자는 가증스럽게도 그의 제자인 마옥성의 몸을 강탈해 멀쩡하게 살아 있었다.

그의 생 마지막 순간 마옥성에게 건네준 것은 단지 심득과 공력뿐만이 아니었다. 그의 영혼까지도 이혼대법(移魂大法)으로 전이시킨 것이다. 그리고 폐관수련을 하면서 서서히 마옥성의 육신을 잠식해 들어갔다. 그것이 마옥성이 폐관수련에서 나올 수 없었던 이유였다.

그렇게 남황은 마옥성의 육신을 자신의 것으로 만들었다. 그리고 이제부터 마옥성으로 활동하면서 남천련을 다시 부흥시킬 생각이었다.

실로 악마 같은 심기였다.

생의 마지막 순간에 그런 계략을 생각해내다니. 그것도 모르고 마옥성은 남황에게 덥석 자신의 몸을 맡겼다. 그가 만일 사부인 남황의 실체를 조금이라도 알았다면 절대로 자신의 몸을 맡기지 않았을 것이다. 지금도 그의 혼은 남황에게 제압당해 고통을 호소하고 있었다.

마옥성은, 아니 남황은 아쉽다고 생각했다. 그에게 조금만 더 시간이 주어졌다면 예전보다 더욱 가공할 무력을 얻을 수 있었을 것이다.

마옥성의 얼굴에 남황의 얼굴이 겹쳐 보였다.

그에 소운천이 웃었다.

"잘 됐군."

"무엇이 잘됐단 말이냐?"

"당신이 사영의 손에 죽었다는 이야기를 들었을 때 아쉽다고 생각했다. 예전부터 사영은 너무 마음이 약해 사람에게 고통을 주지 못하고, 단번에 숨통을 끊었지. 그것은 당신에게 너무 과분한 벌이야. 감히 나란의 멸망을 주도하고도 그렇게 쉽게 죽을 수 있다는 것은 당신에게 축복이었던 거지."

그렇다. 남황에게 쉬운 죽음은 축복이었다. 그는 최대한 오래도록 살아야 했다. 그리고 서서히 죽어야 했다. 그동안 천하의 모든 고통을 최대한 몸으로 경험하면서.

남황의 얼굴이 일그러졌다.

어떻게 된 게 나란 출신의 무인들은 하나같이 광오하다. 환사영도 그렇고, 소운천도 그렇다. 그리고 그들은 하나같이 자신감이 넘쳐흐른다. 어쩌면 나란인들의 기질 자체가 그런지도 몰랐다.

남황의 입가가 뒤틀리며 기괴한 미소를 만들어냈다.

"이제와 생각해 보니 내가 가장 잘한 일이 있다면 너희의 나라 나란을 멸망시킨 거군. 나는 결코 나의 결정을 후회하지 않는다."

"자신이 정의라고 믿는 모양이군."

"누가 있어 내가 불의라고 할 것인가? 중원인들은 알 것이다. 나의 결정이 얼마나 고심 끝에 나온 것인지. 내가 나란을 멸망시킴으로써 그들은 마음의 위안을 얻었다."

"그게 당신의 정의인가?"

"그렇다. 이것이 나의 정의다. 그 누구도 나의 정의를 부정할 수 없다."

"그렇다면 이제부터는 나의 정의를 보여주지."

소운천의 불길한 미소가 더욱 짙어졌다.

그는 남황의 사상을 부정할 생각이 없었다. 저렇게 자신만의 아집과 사상에 **빠져** 있는 자는 결코 다른 이의 생각이나 사정 따위는 생각하지 않는다.

자신 역시 자신만의 정의를 행하기 위해 일어서지 않았던가? 자신의 정의를 실행하기 위해 얼마나 많은 수의 생명이 죽어가더라도 그는 결코 멈추거나 후회하지 않을 것이다.

소운천이 남황을 똑바로 바라보았다.

"결국 정의와 정의가 대립하는 거야. 각자가 정의(正意)라고 믿는 신념이 부딪치는 거지. 결국 이긴 자의 정의가 진실이 될 것이다. 그러니까 최선을 다해야 할 거야. 중원을 절망의 구렁텅이로 떨어트린 악(惡)으로 기억되기 싫으면."

"놈!"

남황의 얼굴이 악귀처럼 일그러졌다.

그도 알고 있었다.

여기에서 지는 사람은 영원히 악(惡)이 된다. 그리고 패자(敗者)의 역사 속에서 흔적도 없이 사라질 것이다.

쿠오오!

그가 광륜전서(光圖傳書) 상의 무공을 끌어올렸다. 거대한 폐관수련실이 그의 기파에 금방이라도 무너질 듯 흔들렸다. 그 속에서 소운천은 웃음을 지우지 않고 한마디 했다.

"덤벼."

*　　　*　　　*

주르륵!

백영의 손을 타고 붉디붉은 선혈이 흘러내렸다. 손끝에 뭉친 선혈은 방울져 떨어져 대지를 붉게 물들였다.

백영은 웃고 있었고, 그의 상대는 믿을 수 없다는 얼굴로 입을 떡 벌리고 있었다. 남천련의 장로 중 한 명인 장철위였다. 장철위의 가슴을 백영의 손이 꿰뚫고 있었다. 백영이 손을 꺼내자 장철위가 그대로 쓰러졌다.

쿵!

한 인간의 삶이 끝나는 순간이었다.

생을 통틀어 이토록 자극적인 순간이 또 있을까? 자신이 아닌 타인의 생을 끝내는 순간 백영은 강렬한 자극에 몸을 떨었다.

그가 처음부터 이랬던 것은 아니었다. 그도 처음에는 순수한 열정으로 나라를 지키던 군인이었다. 누구보다도 삶의 소중함을 알던 부끄러움 많이 타던 청년이었다.

나라를 지키기 위해 싸우며 피에 무덤덤해져 갔고, 소운천을 따르면서 그 역시 광기를 가지게 되었다. 복수라는 미명 아래 수많은 이들의 피를 보다 보니 그 역시 전쟁의 광기에 침식된 것이다.

죄책감 따위는 전혀 느껴지지 않았다. 그를 이렇게 만든 것은 바로 중원인들이었다. 그들이 그의 나라를 빼앗고 짓밟던 순간부터 이렇게 되도록 예정되어 있었다.

"아악!"

"컥!"

곳곳에서 남천련의 수뇌들이 쓰러지고 있었다. 그들의 몸에서 흘러나온 찐득한 피가 대지를 붉게 적시고 있었다.

오늘은 남천련 최후의 날이었다.

수뇌부를 몰살시킨 구유마전단은 남아 있는 제물을 찾아 움직였다. 그들은 살아 움직이는 그 어떠한 생명도 용서하지 않았다.

그들은 자신들이 당했던 그대로 남천련에 돌려주고 있었다. 단 한 명도 생존자를 남기지 못했던 나란의 백성들처럼 이곳 역시 그렇게 만들어 주겠다는 듯이 구유마전단은 광기를 발산했다.

미쳐 날뛰고 있는 백일곱 명의 절대고수.

그 누구도 그들을 감히 막을 수 없었다. 남천련의 수뇌부가 몰살당한 지금은 더더욱 그들을 막을 수 없었다.

"아아!"

"어떻게 이럴 수가……."

남천련에 속해 있는 자들은 눈물을 흘렸다.

그들은 남천련이 몰락하는 순간을 지켜보고 있었다. 백일곱 명의 절대고수는 단 한 명의 생명도 용납하지 못한다는 듯이 철저하게 파괴하고 숨어 있는 자들까지 찾아내 숨을 끊었다.

그들의 거침없는 파괴에 하늘마저도 숨을 죽인 듯했다. 간신히 살아남은 자들은 성 밖으로 도망치거나, 무릎을 꿇고 고개를 숙여 구유마전단에게 자비를 구했다. 하지만 구유마전단은 결코 파괴를 멈추지 않았다.

"이건 꿈일 거야. 이것이 현실일 리 없어."

남천련의 내당주 곽차우가 멍하니 중얼거렸다. 그의 눈에는 초점이 존재하지 않았다. 그는 마치 넋이 나간 사람처럼 멍한 얼굴로 전방을 바라보았다.

그 어떤 엄폐물도 없었고, 방해물도 없었건만 그에게 다가오는 구유마전단은 없었다.

소운천은 그로 하여금 남천련의 멸망을 지켜보게 하겠다는 약속을 지키고 있었다. 소운천의 약속대로 구유마전단의 그 누구도 곽차우에게 해를 끼치지 않았다.

그렇게 육신의 목숨은 구했지만, 그의 정신은 이미 죽어 있는 것이나 마찬가지였다. 그가 평생을 살아온 공간이, 그가 모든 것을 쏟아부어 키워온 남천련이, 그와 웃고 울며 관계를 맺어왔던 사람들이 죽어가고 있는데도 그는 아무것도 할 수 없었다.

차라리 구유마전단이 자신을 죽여줬으면 좋으련만 그들은 자신의 근처에도 오지 않았다.

그가 절규했다.

"차라리 나를 죽이거라. 나를 죽이란 말이다! 이 저주받을 악마들아!"

그러나 구유마전단의 그 누구도 그에게 다가오지 않았다. 소운천의 말처럼 그는 남천련의 멸망을 두 눈에 담는 유일한 생존자가 되었다.

쾅!

남황과 소운천이 격돌했다. 그 여파로 폐관수련실이 산산이 부서져 비산했다. 전각이 있던 자리에는 평평한 평지만이 남았다.

"놈!"

남황이 사나운 눈으로 소운천을 노려봤다. 하지만 소운천은 여전히 입가에 어린 미소를 지우지 않았다. 하지만 그의 눈은 그 어느 때보다 서늘하게 빛나고 있었다. 마치 유리알처럼 반질반질 빛이 나는 눈동자 속에는 그 어떤 감정의 편린도 담겨 있지 않았다.

자신의 조국 나란을 멸망시킨 자였다. 그런데도 소운천의 얼굴에는 남황을 향한 별다른 감정의 빛이 담겨 있지 않았다. 그런 소운천의 눈빛이 남황의 가슴을 요동치게 만들었다.

'이 녀석도……'

소운천을 보고 있자니 환사영이 떠올랐다.

환사영은 나란의 보물은 광륜전서가 아닌 사람들이라고 했다. 그리고 자신의 몸으로 그 사실을 증명했다. 자신의 말이

거짓이 아니란 사실을. 그리고 나란의 또 다른 보물이라는 남자가 눈앞에 있었다.

"반드시, 반드시 내 손으로 너희 족속을 멸망시키겠다. 그래서 두 번 다시 내 앞길을 막을 수 없게 만들겠다."

쿠르르!

남황이 광륜전서 상의 무공을 극성으로 끌어올렸다. 오히려 남황의 육신을 가지고 있을 때보다 무공이 더욱 발전했다. 그 것은 마옥성의 육체가 젊기 때문에 가능한 일이었다. 아무리 강력한 내공으로 육체의 노화를 억제해도 본연의 젊음보다 좋을 수는 없는 것이다.

본래 남황은 마옥성이 되어 천천히, 그리고 치밀하게 천하를 도모하려 했다. 환사영과의 격돌에서 나란 출신 무인들의 저력을 새삼 느꼈기 때문이다.

그는 충분하다 여겼지만, 실제 그의 무공은 환사영에 비해 손색이 있었다. 그 때문에 그는 마옥성의 몸을 이용해 더욱 자신의 무공을 끌어올렸다. 마옥성의 젊음이 있기에 가능한 일이었다.

남황이 기를 끌어올렸다. 그러자 그의 몸 주위에 예의 광륜(光圖)이 형성됐다. 그의 광륜은 예전보다 더욱 뚜렷한 형상을 갖추고 있었다.

그 모습을 보는 소운천의 눈에 이채로운 빛이 떠올랐다.

"호! 광륜인가? 책을 본 적은 있지만 실제로 보는 것은 처음이군."

광륜전서가 있다는 이야기는 들은 적이 있다. 하지만 소운천은 광륜전서에 관심을 기울이거나 욕심을 낸 적이 없었다. 비록 광륜전서의 무공이 대단하다고 하지만, 자신이 가진 저력이 그에 미치지 못한다고는 생각하지 않았기 때문이다.

소운천이 믿는 것은 오직 그 자신뿐이었다.

그는 자신의 저력과 힘을 믿었다. 그리고 자신의 의지를 믿었다. 그 외의 어떤 신외지물도 그의 관심 밖이었다.

북해에서 환사영과의 마지막 조우 이후 그는 스스로 인간이길 포기한 채 무공을 연마하는 데만 집중했다. 그 결과 그는 인간의 감성이나, 마음, 미련을 깨끗이 버릴 수 있었다. 이제 그를 구속하는 모든 것이 완벽하게 사라진 것이다.

설령 환사영이 다시 눈앞에 나타난다고 할지라도 그는 아무런 거리낌 없이 손을 쓸 수 있었다. 환사영은 더 이상 그의 친구가 아니었다. 그의 앞길을 가로막는 거대한 장애물에 불과했다.

쾅!

그 순간 남황의 가공할 공격이 그의 몸에 작렬했다. 하지만 공격이 그의 신체에 격중하기 직전 스스로 공력이 움직여 강력한 호신강기를 형성해 신체를 보호했다. 그 때문에 몸이 약간 흔들린 것을 제외하면 소운천은 그 어떤 충격도 받지 않았다.

남황의 공세는 숨 쉴 틈도 없이 이어졌다.

그는 양손에 광륜마조(光圖魔爪)를 운용했다. 거대한 바위도 종잇장처럼 발기발기 찢을 수 있다는 무공이었다.

슈각!

남황이 손을 휘두를 때마다 공간이 날카로운 소리와 함께 갈라졌다. 아름드리나무는 물론이고, 거대한 바위가 힘없이 바닥을 나뒹굴었다. 잘려진 단면이 마치 유리를 보는 것처럼 매끄럽기만 했다.

그런 남황의 가공할 공세 속에서도 소운천의 얼굴은 무엇을 생각하는지 알 수 없을 정도로 무심하기 그지없었다.

츄와악!

남황의 손끝에 소운천의 가슴팍 옷자락이 걸렸다. 옷과 함께 소운천의 가슴자락이 길게 찢어져 나갔다. 그와 함께 소운천의 선혈이 허공에 흩날렸다.

남황의 입가에 득의의 미소가 떠올랐다. 손가락에 느껴지는 느낌이 그에게 전율을 선사했기 때문이다. 이 정도 상처면 제아무리 천마라 할지라도 움직이는 데 부자연스러울 수밖에 없었다. 그러나 다음 순간 그의 눈은 찢어질듯 크게 떠질 수밖에 없었다.

스르륵!

그가 낸 상처가 눈앞에서 순식간에 원 상태로 회복되는 것이다. 분명히 뼈가 드러날 정도의 중상이었지만, 언제 그랬냐는 듯이 지금은 원래의 살 색을 회복하고 있었다. 단지 찢겨진

옷만이 그가 입었던 상처가 거짓이 아니란 사실을 증명해주고 있었다.

"놈!"

남황이 소운천의 얼굴을 노려봤다. 그 순간 소운천의 왼쪽 입꼬리가 올라가 있었다. 남황을 비웃고 있는 것이 분명했다. 그에 자존심이 상한 남황의 주먹이 소운천의 얼굴에 작렬했다.

쾅!

마치 천둥이 치는 듯한 굉음과 함께 소운천의 얼굴이 한쪽으로 돌아갔다. 그 어떤 절대무인이라 할지라도 목뼈가 부러졌을 만한 중상이었다. 남황 역시 그렇게 생각했다. 하지만 그의 눈을 의심케 하는 일이 바로 그의 코앞에서 벌어졌다.

그그극!

돌아갔던 소운천의 목이 제자리로 돌아왔다. 부러졌던 뼈가 다시 본래의 자리를 찾았다. 소운천의 입가에 어린 미소가 더욱 짙어졌다.

남황의 얼굴이 험상궂게 일그러졌다. 소운천의 미소가 무엇을 뜻하는지 모를 그가 아니었다. 그는 자존심에 커다란 생채기가 났다.

"놈! 가만두지 않겠다. 껍데기를 벗겨 성문 밖에 걸어두리라."

그의 광언이 전장에 메아리쳤다.

우우웅!

그의 외침에 대기가 미친 듯이 요동쳤다. 그 중심에 소운천이 있었다. 하지만 소운천은 여전히 비릿한 미소만 짓고 있을 뿐 그 어떤 표정의 변화도 없었다. 해볼 테면 얼마든지 해보라는 태도 같았다. 그런 그의 모습이 남황의 불타는 가슴에 기름을 부었다.

남황은 광륜전서 상의 무공을 극성으로 끌어올렸다. 남황의 몸이 찬연한 빛무리에 휩싸였다. 마치 천신이 강림한 듯한 모습이었다.

그제야 소운천의 얼굴에 표정이라는 것이 떠올랐다. 자못 놀랍다는 표정이었다. 하지만 그뿐이었다. 어느새 그는 본연의 무표정한 얼굴을 회복하고 있었다.

남황이 입술을 질겅 깨물었다.

그가 오른손을 들어올렸다. 강렬한 빛무리가 그의 손에 응집되어 있었다.

쿠우우!

엄청난 기파가 빛무리에서 느껴지고 있었다.

남황이 소운천을 향해서 손을 휘둘렀다. 그러자 엄청난 빛의 편린이 소운천을 향해 쏟아져 내렸다. 마치 한밤에 유성우가 떨어져 내리는 것처럼 찬란하기 그지없는 빛의 물결에 밤하늘이 환하게 물들었다.

엄청난 빛의 편린.

광탄(光彈)이었다.

광륜전서 상의 무공에 남황의 심득이 가미되어 탄생한 전혀 새로운 형태의 무공. 그것이 바로 광탄이었다.

쿠콰콰콰!

소운천이 서 있는 대지 위로 광탄의 비가 떨어져 내렸다.

대지에 구멍이 뻥뻥 뚫리고 소운천의 몸에도 구멍이 숭숭 뚫렸다. 그 어떤 지고한 경지의 호신강기라도 광탄을 막을 수는 없었다. 광탄은 이름 그대로 빛으로 이루어진 탄환이었다.

"이 세상에 존재했었다는 흔적마저 모두 지워주마. 그렇게 흔적도 없이 사라지거라."

남황의 눈에 광기가 넘실거렸다.

그는 더욱 공력을 끌어올려 오른팔에 집중했다. 그에 광탄이 더욱 끝도 없이 쏟아져 나왔다.

콰콰쾅!

대지가 함몰되고, 대기가 미친 듯이 넘실거리며 증발했다. 그 속에 소운천이 있었다. 그의 몸에도 수많은 구멍이 뚫려 있었다. 광탄에 직격당한 흔적이었다. 그는 피하지도 못하고 광탄의 폭우를 그대로 온몸으로 맞은 것이다.

"흐흐흐!"

남황의 입에서 음산한 웃음이 흘러나왔다.

비록 온몸에 기력이 빠져나갔지만, 이 한 수로 괴물 같은 소운천을 쓰러트렸다고 생각하니 기분이 좋아졌다. 그는 소운천의 얼굴을 보려 안력을 끌어올렸다.

어둡기만 한 소운천의 두 눈과 그의 눈이 허공에서 마주친 것은 바로 그 순간이었다.

"……."

거만한 웃음을 토해내던 남황의 입이 딱 다물어졌다. 그를 바라보는 소운천의 입가에 여전히 비릿한 미소가 걸려 있었기 때문이다. 온몸에 구멍이 뻥뻥 뚫린 사람이 지을 수 있는 미소가 아니었다.

"설마?"

그 순간 소운천이 허리를 쭉 폈다. 그와 동시에 그의 몸에 뚫려 있던 수많은 구멍들이 재생을 하기 시작했다. 순식간에 그의 상처는 봉합이 되고, 결국은 흔적도 없이 사라졌다.

"이, 이럴 수가!"

남황이 자신도 모르게 뒤로 물러났다. 도저히 있을 수 없는 일이 그의 눈앞에서 일어나고 있었던 것이다. 하지만 그의 놀람은 아직 끝이 아니었다.

슈우우!

소운천의 주위에 어려 있던 어둠이 요동치더니 몸을 일으키기 시작했다. 거대한 어둠이 뭉쳐 하나의 형상을 만들어냈다.

어둠이 만들어낸 거대한 거인의 그림자. 그것은 마신(魔神)의 형상을 갖추고 있었다. 소운천이 의도를 한 것이 아니다. 단지 그의 마음속의 분노가 형상을 갖추고 표출된 것뿐이다.

그것이 바로 마신의 형상이었다.

싸움을 시작한 이래 처음으로 소운천이 입을 열었다.

"분명 당신에게 말했지. 절망의 끝을 보여주겠다고. 이제부터 지옥을 보여주마."

쿠쿠쿵!

소운천이 움직였다.

마신이 움직였다.

남황의 얼굴이 절망으로 물들어갔다.

"도, 도대체……."

그는 이제까지 자신이 인간의 경지를 벗어났다고 생각했다. 비록 예기치 않게 환사영에게 일격을 당했지만, 언젠가는 복수할 수 있을 거라고 자위하기도 했다. 하지만 눈앞에 있는 거대한 마신 앞에서는 그런 생각조차 할 수가 없었다.

하늘조차 부정하는 거대한 마(魔)가 다가오고 있었다.

하늘을 거역하는 마의 존재, 그래서 이름조차 천마(天魔)였다.

만일 남황이 나란을 정벌하지 않았다면 절대로 태어나지 않았을 존재. 천마가 태어난 것은 전적으로 남황의 책임이었다. 그리고 이제부터 그는 자신이 벌인 일에 책임을 져야 할 것이다.

쿠콰콰콰!

마신이 남황을 덮쳤다. 남황은 비명조차 지르지 못하고 그 거대한 해일에 휩쓸려 버렸다. 소운천의 거대한 힘 앞에서 남황이란 존재는 너무나 미약했다.

*　　　　*　　　　*

그날은 남천련 최후의 날이 되고 말았다.

남천련은 주춧돌 하나 남기지 못하고 초토화되었고, 남천련에 적을 둔 생명은 모조리 죽음을 면치 못했다. 수십 년의 역사 동안 강호제일의 세력임을 자처해왔던 남천련의 멸망은 모두에게 엄청난 충격을 주었다.

그리고 오랜 세월 천하제일세로 강호의 중심축을 맡고 있던 남천련을 멸망시킨 존재가 신교라는 사실은 충격을 넘어서 사람들에게 거대한 공포를 안겨주었다.

남천련을 멸망시킨 당사자는 신교의 교주인 천마와 그의 수족인 구유마전단, 혹은 백팔마장이라고 했다. 단지 백여덟 명의 힘만으로 천하제일세인 남천련을 멸망시킨 것이다.

이 초유의 사건으로 인해 강호는 극심한 혼란으로 빠져들게 된다. 천하삼분의 형세가 단숨에 천하양분의 형태로 바뀌었다. 하지만 그 누구도 정의맹이 신교를 감당할 수 있을 거라 생각하지 않았다.

정의맹보다 강력한 힘을 가지고 있다고 평가받던 남천련조차 단숨에 멸망시킨 신교였다. 그런 신교를 정의맹이 감당할 수 있을 리 만무했다.

이날을 기해 사람들은 신교(神敎)를 마교(魔敎), 혹은 마해(魔海)라고 부르기 시작했다. 그리고 이날을 마해의 침공일이라고 역사서에 적었다.

마교, 아니 마해는 개의치 않았다. 어차피 신교라는 이름은 껍데기에 불과할 뿐 그들의 본질이 될 수 없었기 때문이다.

마해는 남천련을 멸망시킴으로써 자신의 존재를 세상에 증명했다. 그리고 그들은 세상을 향해 거대한 외침을 토해냈다.

　　그 어떤 문파도 신교의 영향권 아래에서는 무기를 소지할 수 없다.
　　신교의 영향력 아래 있는 문파들의 무공 수련을 금한다.
　　무공을 익히려는 자는 모두 신교에게 신고를 해야 한다.
　　위의 세 가지를 어기는 문파는 모두 멸문을 당할 것이다.
　　신교의 정책에 반감을 토하는 자 역시 가문과 함께 말살을 당할 것이다.

천마의 이름으로 세상에 공표된 외침이었다.

남천련이 멸망하기 전이었다면 사람들은 그저 미치광이의 광언으로 치부하고 코웃음을 치고 말았을 것이다. 하지만 그저 코웃음으로 무시하기에는 마해는 너무나 엄청난 전력을 소유하고 있었다.

백여덟 명의 절대고수와 그들을 수족으로 부리는 천마. 그리고 천하의 민심까지도.

마해의 거대한 위용 앞에 천하는 너무나 위태로워 보였다. 당장 대륙 남부의 모든 문파들이 신교의 영향권 아래 들어갔다. 대륙 남부의 문파들은 당장 어떻게 해야 할지 결정을 해야 했다.

몇몇 문파들이 마해의 정책에 저항을 하다 멸문을 당했다. 마해의 공포정치는 가혹하기 이를 데 없었다. 그들은 자신들의 정책에 반감을 드러내거나, 반항을 하는 자들을 결코 용서하지 않았다. 마해에 반항하는 자들에게 내려진 것은 예외 없이 가혹한 죽음뿐이었다.

상황이 이쯤 되자 대륙 남부에서는 더 이상 마해에 대항하는 자를 찾아볼 수 없게 되었다.

사람들은 정의맹에게서 기대를 거뒀다.

사람들은 오직 환영무인과 십대초인만이 마해에 맞설 수 있다고 생각했다. 그리고 그들이 마해에 맞서 싸워주길 바랐다.

*　　　*　　　*

마해는 파양호(鄱陽湖) 인근에 있는 도창(都昌)이란 조그만 도시에 자신들의 성전을 지었다. 그들은 하늘에 마해의 존재를 알리는 개천(開天)이라는 행사를 치르겠다고 했다. 정식으로 하늘에 마해의 존재를 인정받겠다는 뜻이다.

개천이 열릴 때까지 남은 시간은 석 달에 불과했다. 삼 개월 후 개천이라는 행사를 치르고 신교는 정의맹을 칠 것이라고

공언했다. 그들의 발언은 일파만파로 퍼져나갔다. 제일 먼저 그들의 목표물이 된 정의맹은 당장 비상이 걸리고 말았다.

천하의 남천련조차 하루를 넘기지 못하고 멸망을 당했다. 정의맹의 힘이 남천련을 월등히 능가하지 않는 이상 멸망은 기정사실이었다.

당장 정의맹의 하급무사들 사이에서 이탈이 일어났다. 남아 있는 자들 역시 불안하기는 마찬가지였다. 연일 정의맹의 수뇌부에 비상회의가 열렸다.

마해의 행사에 사람들은 불안해했다. 아니, 불안해하는 사람들은 무림인들이나 귀족뿐, 오히려 서민들은 마해의 행사를 반겼다. 무림인들은 마해라고 부르지만, 그들은 신교라는 이름을 버리지 않았다.

그들에게 천마는 마의 상징이 아니라 자신들을 해방시키는 구세주였다. 그가 있음으로 해서 힘 있는 자들과 귀족들이 숨을 죽인다는 사실 하나만으로도 그들은 기꺼이 마해의 편에 섰다.

천하 어디를 가도 두 사람 이상만 모이면 마해에 대한 이야기를 했다. 그 때문에 어디를 가도 마해에 대한 이야기만 듣게 되었다.

"기어이 그가 나섰군요."

예운향이 어두운 얼굴을 했다.

지금 그녀가 있는 곳은 많은 사람들이 오가는 객잔의 별채

안이었다. 그녀의 곁에는 환사영과 십방보, 그리고 연성휘가 있었다. 그들의 얼굴 표정 역시 예운향과 다르지 않았다.

이곳까지 오면서 그들이 제일 많이 들은 소문이 바로 마해에 관한 것이었다. 불과 얼마 전까지 신교라 불리던 그들은 이제 마해라는 마의 단체가 되어 있었다.

남천련을 멸망시킨 직후부터 그 어떤 무력단체도 감히 마해에 비견될 수 없었다. 천마와 백팔마장의 존재만으로도 마해는 능히 천하제일세력으로 공인받았다.

환사영이 술잔을 들며 말했다.

"운천다운 행보다. 운천은 결코 이 땅을 용서할 생각이 없다."

"남천련마저 무너졌으니, 그들을 막을 만한 단체는 거의 없다고 봐도 무방하겠군요. 설마 천하의 남천련이 하루를 버티지 못하고 무너지다니."

"음!"

의외라는 듯이 예운향이 말했지만, 환사영은 그렇게 생각하지 않았다. 소운천의 성격이나 무력으로 미루어볼 때 그것은 너무나 당연한 결과였다.

이미 오 년 전에도 가공할 무력을 소유하고 있던 소운천이었다. 더구나 그는 불사의 육체를 가지고 있었다. 평범한 무공으로는 그의 육신에 결코 상처를 낼 수 없었다. 더구나 오 년의 시간이 흐른 지금 그가 어떤 경지에 들어섰는지는 아무도 알 수 없었다.

"그나마 위안이 되는 것이 있다면 삼 개월의 시간을 벌었다는 거군요. 턱없이 부족하긴 하지만 그래도 준비할 시간이 어느 정도는 있으니까요."

"석 달로는 부족하다. 운천은 이날을 위해 십오 년을 준비했으니까."

"휴우! 최선을 다해봐야죠. 그냥 이대로 주저앉아 천하가 몰락해가는 모습을 지켜볼 수는 없잖아요."

"그래."

예운향의 말에 환사영이 고개를 끄덕였다.

전력의 열세는 인정한다. 저들에게는 소운천 이외에도 백여덟 명의 절대고수, 그리고 그들을 추종하는 수많은 서민들과 무인들이 있다.

그에 비해 이쪽은 환사영과 몇 명의 절대고수가 다일 뿐이다. 정면으로 부딪칠 수 없을 정도로 미약한 전력이다. 하지만 그렇다고 해서 그냥 손발을 놓고 앉아 있을 수만은 없었다.

그때 십방보가 그들의 대화에 끼어들었다.

"십대초인이 모두 모인다면 어떨까요? 그들을 한꺼번에 움직일 수 있다면 한번 자웅을 겨뤄볼 만하지 않을까요? 백팔마장이 제아무리 강하다고 하더라도 십대초인이라면 능히 상대할 수 있지 않을까요?"

평소라면 불가능한 일이다. 더구나 십대초인 중에는 소운천의 편에 선 자도 있었다. 독황(毒皇)이라고 불리는 당천위는 분명 소운천의 편이었다. 하지만 그를 제외한 사람들은 모두 소운천의 반대편에 서 있었다. 비록 만악(萬惡)이라 불리던 마옥성이 목숨을 잃어 십대초인이 아홉 명으로 줄어들긴 했지만, 그들의 무력이라면 능히 마해와 자웅을 겨룰 수 있을 거라는 생각이 들었다.

십방보의 말에 연성휘가 대답했다.

"나야 뭐 형님의 말에 따르겠지만 다른 사람들은 어떨지 모르지. 당장 풍개 어르신이나 불영은 정의맹에 목을 매고 있는 처지 아니야. 다른 이들도 각자 독자적으로 움직이고 있고. 그들 모두를 한자리에 모으는 것은 불가능한 일이야."

"불가능하지 않아요."

"뭐? 지금 뭐라고 했지?"

"불가능하지 않다고요. 우리 형님만 마음먹는다면 그렇게 불가능한 것도 아니에요. 형님 말이면 파검 한청 형님이나, 권패 서도문 대협이 달려올 거예요. 빙마후 예 누님이나, 광도 형은 여기에 있으니 벌써 네 명이 확보되었잖아요. 거기에다 풍개 어른은 내 할아버지니까 손자의 부탁을 거절할 수 없을 테고. 뇌검 천화윤 대협도 이미 친분이 있으니 분명 우리를 도와줄 거예요. 그러니까 정의맹의 불영과 천병 용무익 대협만 빼면 십대초인 중 대다수가 형님의 말에 움직일 거예요."

"그게 정말이냐?"

"내가 비록 실없는 소리를 하긴 하지만, 거짓말은 하지 않아요. 내 말이 거짓인지 형님에게 물어봐요."

십방보의 단호한 말에도 불구하고 연성휘는 쉽게 믿지 못했다.

십대초인은 모두 강한 개성을 가진 사람들이었다. 지닌바 무력만큼이나 자존심도 강해서 결코 한자리에 모일 수 없는 사람들이었다.

그런 사람들을 단지 한 사람의 힘으로 움직일 수 있다니 쉽게 믿기지 않는 것이 당연했다. 하지만 한편으로는 환사영을 곁에서 지켜보았기에 수긍이 가는 말이기도 했다.

환사영이 아니라면 누가 있어 십대초인을 한꺼번에 움직일 수 있겠는가? 자신 역시 환사영의 무력을 경험해 보지 않았던 가? 그래서 십방보의 말에 수긍할 수 있었다.

그러나 환사영은 십방보의 말에 어떤 대답도 하지 않았다. 그는 묵묵히 술잔을 기울이며 자신만의 세계에 빠져 있었다.

'그가 보는 세상은 어떤 것일까? 천마의 이야기를 들으며 그는 무슨 생각을 하고 있을까?'

궁금한 것이 많았지만, 예운향은 물어보지 않았다. 남자에 게는 때론 혼자 고민하고 생각할 시간이 필요하다는 것을 알고 있는 까닭이었다.

한참 후 환사영이 입을 열었다.

"이제 곧 그들이 올 것이다. 모든 문제는 그들이 온 뒤 생각 해 보자."

그들이라면 환사영의 숨겨진 수하들을 말함이다. 이제까지 환사영은 자신을 따르던 정보부의 수하들 중 단 두 명만을 만났을 뿐이다. 천하 각지에 흩어져 묵묵히 자신이 맡은 일만 해오던 그의 오래된 수하들. 오늘은 그들을 모두 한자리에서 만나기로 한 날이었다.

환사영은 실로 십오 년 만에 그들에 대한 소집령을 내렸다. 소운천이 이제 전면에 나선 이상 환사영 역시 전력을 기울여야 할 필요성을 느낀 것이다.

환사영이 이제까지 만난 이는 담상윤과 도정옥, 단 두 명뿐이었다. 나머지 네 명은 아직 얼굴조차 보지 못했다. 그들이 어떤 길을 걷고 있는지는 그조차도 알지 못했다. 단지 짐작할 수 있는 것은 그들이 중원에 들어온 이후 스스로 독자적인 영역을 구축했다는 것이다.

환사영의 얼굴에 그리움의 빛이 떠올랐다. 그들을 생각할 때면 환사영은 항상 이렇게 그리움을 담은 얼굴이 됐다.

그때였다.

"손님, 찾아온 분이 있습니다."

점소이의 목소리가 밖에서 들렸다.

이곳에 찾아올 사람은 단 한 부류밖에 없었다. 환사영이 급히 대답했다.

"그를 안으로 들이거라."

"예!"

드르륵!

점소이의 대답과 함께 방문이 열렸다. 문 뒤로 모습을 드러낸 남자, 얼굴 한가득 미소를 머금고 있는 남자를 보는 순간 환사영도 미소를 지었다.

남자가 환사영을 향해 한쪽 무릎을 꿇으며 말했다.

"대장."

"상윤아."

"오랜만에 뵙습니다, 대장."

"잘 찾아왔구나. 찾아오기 쉽지 않았을 텐데."

"하하! 대장이 부르시는데 당연히 와야지요."

호탕하게 웃는 남자의 이름은 담상윤이었다. 그는 저 멀리 평도(平度)에서 몽화객잔(夢花客棧)을 하고 있었다. 환사영을 따르는 정보부원들을 이끄는 수장이 바로 담상윤이었다. 환사영이 북해에서 남하했을 때 만난 후 처음으로 재회하는 것이다.

'저 사람이 대가를 따르는 수하?'

예운향의 눈이 빛났다. 그녀뿐만이 아니었다. 십방보와 연성휘도 날카로운 눈으로 담상윤을 바라보았다. 투박한 마의 차림에 사람 좋아 보이는 푸근한 인상을 가진 삼십 대 후반에서 사십 대 초반으로 보이는 남자였다.

겉으로 보기에는 특별한 점이 하나도 보이지 않았다. 하지만 그의 차분하고 냉철해 보이는 눈빛을 보고 있자니 그가 얼마나 심모원려(深謀遠慮)한 사고를 지닌 사람인지 알 수 있었다.

환사영은 일행에게 담상윤을 소개시켰다. 담상윤은 환한 미소를 지으며 그들에게 일일이 인사를 했다. 천하를 울리는 무인들이 한자리에 있었건만 그는 전혀 위축되지 않았다.

환사영이라는 천고의 무인을 주군으로 둔 이유도 있겠지만, 무엇보다 그라는 존재 자체가 수많은 정보를 다루면서 냉철한 사고와 배짱을 가지게 된 이유가 컸다. 그는 적어도 사람의 명성에 겁을 먹는 사람은 아닌 것이다.

"제수씨는 잘 있지?"

"그, 그녀는 매우 잘 있습니다."

환사영의 물음에 담상윤이 얼굴을 붉히며 대답했다.

그는 환사영이 떠난 직후 자신에게 마음을 두고 있던 아낙과 혼인을 했다. 그리고 그녀의 자식들을 자신의 자식으로 받아들였다.

"제수씨가 나를 원망했겠구나. 이제 혼인을 해서 겨우 신혼의 행복을 느끼고 있을 텐데 너를 불러들여서."

"아닙니다. 그녀는 흔쾌히 다녀오라고 하였습니다. 주군을 따르는 것은 대장부가 당연히 해야 할 일이라면서. 객잔은 당분간 그녀 혼자서 운영하겠다면서 저는 큰일을 하고 돌아오라고 했습니다."

"고맙구나. 그리 생각해 준다니."

"그녀도 알고 있습니다. 이렇게 세상이 신교의 것이 된다면 서령이와 한성이에게 미래가 없다는 사실을. 저도 그들을 지키기 위해서라면 무엇이든 할 수 있습니다. 명령만 내려주십시오, 대장. 지금의 행복을 지키기 위해서라면 어떤 일이든 하겠습니다."

그의 말은 사실이었다. 십오 년 만에 처음으로 느끼는 행복이었다. 그는 지금 느끼고 있는 행복이 파괴되길 원하지 않았다. 지금의 행복을 지킬 수만 있다면 무슨 일이든 할 각오가 되어 있었다.

"다른 이들은?"

"대부분 근처에 도착했을 겁니다. 실로 오랜만에 모두가 한자리에 모이게 되었습니다."

담상윤조차 수하들과 서신으로만 연락을 주고받았을 뿐 직접 본 적은 없었다. 그도 십오 년 만에 수하들을 본다고 생각하니 가슴이 설레었다.

그때였다. 점소이의 목소리와 함께 또 한 명이 안으로 들어왔다. 환사영이 그를 반겼다.

"정옥아. 무사히 빠져나왔구나."

"하하! 명색이 하오문의 지부장인데 알아서 빠져나왔지요."

환한 미소를 지으며 그리 말하는 남자는 남천현의 하오문 지부를 이끌던 도정옥이었다. 남천혈사 때 그 역시 무사히 빠져나온 것이다.

"이 녀석."

"형님!"

환사영과 인사를 나눈 후 도정옥은 이내 담상윤과 뜨거운 해후의 정을 나눴다. 나란의 정보부 시절 동고동락한 사이다. 그들 사이에 흐르는 끈끈한 정은 친혈육 이상이었다.

담상윤과 도정옥이 서로를 끌어안는 모습을 보고 있자니 예운향이나 십방보, 연성휘의 가슴에도 무언가 뜨거운 기운이 울컥 올라오는 것을 느꼈다.

자신들의 나라가 십오 년 전에 멸망했음에도 불구하고 그들은 결코 자신들의 뿌리를 잊지 않았다. 그들은 묵묵히 자신의 자리에서 환사영을 기다리며 자신의 할 일을 했다. 범인이라면 결코 할 수 없는 일을 그들은 당연하다는 듯이 하고 있었다.

그 후로도 옛 정보부 소속의 수하들이 속속 도착했다.

냉철한 전략가라는 평가를 받던 내한위를 필두로 여린 마음 때문에 항상 고생을 하던 소금성, 그리고 정보부 소속의 무인들 중 가장 강력한 무공을 소유한 것으로 평가받던 윤무상이 속속 자리에 합류했다. 그들이 나타나서 제일 먼저 한 일은 환사영에게 무릎을 꿇는 것이었다.

환사영은 그들의 버팀목이었다. 환사영이라는 거목이 있었기에 그들은 이제까지 흔들리지 않고 자신의 자리에서 묵묵히 일을 할 수 있었다. 환사영이라는 존재야말로 그들을 하나로 묶는 강력한 구심점이었다.

다섯 명이나 되는 사내가 합류하자 장내는 더욱 시끌시끌해졌다. 그들은 스스럼없이 예운향 등에게 다가갔다. 그들은 이미 환사영 주위에 있는 사람들의 신상명세를 꿰뚫고 있었다. 그렇기에 더욱 스스럼없이 대할 수 있었다.

환사영은 그들이 어떻게 살았는지 궁금했다.

"그래, 어떻게 지냈느냐? 상윤이와 정옥이가 무엇을 하고 있는지 알고 있는데 너희들에 대해서는 아는 게 없구나."

"저는 현재 파양호 인근에서 암흑살막(暗黑殺幕)이라는 자객 단체를 운영하고 있습니다. 언젠가 필요할 거라 생각하고 지난 십오 년 동안 혹독하게 훈련시켰습니다."

대답한 이는 내한위였다. 그의 대답에 환사영이 뜻밖이라는 얼굴을 했다.

"뜻밖이구나. 네가 자객단체를 운영하다니."

"저도 그렇습니다. 하지만 중원에 들어왔을 때 가장 은밀한 종류의 정보를 수집할 수 있는 단체가 자객들이라는 사실을 깨달았습니다. 일반적인 경로로는 도저히 얻을 수 없는 정보가 자객들의 세상에는 굴러다닙니다. 그 사실을 안 직후 저 역시 자객들의 세상에 투신해 암흑살막을 만들었습니다. 죄송합니다. 나란의 명예를 더럽히고 자객이 되어서."

"아니다. 오히려 고맙게 생각한다. 스스로 진흙탕에 발을 들이는 것은 아무나 할 수 없는 일이다."

미안한 표정을 짓는 내한위를 향해 환사영은 괜찮다는 미소를 보여주었다. 하지만 곁에서 같이 듣는 십방보는 놀라지 않을 수 없었다. 환사영은 너무나 태연하게 대하지만 암흑살막은 결코 만만한 단체가 아니었다.

이제까지 중원에 나타났던 그 어떤 자객들의 단체보다 더욱 비밀에 가려져 있고, 가공할 살상력을 가진 자객들이 다수 소속된 곳이 바로 암흑살막이었다. 암흑살막의 모든 것은 철저하게 비밀에 가려져 있어 수뇌부는 물론이고, 막주의 정체까지 모든 것이 비밀이었다.

'억울한 일이 있다면 암흑살막을 찾아가라. 그들이 당신의 청부를 받아들인다면 원한이 풀리리라. 그것이 암흑살막을 상징하는 말이다. 정의맹에서도 모든 정보력을 동원해 암흑살막을 찾아내려 했는데, 설마 막주가 형님의 부하였다니.'

경악하지 않을 수 없었다.

하지만 십방보의 놀람은 끝이 아니었다. 아니, 이제 시작이었다.

소금성이 환사영에게 자신의 정체를 말했다.

"저는 흑암루(黑暗樓)의 부루주를 맡고 있습니다."

"흑암루라니?"

십방보는 그만 입을 떡 벌리고 말았다.

흑암루는 현 천하의 가장 큰 비밀 중 하나였다. 수많은 범죄자들이 모여 만든 단체라고 알려진 흑암루의 루주는 정체조차 알려지지 않은 신비인이었다.

세상에서 가장 큰 정보망을 형성하고 있는 흑암루. 설마 눈앞에 있는 사내가 흑암루의 부루주라니. 십방보는 가슴이 콩

닥콩닥 뛰는 것을 느꼈다. 그는 지금 당금 무림의 가장 큰 신비에 근접해 있었다.

환사영이 소금성을 바라보는 눈빛에는 측은지심이 가득 담겨 있었다.

"역시 흑암루에 네가 있었구나. 은진이가 흑암루의 태경지부장으로 있는 것을 보고 혹시나 했었는데."

환사영을 위해 무영살막(無影殺幕)과 싸우다 처참한 최후를 맞이한 소은진은 바로 소금성의 누나였다. 소은진이 흑암루의 태경지부장이 된 것을 보고 의아해했었는데, 그 배경에 소금성이 있었던 모양이었다.

소금성이 말했다.

"죄송합니다, 대장. 누님이 대장을 위해 무영살막을 막아셨을 때 저는 모종의 일로 수천 리 멀리 떨어진 곳에 있었습니다. 그래서 대장은 물론이고, 누님도 구하지 못했습니다."

"네 잘못이 아니다. 누구도 그렇게 될 줄 알지 못했으니까."

"그 일 이후로 누님의 복수를 위해 더욱 많은 정보를 수집했습니다."

소금성이 굳은 얼굴로 그렇게 말했다.

소은진이 흑암루의 태경지부장이 된 데는 소금성의 힘이 작용했다. 소금성은 중원으로 나온 이후 현 흑암루주의 심복이 되었다.

그는 흑암루가 폭발적으로 세를 확장하는 데 지대한 공헌을 해서 흑암루주의 신임을 얻었다. 그 결과 그는 흑암루의 부루주가 되어 수많은 정보를 취합하는 중요한 자리에 올랐다.

소금성의 이야기를 들으면서 예운향과 연성휘는 놀라지 않을 수 없었다. 그 어떤 세력과도 연관이 없다고 여겼던 환사영이 기실은 천하에서 가장 방대한 정보망을 구축하고 있는 것이나 다름없는 것이다.

모두가 환사영이 혼자라고 생각하고 있었다. 하지만 그들의 생각은 틀렸다. 그는 특별히 자신만의 세력을 구축하거나, 나서지 않았지만, 어느새 천하에서 가장 강한 추종자들을 거느리고 있었다.

마지막으로 윤무상이 환사영에게 자신의 정체를 밝혔다.

"저는 나란을 나온 이후 백검련(百劍聯)에 들어갔습니다. 백검련은 천하를 떠도는 낭인들 중 검의 길을 추구하는 이들이 모여 만든 단체입니다. 비록 세상에는 이름이 거의 알려지지 않았지만, 천하에서 가장 강력한 검사들의 집단이라고 보면 될 겁니다. 저는 백검련의 부련주가 되었습니다. 저의 힘이 부디 대장에게 큰 도움이 되길 바랍니다."

"분명 도움이 될 것이다. 고맙다. 그리 오랜 세월을 나와 나란을 잊지 않고 지내줘서."

"그 누구도 대장과 나란을 잊지 못할 겁니다. 저는 이제까지 한시도 대장을 잊은 적이 없습니다. 대장이 원한다면 저는 백검련의 모든 힘을 움직일 겁니다."

"저도 그렇습니다."

"저도 마찬가집니다. 오늘을 위해 세력을 키우고 영향력을 확장하며 살아왔습니다. 명령만 내려주십시오. 저희의 모든 것은 대장의 것이나 마찬가집니다."

윤무상의 말에 다른 이들이 동조했다. 그들의 눈은 순수한 열의로 빛나고 있었다. 그들은 진심이었다. 진심으로 자신이 이룩한 모든 것을 바쳐 환사영을 도울 생각이었다.

그들은 이날을 위해 각자의 영역에서 열심히 활동해왔다. 그들은 환사영에게 도움이 될 수 있는 일이라면 어떤 일이라도 할 수 있는 각오가 되어 있었다.

환사영이 그들을 보며 말했다.

"고맙다. 너희들이 있었기에 나 역시 그간의 고난을 견딜 수 있었다. 너희들을 지키기 위해서라면 나는 그 어떤 일이라도 할 수 있다."

"저희도 그렇습니다. 대장에게 도움이 될 수 있다면 이 한목숨 초개처럼 버릴 수 있습니다. 어떤 명령이라도 내려주십시오."

쿠웅!

담상윤을 필두로 그들이 일제히 무릎을 꿇으며 한목소리를 냈다. 그들의 엄청난 기세에 예운향과 연성휘 등은 숨을 죽였다.

무공으로만 따지만 그들이 이들보다 몇십 배는 훌륭할 것이다. 하지만 이들은 환사영을 위해서는 자신의 목숨마저 버릴 수 있는 충성심을 가지고 있었다. 이들은 환사영을 위해 중원각지에 흩어져 지난 십오 년 동안 자신의 영향력을 키워왔다. 그것은 결코 아무나 할 수 있는 일이 아니었다.

소운천에게 백팔마장이 있다면 환사영에게는 이들이 있었다. 비록 무력으로 뒤질지는 모르지만, 이들의 충성심은 결코 백팔마장에게 뒤지지 않았다.

환사영이 어떤 명령을 내리더라도 그들은 결코 망설이지 않을 것이다. 설령 지옥불에 뛰어들라고 하더라도 그렇게 할 것이다. 그들의 각오가 공기를 타고 예운향 등에게도 전해졌다.

환사영이 그들을 보며 미소를 지었다. 그 역시 수하들과 같은 마음이었다. 이들을 위해서라면 그 역시 어떤 일이라도 할 수 있었다. 이들이야말로 환사영을 움직이게 하는 원동력이었다.

"이제 모두 모였는가?"

"아직 한 명이 도착하지 않았습니다."

"누가 아직까지 오지 않았는가?"

"산호가 도착하지 않았습니다."

"산호?"

"기억하십니까? 전쟁터에 홀어머니를 두고 참전한다고 울던 그 코찔찔이 말입니다."

"그래! 기억난다. 그녀석의 이름이 양산호였지. 산호도 중원으로 넘어왔었느냐?"

"그렇습니다. 그 녀석은 항상 서신을 보내 대장을 제일 먼저 보고 싶다고 말하고는 했습니다."

담상윤의 대답에 환사영이 미소를 지었다.

누구보다 마음이 약했던 이가 바로 양산호였다. 그는 틈이 날 때마다 부자가 될 거라고 말하곤 했다. 전쟁터에 처음 참여했을 때 눈물부터 흘렸던 그를 환사영은 결코 잊을 수 없었다.

사람들은 모두 양산호를 기다렸다. 하지만 시간이 지나도 양산호는 도착하지 않았다. 모두가 사정이 있나보다 하고 있을 때 별채로 뛰어드는 낯선 그림자가 있었다.

우당탕!

방문이 부서질 듯 열리며 한 아이가 넘어질듯이 안으로 뛰어 들어왔다. 이제 겨우 열서너 살로 보이는 어린 여아였다. 온몸에 생채기가 그득한 채 바닥에 넘어져 가쁜 숨을 고르는 여자아이에게 시선이 집중됐다.

환사영이 여아에게 다가갔다. 그가 여아를 안아들며 물었다. 여아는 반항조차 못하고 그저 가쁜 숨만 몰아쉴 뿐이었다.

"너는 누구냐?"

"저, 저는 양인해라고 해요."

"양인해?"

"저의 아버지의 함자는 양 산자 호자를 쓰세요."

"양산호가 너의 아비란 말이냐?"

"네! 아버지의 이름은 분명 양산호예요."

양인해가 가쁜숨을 몰아쉬며 그렇게 대답했다. 모두의 눈빛이 변했다. 양산호의 딸이라면 그들에게도 딸이나 다름없었다.

환사영이 급히 물었다.

"네 아비는 어찌하고 너만 이곳으로 왔느냐? 이 상처는 무엇이란 말이냐?"

"이곳에 오는 도중 습격을 받았어요. 아버지가 불가항력의 상황에서 저만 겨우 탈출시켰어요. 아버지가 이곳으로 가서 도움을 청하라고 했어요."

"천천히 말하거라. 도대체 누구의 습격을 받았단 말이냐?"

"시, 신교라고 했어요. 그들은 스스로를 신교도라고 밝혔어요. 어서 도와주세요."

"신교도가?"

환사영의 눈빛이 바뀌었다. 이제까지 고요하기만 했던 그의 눈빛이 마치 폭풍이 몰아칠 것처럼 격정적으로 바뀌었다. 그뿐만이 아니었다. 이제까지 해후의 기쁨을 나누던 담상윤 등의 눈빛도 바뀌고 말았다.

내한위가 물었다.

"어디냐? 네 아비가 습격을 받은 곳이?"

"이곳에서 서쪽으로 삼십여 리 떨어진 조그만 숲속이에요. 빨리 가서 도와주지 않으면 저희 상단이 전멸을 당하고 말 거예요."

"상단?"

"아버지는 천하 삼대상단 중 하나인 기린상단(麒麟商團)의 단주님이에요. 신교도들은 그런 아버지의 재물을 노려 습격했어요. 지금 이 순간에도 아버지는 혼신의 힘을 다해 그들과 싸우고 있을 거예요."

양인해는 겨우 말을 끝내고 그만 혼절하고 말았다.

십방보의 얼굴에 경악의 빛이 떠올랐다.

기린상단은 금황상단, 삼영상단(三影商團)등과 함께 천하 삼대상단으로 일컬어졌다. 설마 환사영의 수하가 천하 삼대상단 중 하나인 기린상단의 단주일 줄이야. 만약 그가 정말 기린상단의 주인이라면 환사영은 천하에서 가장 많은 재물을 가진 갑부를 수하로 두고 있는 것이리라.

환사영이 혼절한 양인해를 안고 일어섰다.

"한위, 무상."

"예! 대장."

내한위와 윤무상이 환사영 앞에 한쪽 무릎을 꿇으며 힘차게 대답했다. 환사영이 그들에게 명령을 내렸다.

"무슨 수를 쓰더라도 산호를 무사히 이곳으로 데려와라. 이것이 너희에게 내리는 나의 첫 번째 명령이다."

"존명!"

"알고 있겠지? 산호에게 손댄 자 결코 용서하지 말도록."

"대장의 명을 받듭니다."

환사영은 말은 지상명령이나 다름없었다.

내한위와 윤무상이 움직였다. 그들이 움직이자 암흑살막과 백검련도 움직였다. 천하에서 가장 강력한 응집력을 가진 집단들이 환사영의 명에 의해 움직인 것이다.

환사영이 사라지는 두 사람을 보며 중얼거렸다.

"더 이상 나의 소중한 사람들을 잃지 않을 것이다. 나의 소중한 사람을 지키기 위해서라면 나는 결코 망설이지 않을 것이다. 설령 그 대상이 운천, 너라 할지라도……."

훗날 신화로 남게 되는 천마와 일영의 싸움은 이렇게 뜻밖의 장소에서 그 서막을 열고 있었다.

〈11권에서 계속〉

하프 블러드(Half Blood)의
블러디 스톰 레온,
블러디 나이트로 돌아왔다!

김정률 판타지 소설

FUSION FANTASY STORY & ADVENTURE

트루베니아 연대기

판타지의 신화를 창조해가는
최고의 작가 김정률!
『소드 엠페러』 그 신화의 시작.

『다크메이지』, 『하프블러드』,
『데이몬』에 이은 또 하나의 대작!

dream
books
드림북스

박찬규 신무협 장편 소설

구포변협

천리투안

ORIENTAL FANTASY ADVENTURE

『태극검제』, 『혈왕』 박찬규의 2007년 신작!
강호에 버려진 호운비의 처절한 생존 분투기!

하루아침에 억울한 누명으로 구족이 몰락하고,
두 눈마저 잃고 처참하게 노비로 전락한
좌승상부의 소공자, 호운비.
억울한 누명 속에 세상을 잃었으나
의지만은 잃지 않으리라!

★
dream
books
드림북스

CONSTELLATION OF THE SKY

이광섭 판타지 장편소설

FANTASY STORY & ADVENTURE

천공의 성좌

『아독』, 『검술왕』의 작가 이광섭의 야심작!

차원 게이트를 통해 몰려오는 이계 존재들의 난입.

서기 747년, 세상을 뒤흔들 다차원전쟁이 시작된다!

대지가 진홍빛 피에 물들고 하늘이 어둠에 잠기면
원병기와 함께 역사상 가장 위대한 전사가 강림하리라!

dream
books
드림북스